国家古籍整理出版专项经费资助项目

唐 宋 小 品 丛 书

欧明俊 主编

杨万里小品

〔宋〕杨万里◎著　曹丽萍◎注评

中州古籍出版社
·郑州·

前　言

　　"今日诗坛谁是主，诚斋诗律正施行。"（姜特立《谢杨诚斋惠长句》）杨万里和他创造的"诚斋体"作为宋代诗歌史上独特的文学符号，对当时的文学产生了重要影响，时至今日依然是我们文学记忆的重要内容。他学识渊博，多才多艺，文备众体。南宋重臣周必大《题杨廷秀〈浩斋记〉》夸赞他"学问文章，独步斯世"。由于诗名太盛，文名常被遮掩，长期以来杨万里南宋散文大家的身份没有得到足够重视。实际上，他的散文尤其是小品文，成就非常突出。通过这些小品文，我们可以更好地欣赏他的文字之美，重新认识他的文学渊源，感受其中的创新突破，真切地了解南宋文人最真实的生活状态，包括他的人生历程、他的所思所想、他的喜怒哀乐、他的朋友圈子等。

一

　　杨万里（1127～1206），字廷秀，号诚斋，吉州吉水（今属江西）人，南宋大臣，著名文学家、思想家。他多次在诗文中自述，称其乃东汉名士杨震后裔。虽谱系之事多有攀附之疑，但杨万里确实处处以杨震的气节学养要求自己。宋代时期江西文风昌盛，杨万里所在的杨家是个典型的读书世家。据《忠节杨氏总谱》记载，杨万里曾祖父杨希开立志振兴杨氏家族，个人出资兴办学堂。杨万里的祖父杨元中同样重教读书，泽厚于后人。父亲杨芾是个教书的下层文人，未曾入仕，"家极贫而事亲能孝"，其道德形象被列入《宋史》"孝义"传。杨芾博学嗜古，诗书画都精通，经济困窘依然购书、藏书，成为当时远近知名的藏书家。周必大评价说："吉水杨公，诗句典实，可以观学问之富；字画清壮，可以知气节之高。仕不于其身，必利其嗣人。今秘书监廷秀，其子也。辞章压缙绅，忠鲠重朝廷。"可见杨万里所受家庭教育的影响。

　　青少年时期的杨万里四处拜师求学，先后求教于高守道、王庭珪等人。绍兴二十年（1150）

春，二十三岁的杨万里首次赴临安参加礼部试，落第而归。绍兴二十四年（1154）进士及第，可谓年少得志，意气风发。绍兴二十六年（1156），授赣州司户参军，正式踏入仕途。绍兴二十九年（1159）十月，杨万里调任永州零陵县丞。期间主战派领袖张浚谪居永州，杨万里三次前往求见而不得。后杨万里的诚意打动张浚，得以登门入室，被勉以"正心诚意"之学。这次拜见对杨万里影响很大，他以"诚斋"命名其书室，并请爱国名将胡铨作《诚斋记》，"一日而并得二师"。

杨万里深切关注时政。乾道三年（1167）春，他向朝廷上政论《千虑策》，从"君道""国势""治原""人才"等方面系统总结朝政得失，提出了一整套关乎国计民生的方略，引起了朝廷上下广泛关注。他多年仕途沉浮，在京城、江西、福建等多处任职。他立朝刚正，遇事敢言，指摘时弊，清廉自守。淳熙十二年（1185）面对宰相王淮何事最急务的提问，杨万里答以人才，上《淳熙荐士录》，举荐朱熹等六十人。

绍熙二年（1191）因对朝廷时政失望，杨万里谢病自免，请求任祠禄官，回到老家吉水。此后他多次拒绝朝廷征召，归隐田园，日以交游、诗文为乐。罗大经《鹤林玉露》记载其"年未七十，退休南溪之上。老屋一区，仅庇风雨。长须赤脚，才三四人"。庆元五年（1199）他正式致仕。开禧二年（1206）逝世，享年八十岁。后朝廷宣敕予以表彰，赐谥号"文节"。

杨万里对后世影响最大的主要是其文学和思想成就。"鄙性生好为文。""予生平百无所好，而独好文词，如好好色也。"他一生创作非常勤奋，现存《诚斋集》，收录了一百三十余卷诗文，另还有《诚斋易传》等杂著。相传他共写诗二万余首，存世诗歌数量也有四千二百余首之多。其诗歌不拘一格，富有变化，讲究"活法"，具有新、奇、活、快，风趣幽默的特点。后代学者或称其"流转圆美"（刘克庄《江西诗派小序·总序》），或赞其"活泼刺底"（刘祁《归潜志》卷八）。

杨万里诗歌的耀眼光芒掩盖了其散文的成就。实际上，他的散文题材、体裁都很丰富，风格多元独特，文学性高。《诚斋集》一百三十三卷，有九十二卷都为散文，赋、表、疏、札、状、启、笺、书、序、传、碑、铭、赞、尺牍等各类文体无一不备。其中既有像《千虑策》《上寿皇论天变地震书》等洋洋洒洒、结构严谨的长篇大论，也有大量如

《远明楼记》《张功父画像赞》等短小精美、情理兼容的小品美文。他文集中的记序、题跋、尺牍、辞赋、杂传等文学性比较强的文体中包含了数量丰富的小品文，字字珠玑，美不胜收。

二

杨万里是个热爱山水的人。南宋词人姜夔曾这样形容："翰墨场中老斫轮，真能一笔扫千军。年年花月无闲日，处处山川怕见君。"优美的山水是杨万里小品文的重要内容。他宦游天涯，"余随牒倦游，登九疑，探禹穴，航南海，望罗浮，渡鳄溪。盖太史公、韩退之、柳子厚、苏东坡之车辙马迹，余皆略至其地"（《诚斋〈朝天续集〉序》）。在任上，他到处寻芳览胜，游山玩水。日常处理公事之余，"吏散庭空，即携一便面，步后园，登古城，采撷杞菊，攀翻花竹"（《诚斋〈荆溪集〉序》），何等惬意。对于人与山水的关系，他有着独特的反思和理解，"山水之乐，易得而不易得，不易得而易得者也。乐者不得，得者不乐。贪者不与，廉者不夺也。故人与山水，两相求而不相遭"（《景延楼记》）。这种通透豁达的态度带着明显的老庄意味。不过哲学的思辨难掩性情的嗜好，他对山水的痴迷已病入膏肓，却不想救治，"膏肓有法可艾也，泉石膏肓无法可艾也。有法可艾，予亦不艾也"（《泉石膏肓记》）！

于北山先生认为杨万里诗文学柳宗元，"其密栗深邃，雅健幽峭处，尤与河东为近"。柳宗元在以《小石潭记》为代表的游记中有很多精彩的山水景物描写。杨万里学柳又有突破，实现了山水游记与亭台楼阁记的完美融合，创作了《景延楼记》《远明楼记》《山月亭记》等大量描绘山水的小品文。杨万里散文中描写的山水常常富有诗意，寥寥几句情趣悠远。《远明楼记》景色之清丽令人恍惚置身仙境，"既溃于成，呼酒与二三诗友落之，开窗卷帘，江光月色，飞入几席。凄神寒骨，便觉贝阙珠宫，去人不远"。在《霁月楼记》中，作者回忆早年与友人夜宿西湖南山净慈禅寺，"是夕雨作，松竹与荷叶终夜有声，骚骚也。五鼓风兴，登坛将事。则天宇如水，月色如洗，殆不类人间有也"。

在具体描摹山水时，杨万里有独到之处。钱锺书先生《谈艺录》比较陆游和他的诗歌，论述十分精到："放翁善写景，而诚斋擅写生。放翁如图画之工笔；诚斋则如摄影之快镜，兔起鹘落，莺飞鱼跃，稍纵即逝而及其未逝，转瞬即改而当其未改，眼明手捷，踪矢蹑风，此诚斋之所独也。"这段话挪过来形容杨万里小品也相当贴切。他就像一位技术高超的专业摄影师，描绘风景时擅长进行远景、近景等镜头的切换。如《景延楼记》由平视江面楼船往还不绝的繁荣场面写起，再到高处远眺峡江两岸如画景致，随后镜头切换转为俯视近景，"下视皆深潭激濑，黝而幽幽，白而溅溅"，此后镜头再次切换，描画江面豁然开朗一望无际的场景，颇有几分流动潇洒的摄影感。当然，对动态场景和快镜的运用是他最娴熟的，如《无尽藏堂记》中刻画月亮出来的场景，"览观未竟，云起禾山。意欲急雨，有风东来，吹而散之，不见肤寸。义山之背，忽白光烛天，若有推挽一玉盘疾驰而上山之颠者，盖月已出矣"。这段描写绝对称得上是"眼明手捷，踪矢蹑风"。

在结构上，他的文章常常故意制造悬念，一波三折，波澜起伏，极富戏剧张力。《山月亭记》写他和友人王孚寻访山月，作者的情绪在遗憾和惊喜中进行了五次切换，非常精彩。

三

　　杨万里是个诗人。闲暇时光，他似乎把日子也过成了诗。通过小品文，作者描绘了一幅幅精致的富含诗意的古代文人日常生活图景。《水月亭记》中少年书生清纯洒脱，"每清夜读书倦甚，市无人迹，则相与登亭，掬池水，弄霜月"。中年时，"每鸟啼花落，欣然有会于予心，遣小奴挈瘦樽，酤白酒，釂一梨花瓷盏，急取此轴，快读一过以咽之，萧然不知此在尘埃间也"（《跋欧阳伯威句选》）。哪怕物质贫乏，生活依然可以充满诗意，"余山墅远城邑，复不近墟市，兼旬不识肉味，日汲山泉煮汤饼，馐以寒虀，主以脱粟。纷不及目，嚣不及耳，余心裕如也"（《西溪先生〈和陶诗〉序》）。晚年称病自免之后，他退居故乡南溪，开辟东园，作九径，种江梅、海棠、桃、李、橘、杏、红梅、碧桃、芙蓉等花九种，名之为"三三径"。另外还建造了一栋房屋，日日吟诗作文，悠然自得。"剪第一亩，结屋数间。车辙有长者之多，竹洞无俗客之至。春韭小摘，浊醪细斟。扫花径以坐宾亲，听松风以当鼓吹。田父泥

饮，从月出以见留；童子应门，或日高而未起。小隐之乐，勿传于人。"（《南溪上梁文》）

杨万里是个有趣的人。"诚斋体"诗歌富有奇趣，小品文同样如此。他经常和朋友品评书画，文字幽默诙谐，如《跋赵大年小景》观赏赵令穰山水画时，由于画作精妙，他太过关注，以至于眼疾复发，赶紧将画退还朋友。"愈视愈远，忽去人万里之外。然水石草树，鸿雁凫鹥，可辨秋毫。予剩欲放目洞视之，而旧以挑灯抄书，目眚屡作。尝谒之医，医云：'穷睇远眄，目家所忌也。'偶忆此戒，速卷还客。"客人读到此文，必然捧腹大笑。

他时时在平凡生活中寻找乐趣，化俗为雅，在赞、传、赋等多种原本严肃正经的文体中别开蹊径，逞才斗巧。这样的小品文生动有趣，令人称叹。赞起源于上古时期乐官赞辞，风格"约举以尽情，昭灼以送文"，是一种比较严肃庄重的文体。杨万里的赞却大不一样，游戏之作的意思很明显。如《张功父命水鉴写诚斋，求赞》云："索汝乎北山之北，汝在南山之南。索汝乎南山之南，汝在北山之北。丁宁溪风，约束杉月。有问汝者，千万勿说。谁遣汝多言而滑稽？又遭约斋之牵率。"文笔轻盈跳脱。一般赞文主角多为王公大臣、名士高人。在杨万里笔下，蔬菜这样烟火气十足的东西也能成为赞文主角。《醉笔戏作生菜赞》描写的是老百姓习见的莴苣："粹乎蔬则已瘠，粹乎肉则已腴。腴而不腴，蔬芼肉也。瘠而不瘠，肉膏蔬也。孰使予最？云子之课。拓欢伯之疆者，不在兹乎？不在兹乎？"这在文学史上属于非常新鲜的风格。

不仅如此，他还把豆腐当作传记的主角，创作了一篇洋洋洒洒七八百字的《豆卢子柔传》。文章借鉴韩愈《毛颖传》的写法，详细介绍豆腐的籍贯、家世、出身、事业功绩，颇有几分荒诞色彩。此外，他的文赋中还有《糟蟹赋》和《后蟹赋》，以螃蟹为主角编造故事，是典型的俳谐文。

骈文格律工整，讲究用典藻饰，在宋代多用于公私文翰，有相对严格的格式。做骈文如戴着镣铐跳舞。杨万里是个高明的舞者，用骈体写书启也能写出奇趣。《答周监丞贺冬启（时益公冬启同至）》内容极为平常，杨万里却发挥奇特想象，把两封书信并至的日常事件想象成两军夹攻的紧张激烈场面，铺张渲染，纵横驰骋。"昨遣长须，敬致短札。以修亚岁之贺，仰祝大年之祥。介者未还，使乎踵至。方与南北阮之族小语竹林，忽报东西周之师并攻杨邑。云合雾集，车驰卒奔，焉敢仰关而攻？分甘曳兵而走。尚蒙四酒以饮子反，先以乘韦而犒孟明。既效郤至之趋风，即出檀公之上策。左支伯兮伟节之怒，右梧仲氏丞相之嗔。纷纭之间，应接不暇。"对于天才作家来说，对偶、用典这些形式的束缚根本不成问题。

四

　　杨万里是个爱交友的人，友情是他小品文的重要主题。他文名满天下，宦迹遍九州，且又高寿，一生交游广泛，真正可称得上"天下谁人不识君"。《水月亭记》中作者自己也提到这点："予既宦游四方二十年，自州县入朝列，得与海内英俊并游。当世之士，非所趋殊向，所志不同。行者往往一见即定交，既交必久要，盖山何芳而不撷，海何珍而不索也。"晚年退隐故居享受自由自在的生活，红尘中唯一难以割舍的就是友谊。"惟是平生方外之交、一世诗文之友，遣于心而不去，去于心而复来。此一事独扰扰焉于吾心。万事俱遣，一事犹在。"（《答沈子寿书》）他重视朋友，与好友往来频繁，如与周必大、周必正兄弟酬赠往来的诗就有几百首，小品文也有多篇。

　　由于其在文坛、政坛的独特影响力，杨万里交游广泛。他和朱熹、陆游、周必大、赵汝愚、张栻、尤袤、胡铨、张浚等当时的顶尖精英文人都有交往。在某种意义上，杨万里的朋友圈是观察南宋文人生态的绝佳范本。他的小品文抒发了与友人之间真挚的感情，透露出当时的社会思潮、文人心态和审美理想，用文学的方式塑造了一组各具风采的南宋文人群像。如《答朱晦庵书》作于绍熙五年（1194），当时宁宗刚上台，赵汝愚和韩侂胄两派党争激烈。文章描述了一个仙人因下棋引起争吵的极富深意的梦境，婉拒了朱熹请其出山的热情邀请。作者看似闲谈的口吻背后，南宋党争的刀光剑影、文人的不同政治选择，都隐约透露出来。

　　尚雅是很多南宋士大夫的审美趣味。杨万里笔下的南宋雅士形象往往着墨不多，神采飞扬。如《山居记》中的沈作宾有魏晋名士气度，风流潇洒，"胸次洒落，如风棂月牖，韵致清旷，如雪山冰壑。身居金马玉堂之近，而有云峤春临之想。职在献纳论思之地，而有灞桥吟哦之色。家本道场何山之丽也，而世居吴兴之郛"。《张功父画像赞》云："香火斋祓，伊蒲文物，一何佛也！襟带诗书，步武琼

琚，又何儒也！门有珠履，坐有桃李，一何佳公子
也！冰茹雪食，雕碎月魄，又何穷诗客也！约斋子
方内欤？方外欤？风流欤？穷愁欤？老夫不知，君
其问诸白鸥。"张镃这种清雅脱俗具有多面性的贵
族士大夫是南宋精英文人的典范。

此外，杨万里小品文还刻画了一批出身贫寒的
底层文人形象。《跋刘彦纯〈送曾克俊作室序〉》
中的曾克俊身居破屋，"克俊之幽境能悦人，未若
克俊之破屋能逐人也"。底层文人的生存窘境令人
同情。《送冯相士序》中的冯相士以相骨算命为生，
却如同一位仗剑行天涯的文士，"自言将上九疑，
历苍梧，以遍览岭表之山川，与南海之涛波"，后
来愤世嫉俗，甚至有断发出家的冲动，"俗情益不
古之似矣，吾厌之，吾厌之。吾将脱冠巾，祝发鬐
以去之"。《雪巢赋》的诗人林景思不以物质的贫乏
为意，效仿陶渊明远离喧嚣，保持精神上的独立
高远。阅读杨万里的小品文，可以丰富我们对南
宋文人现实生存状况及其精神世界的认识。

五

遗憾的是，杨万里诗歌选注赏析类的书籍众

多，却没有一本有关杨万里小品文的专门著作。而这也正是这本小书最大的意义。依照全套丛书的体例安排，本书共精选杨万里文集里小品文62篇。其中第一卷为游记，第二卷为序、赞、题跋，第三卷为表、启、书信，第四卷则为辞赋、上梁文、杂传等。在版本上，本书所选文字主要以辛更儒先生笺校的《杨万里集笺校》（中华书局出版）为底本，以王琦珍先生整理的《杨万里诗文集》（江西人民出版社出版）为校本。由于笔者学识有限，书中难免有错漏之处，敬请方家批评指正。

元代刘埙《隐居通议》云："杨诚斋表笺亦自超出翰墨畦径，可讽而诵，然病于太奇。""奇"正是杨万里小品文最大的特色，表现在"破体为文"的创新突破、奇特丰富的想象力、新奇特异的语言技巧、新鲜独特的文学主题、丰富多变的风格手法等。在一定意义上，通过阅读杨万里小品文，我们更能把握南宋散文以及宋代文学的多元面貌。"奇文共欣赏，疑义相与析。"我们相信，杨万里这些新奇优美的小品文跨越千年依然有着迷人的魅力，值得细细品读。

目　录

卷一 游记

既溃于成，呼酒与二三诗友落之，开窗卷帘，江光月色，飞入几席。

玉立斋记

零陵①法曹②厅事③之前，逾街不十步，有竹林焉，美秀而茂，予甚爱之。欲不问主人而观者屡矣，辄不果。或曰："此地所谓美秀而茂者，非谓有美竹之谓也，有良士之谓也。"予闻之，喜且疑。竹之爱，士之得，天下孰不喜也，独予乎哉？然予宦游于此，几年矣，其人士不尽识也，而其良者独不尽识乎？予欲不疑而不得也。

今年春二月四日，代者④将至。避正堂以出，假屋以居。得之，盖竹林之前之斋舍也。主人来见，唐其姓，德明其字⑤。日与之语，于是乎喜与前日同，而疑与前日异。其为人庄静而端直，非有闻于道，其学能尔乎！有士如此，而予也居久而识之，斯谁之过也？以其耳目之所及，而遂以为无不及，予之过，独失士也欤哉！

德明迨暇，与予登其竹后之一斋。不下万竹，顾而乐之。笑谓德明曰："此非所谓抗节玉立⑥者耶？"

因以"玉立"名之。而遂言曰："世言无知者，必曰
'草木'。今语人曰：'汝草木也。'则艴然⑦而不悦。
此竹也，所谓草木也非耶也？然其生任则草木也，其
德则非草木也。不为雨露而欣，不为霜雪而悲，非以
其有立故耶？世之君子，孰不曰：'我有立也，我能临
大事而不动，我能遇大难而不变。'然视其步武而徐数
之，小利不能不趋，小害不能不逋⑧。问之则曰：'小
节不足立也，我将待其大者焉。'其人则不愧也，而草
木不为之愧乎？"

德明负其有，深藏而不市。遇朋友有过，面折之，
退无一言。平居奋然有愤世嫉邪之心，其所立莫量也。
吾既观竹，夜归，顾谓德明曰："后有登斯斋者，为我
问曰：'人观竹耶？竹观人耶？'"

隆兴元年，庐陵杨万里记。

【注释】

①零陵：今属湖南永州。

②法曹：主管刑法狱讼的州县吏员。

③厅事：官署视事问案的厅堂。

④代者：接替自己职务的官员。

⑤唐其姓，德明其字：唐人鉴，字德明，与杨万里
交游甚密，多有诗文酬赠。

⑥抗节玉立：形容节操坚挺，独立不屈。东晋桓温《荐谯元彦表》："身寄虎吻，危同朝露，而能抗节玉立，誓不降辱。"

⑦艴（fú）然：生气的样子。

⑧逋（bū）：逃离，逃窜。

【赏读】

中国古代早有以物喻人的文化传统，先秦时期"君子比德于玉"，将玉人格化，赋予它美和德，或曰九德，或如孔子所言有"仁、智、义、礼、乐、忠、信、天、地、德、道"十一德。所谓君子如玉，人和所借喻的物契合无间。自然界常被用来比德的植物主要有梅、兰、竹、菊"四君子"，四种植物中竹有点特殊。明代唐顺之《任光禄竹溪记》曰："昔人论竹，以为绝无声色臭味可好。故其巧怪不如石，其妖艳绰约不如花，孑孑然有似乎偃蹇孤特之士，不可以谐于俗。是以自古以来，知好竹者绝少。"不过实际上，"四君子"中竹虽或没有像梅、兰、菊等观赏花卉那么多地进入文学世界，但其挺直不屈的傲然风骨和高雅象征从未被文学遗忘。《诗经·卫风·淇奥》中即有"瞻彼淇奥，绿竹猗猗。有匪君子，如切如磋，如琢如磨"。将竹比人予以赞美。魏晋时期名人狂士在山阴道的竹林深处留下无数风雅故事，唐宋时期王维的"竹喧归浣女，莲动下渔舟"，苏轼的"宁可食无肉，不可居无竹。无肉令人瘦，无竹令人俗"。竹都是独具风格的文学意象。杨万里文集中有两篇以竹为主题的小品文，一篇是《玉立斋记》，一篇是《竹所记》。

《玉立斋记》叙述顺序是由竹及人，主旨是借物喻人，借美竹赞颂唐德明"庄静端直""抗节玉立"的品格，借此砥砺世俗，规劝讽刺那些趋慕荣利、丧失品格的人。文章开头两段写与玉立斋主人的结识经过，原本平淡的事情在杨万里的笔下摇曳生姿。作者由"美秀而茂"的竹林写起，欲访竹林主人而不得，留个悬念。再借用第三人的评价说明"美秀而茂"的竹林主人是个良士，作者对此持存疑的态度，又是一个小波折。往后二人得以谋面还是因为房东与租客的有趣缘分。亲身相处之后，作者对"其人良士"的"疑"诠释，转为赞赏和感慨，赞赏其"庄静而端直"的品格，感慨结识之晚。

交往既深，情谊自厚，杨万里主动为唐德明的斋舍起名，并阐释"玉立"二字的由来，这也是全文最精彩的部分。杨万里认为，竹子一物虽属于草木科，但品德与一般草木不同，有傲然独立的品格，"不为雨露而欣，不为霜雪而悲"，令人钦佩。世间有所谓君子，口头夸夸其谈，说"我有立也，我能临大事而不动，我能遇大难而不变"，但实际上往往趋利避害，毫无风骨，比之草木尚有不如。唐德明恰与此类人相反，思想深邃，愤世嫉俗，风骨傲然。这点与所种植的万竿翠竹完全相符。

文章不过几百字，但对当时阿世媚俗风气的批判和对品格独立的士大夫的赞赏都充分表现了出来。文章最末的喟叹"后有登斯斋者，为我问曰：'人观竹耶？竹观人耶？'"时至今日，这依然是一个具有很强现实意义的问题。

景延楼^①记

　　予尝夜泊小舟于峡水^②之口，左右后先之舟，非吴之估^③，则楚之羁^④也。大者宦游之楼船，而小者渔子之钓艇也。岸有市焉，予蹑芒屦策瘦藤以上，望而乐之。盖水自吉水之同川^⑤入峡，峡之两崖对立如削。山一重一掩，而水亦一纵一横。石与舟相仇，而舟与水相谍。舟人目与手不相计则殆矣。下视皆深潭激濑，黝而幽幽，白而溅溅。过者如经滟滪^⑥焉，峡之名岂以其似耶？至是则江之深者浅，石之悍者夷；山之隘者廓，地之绝者，一顾数百里不隔矣。

　　时秋雨初霁，月出江之极东。沿而望，则古巴丘^⑦之邑墟也，面而觌^⑧则玉笥^⑨之诸峰也。溯而顾，则予舟所经之峡也。市之下，有栋宇相鲜，若台若亭者。时夜气寒甚，予不暇问。因诵山谷先生^⑩《休亭赋》登舟，至今坐而想之，犹往来目中也。

　　隆兴甲申二月二十七日，予故人月堂僧祖光，来谒予曰："清江有谭氏者，既富而愿学。作楼于峡水之滨，以纳江山之胜，以待四方之江行而陆憩者。楼成，乞名于故参政董公^①。公取鲍明远《凌烟铭》之辞，而揭以'景延'。公之意，欲属子记之，而未及也。愿毕公之志，以假谭氏光。"予曰："斯楼非予畴昔之所见而未暇问者耶？"曰："然。"予曰："山水之乐，易得而不易得，不易得而易得者也。乐者不得，得者不乐。贪者不与，廉者不夺。故人与山水，两相求而不相遭。庾元规、谢太傅、李太白辈，非一丘一壑之人耶？然独得，竟其乐哉！山居水宅者，厌高寒而病寂寞，欲脱去而不得也。彼贪而此之廉也，彼予而此之夺也。宜也。宜而否，何也？今谭氏之得山水，山水之遭乎？抑谭氏之遭乎？为我问焉。"祖光曰："是足以记矣。"乃书以遗之。

谭氏兄弟二人，长曰汇，字彦济。次曰发，字彦祥。有母老矣，其家睦，祖光云。

【注释】

①景延楼：楼在峡江。"景延"一词出自鲍照《凌烟楼铭》"瞰江列楹，望景延伫"一语。

②峡水：峡江。

③估：同"贾"，商人。

④羁：羁旅之人，长久寄居他乡之人。

⑤同川：同水。在江西省吉安市安福县入吉水，在吉水县入赣江。

⑥滟滪：地名。指滟滪堆，亦作"滟滪滩"，俗称"燕窝石"。在重庆市奉节县东五公里瞿塘峡口。

⑦巴丘：位于今湖南岳阳地区，三国时孙权、刘备两个军事集团的交界处，周瑜于此暴疾而亡。

⑧觌（dí）：相见，观察。

⑨玉笥：山名。在湖南湘阴县东北。

⑩山谷先生：黄庭坚（1045～1105），字鲁直，号山谷道人，晚号涪翁，洪州分宁（今江西九江修水）人，北宋著名文学家、书法家，创立"江西诗派"。

⑪故参政董公：董德元，字体仁，吉州永丰人，绍兴十八年（1148）礼部进士第二名。曾任参知政事。

【赏读】

杜甫《岳麓山道林二寺行》曰："一重一掩吾肺腑，山鸟山花吾友于。"山水与人契合无间一直是中国古代文人向往追求的至高境界。王献之说："从山阴道上行，山川自相映发，使人应接不暇。若秋冬之际，尤难为怀。"那种魏晋名士披着大氅悠然行走在大自然间的画面至今令人遐想。宋代亭台楼阁记中于山水中寄托人生反思的佳作数量不少，最为经典者当为北宋范仲淹的《岳阳楼记》与欧阳修的《醉翁亭记》，杨万里《景延楼记》则是南宋这类亭台楼阁记的代表之作。

景延楼位于峡江之滨，临江远眺，风景极佳，楼名源自鲍照《凌烟楼铭》"瞰江列楹，望景延伫"。本记是杨万里应故人月堂僧祖光之约为景延楼主人谭氏兄弟而作，其人其楼杨万里本人并未亲见，但通过杨万里的生花妙笔，读者对景延楼充满了期待。全文写景幽奇绝丽，说理幽邃深刻，充分展现了其散文艺术创作的高度成就。

《景延楼记》以景延楼为名，最精彩的文字却在于描写作者早年夜泊峡江之口时所看见的清幽明丽的景象。文学和摄影作为两种艺术门类，常有互通之处。钱锺书先生《谈艺录》中比较陆游和杨万里诗歌特征曾有段精彩论述："放翁善写景，而诚斋擅写生。放翁如图画之工笔；诚斋则如摄影之快镜，兔起鹘落，鸢飞鱼跃，稍纵即逝而及其未逝，转瞬即改而当其未改，眼明手捷，踪矢蹑风，此诚斋之所独也。"实际上杨万里既擅写生，又擅写景，是一位技术高超的摄影师。《景延楼记》写景时镜头变幻不定，远景、近景、动景、静景都有，像一部精彩的风景片。文章开头描写江面楼船往还不绝的热闹场面，随后作者兴致勃发，"蹑芒屦策瘦藤"，高处远眺所见峡江两岸如画景致，"仇"和"谍"用得生新绝妙，动态十足。远景之后镜头切换，转为俯视近景，"下视皆深潭激濑，黝而幽幽，白而溅溅”，水势湍急动荡。过了险隘的峡口之后，通过一组排比，平实贴切地把江面豁然开朗、一望无际的场景描画了出来。整段景物描写由远及近又至远，视角切换，颇有几分流动的摄影感。

范仲淹《岳阳楼记》借山水景色变幻表达"不以物喜，不以己悲"忧乐天下的士大夫精神。欧阳修《醉翁亭记》"醉翁之意不在酒，在乎山水之间也"的抒怀带了几分疏狂放荡的情致。《景延楼记》中杨万里对人和山水关系的阐释则蕴含着更多的哲学思考。他认为山水之乐经常是一种复杂矛盾的状态。"易得而不易得，不易得而易得者也。乐者不得，得者不乐。贪者不与，廉者不夺也。"故而人与山水的最佳状态是"两相求而不相遭"。其实不只是山水，仕途、人生遭际，很多事情都是如此，应持一种"两相求而不相遭"的心态，不必刻意执着。这种态度有些老庄意味了。

竹所记

永嘉吴公叔^①，清旷简远，望之皎然如雪山，倚空落月满屋梁^②也。趯然^③如琼田^④之鹤，阿阁^⑤之鸾凤也；萧然如驭风骑气，饮沆瀣^⑥而游汗漫^⑦也！予顷识之湘中，一见定交。脱帽痛饮，说诗论文。俗士往往或疑其异，或信其真，公叔不知也。

今年四月，予来为邑于新吴。公叔实宾赞^⑧洪府，相见谈湘中事。予盖老且病矣，折腰走阶下，非其好也。公叔复呼酒，以盥濯予之泥途尘沙。夜过半，月在牖户，荷风飒然，从东湖之东，度水而至。公叔与予皆大醉矣。公叔起曰："吾有竹所，子盍为吾记之?"予曰："奚而名也?"公叔曰："子不闻夫王子猷之不问主人，径造竹所乎^⑨?"予曰："记之易耳。虽然，此非公叔事也，乃杨子事也。杨子将为子猷之径造矣。但未知今之主人与昔之主人何如耳?"公叔大笑曰："王茂弘不云乎:'元规若来，吾便角巾还第^⑩。'"

庚寅十一月四日，庐陵杨某记。

【注释】

①吴公叔：吴松年，永嘉（今浙江温州永嘉县）人，杨万里之友。

②落月满屋梁：形容吴公叔洒脱萧散，不沾尘埃。出自杜甫的《梦李白二首》"落月满屋梁，犹疑照颜色"。

③趯（yuè）然：超然出俗貌。

④琼田：形容莹洁如玉的江湖、田野。南朝陈张正见《咏雪应衡阳王教》曰："九冬飘远雪，六出表丰年。睢阳生玉树，云梦起琼田。"

⑤阿阁：四面都有檐溜的楼阁。

⑥沆瀣（hàng xiè）：夜间的水气。据说为仙人所饮。屈原《楚辞·远游》曰："餐六气而饮沆瀣兮，漱正阳而含朝霞。"

⑦汗漫：渺茫不可知。《淮南子·道应训》："吾与汗漫期于九垓之外。"

⑧宾赞：指幕僚。

⑨王子猷之不问主人，径造竹所乎：王子猷，王徽之（？~388），东晋名士、书法家，书圣王羲之第五子，生性爱竹。《世说新语》记载其不待主人邀请而去赏竹的故事。

⑩角巾还第：角巾，有棱角的头巾，隐士常用冠饰。

借指归隐。《晋书·王导传》:"则如君言,元规若来,吾便角巾还第,复何惧哉!"

【赏读】

　　《竹所记》是杨万里另外一篇为以竹为特色的庭室所作的记,写法却与《玉立斋记》大不同。《玉立斋记》由竹及人,《竹所记》则纯为以人观竹,以人观楼。文章是杨万里为江西安抚司参议吴松年的处所而作,作者用生花妙笔描述出吴松年的清旷胸怀、名士风度以及两人如何倾心相交、谈笑甚欢的情状。尤其描写两人月夜饮酒的场景,着墨不多,画面清丽绝俗,意境极美。"公叔复呼酒,以盥濯予之泥途尘沙。夜过半,月在牖户,荷风飒然,从东湖之东,度水而至。公叔与予皆大醉矣。"颇有几分宋代词人陈与义"长沟流月去无声,杏花疏影里,吹笛到天明"的味道。文章对竹所的建造过程以及周围环境等全略过不提,但我们又分明能从主人的身上联想到竹所的不俗环境,构思非常新颖。

　　除写作方式差别外,《竹所记》与《玉立斋记》塑造的主人翁形象也大不相同。《玉立斋记》的主人是个"庄肃端直"的道德君子,风骨挺然,带有浓厚的道德色彩。竹所的主人则是一个典型的名士,气韵脱俗,清旷简远。在此,杨万里用了一组排比式的比喻,通过极富文学想象力的语言刻画了一幅吴松年的画像，"望之皎然如雪山，倚空落月满屋梁也。趯然如琼田之鹤，阿阁之鸾凤也；萧然如驭风骑气，饮沆瀣而游汗漫也"！文辞极华丽之能事。文末引用的魏晋时期王徽之访竹尽欢而去和《晋书·王导传》中角巾还第的典故极其巧妙，既非常切合竹和隐居的主题，也隐隐地透露出作者和竹所主人对魏晋风尚的钦慕向往。

水月亭记

予既宦游四方二十年，自州县入朝列，得与海内英俊①并游。当世之士，非所趋殊向，所志不同。行者往往一见即定交，既交必久要，盖山何芳而不撷，海何珍而不索也。然求如韩子②所云"明白淳粹③"，如吾友刘君承弼彦纯者④加少。

始予之少也，贫且拙。拙故多不合，贫故寡与。以与者之寡，而不合者之多，故无友。年二十有一，乃始得友吾彦纯。彦纯之为人，非今之所谓为人者也。其为文，非今之所谓为文者也。予初得此友，亦以为得斯人于吾乡，则艰乎尔。求斯人于天下，则奚而艰也。今其然矣乎？今其不然矣乎？

不彦纯之为见，七年矣。余递宿⑤南宫⑥，同舍郎皆上马去，雁鹜行⑦亦散。隔窗雨雪，落修竹间，一风北来，琤然有声。家僮以彦纯书来，索《水月亭记》。予慨然不乐，览书危坐独想，忽如登斯亭，对斯人，则又欣然而孤笑也。当予与彦纯共学时，每清夜读书倦甚，市无人迹，则相与登亭，掬池水，弄霜月，自以为吾二人之乐，举天下之乐何以易此乐也。虽有语之以今昔离索之悲，肯信不肯信也？今何地无水，何夕无月，而吾二人欲追求昔者登亭之乐，则既有不可复得之叹矣。抑不知吾二人复相从登斯亭，犹如昔者乐否也？

癸巳月日记。

【注释】

①英俊：才智出众的人。

②韩子：韩愈。

③明白淳粹：坦诚通透，学养纯粹。语出韩愈《与崔群书》，原文为："至于心所仰服，考之言行而无瑕尤，窥之阃奥而不见畛域，明白淳粹，辉光日新者，惟吾崔君一人。"

④刘君承弼彦纯者：刘承弼，字彦纯，号西溪先生，安福（今属江西）人，宋代诗人。其诗歌学陶渊明，风格清新自然。

⑤递宿：轮流宿卫。

⑥南宫：王侯子弟的学宫。

⑦雁鹜行：斜行，态度轻蔑。韩愈《蓝田县丞厅壁记》："吏抱成案诣丞，卷其前，钳以左手，右手摘纸尾，

雁鹜行以进。"

【赏读】

绍兴十七年（1147），二十一岁的杨万里求学于安福刘安世门下，与同门刘承弼相识，自此二人成为莫逆交。二十余年的光阴转眼即逝，乾道七年（1171）杨万里接到刘承弼的来信，作了这篇《水月亭记》。本文从题目来看是一篇亭台楼阁记，细读全文，却无一字涉及水月亭本身，全篇赞美友人的品德修养，追忆与友人订交的过程，留恋往昔同游的乐趣，文字清丽，情思悠远。

文章开头作者自述宦游四方二十余年间交往甚广，举凡在朝在野的文人雅士，但刘承弼这般"明白淳粹"的朋友却很难得，点题夸赞刘承弼品德高洁，不同流俗。

除了"明白淳粹"，刘承弼之可贵还在于他是杨万里尚为贫寒士子时交往的一位故友。世人谈及杨万里，多因诗及人，由其"诚斋体"的灵活通透，理所当然地认为其性格也是洒脱通透。实际上杨万里性格有狷介、落落寡合的一面。《宋史·杨万里传》曰："万里为人刚而褊。"杨万里自己分析："始予之少也，贫且拙，拙故多不合，贫故寡与。以与者之寡，而不合者之多，故无友。年二十有一，乃始得友吾彦纯。"因为经济困窘，故而很少与人交往；因为"拙"，故而容易与人不相投。在这里杨万里很深刻地道出了古今寒门士子的共同特点，经济上的困窘与精神上的拘谨笨拙。具体形容刘承弼时，杨万里只用了两句话："彦纯之为人，非今之所谓为人者也。其为文，非今之所谓为文者也。"简单直白，所用文字不多而刘承弼的风采尽现。这种朴实无华的语言往往蕴含着深沉的力量。

文末追忆昔日与刘承弼同学时共游的乐事，文字精致，风神凄清。对比苏轼《记承天寺夜游》："元丰六年十月十二日夜，解衣欲睡，月色入户，欣然起行。念无与为乐者，遂至承天寺寻张怀民。怀民亦未寝，相与步于中庭。庭下如积水空明，水中藻荇交横，盖竹柏影也。何夜无月？何处无竹柏？但少闲人如吾两人者耳。"两段文字气质神似，明显能看出杨万里对苏轼文风的继承关系。但同为追忆往昔，相较苏轼的洒脱旷达，杨万里显得更加沧桑深沉，"离索之悲"的感伤始终难以排遣。池水处处都有，高悬于空的月亮时常出现，但与同年把手同游的机会难再得。更让人无奈的是，时间无情，一切都在变化，纵有机会好友同聚，旧地重游，也很难找回当年的快乐感觉。

宋代蒋捷《虞美人》云："少年听雨歌楼上，红烛昏罗帐。壮年听雨客舟中，江阔云低、断雁叫西风。而今听雨僧庐下，鬓已星星也。"同样是听雨，人生却由少年步入暮年，情绪天差地别。杨万里这段追忆短短百余字连用五个"乐"字，弥漫了知音难觅、乐难长存的满满感伤。从这个意义上看，我们不妨这样认为，水月亭以"水月"名亭，既实指当年的池水和月色，也暗喻一切都是"水月镜花"的幻象，一切都是变幻虚无。长于思辨的杨万里似乎突然成了一个悲观主义者。

严州聚山堂记

严陵郡圃新堂落成，命曰聚山。太守宗丞曹侯[1]取予诗语[2]也。堂之经始，治中张定叟谓予："子盍赋之?"盖侯志也。诗既往，侯遂取以命堂，且征予为记。

初予官于朝，以母老丐[3]补外，得符临漳。自龙山登舟，舟人忽摵柂[4]回棹，望潮波之来而逆之，突而入焉。然后随波疾行，江山开明，四顾豁如，甚快于予心也。舟行之二日，自鸬鹚湾[5]历胥口，则两山耦立[6]而夹驰，中通一溪，小舟折旋其间，行若巷居，止若墙面。逼仄[7]厄塞，使人闷闷。又一日，宿乌石滩下。晓起而望，则溪之外有地，地之外有野，野之外有峰，峰之外有山。虽不若向之开明豁如者，然北山刺天，若倚画屏；南山隔水，若来众宾。玉泉若几研[8]，而九峰若芝兰玉树也。于是予之快者复，而闷闷者去矣。

予以呼家僮未来，假馆于曹侯者期月。尝从侯散策郡圃，初登千峰之榭，予亦甚快。已而降自古堞，委蛇北东，至夫所谓正己堂者，筑高而趣之庳，轩敞而见之隘，闷然复如在鸬鹚湾胥口舟中时也。

侯曰："是中有住处，我初得之，将因其村，易其地以为新堂，子岂识之？"予未应，且行且顾，举武⑨不百，至坏垣所，偶跂⑩而望，则向之若倚画屏者，倚乎此；若来众宾者，宾乎此；若几研，若芝兰玉树者，毕集乎此。予欣然曰："汉武帝不云乎：'公等安在，何相见之晚也⑪！'侯之所谓佳处者，此其是耶非乎？"侯大笑曰："得之矣。"堂成行，因书其说。

年月日，记。

【注释】

①太守宗丞曹侯：曹耜，字仲本，曹勋之子。好学属文，敏于政事，曾任严州太守，后知徽州、衢州，为工部郎中。

②予诗语：指杨万里《题严州新堂》云："江山只道不解语，云何惠然堂上聚。"

③丐：乞求，请求。

④捩柂（liè duò）：同"捩舵"，拨转船舵，指行船。

⑤鸬鹚湾：位于浙江富春江上游的一处天然港湾，鸬鹚捕鱼停泊于此，故名。

⑥耦立：相对而立。

⑦逼仄：狭窄拥挤。

⑧研：同"砚"。

⑨举武：举足，举步。

⑩跂（qǐ）：踮起脚后跟。

⑪公等安在，何相见之晚也：出自《史记·平津侯主父列传》："天子召见三人，谓曰：'公等皆安在？何相见之晚也！'"

【赏读】

　　杨万里自认对山水的痴迷无药可救，"他努力要跟事物——主要是自然界——重新建立嫡亲的母子的骨肉关系，要恢复耳目观感的天真状态"（钱锺书《谈艺录》）。诗歌中描写大自然多有妙思奇想，散文创作时则常把台阁名胜记写出山水游记的味道，《泉石膏肓记》如此，《严州聚山堂记》也是如此。

　　《严州聚山堂记》体例完整，层次清晰，记述了聚山堂得名及作记由来、作者对早年山水游历的回忆、聚山堂景致及建造过程等诸多内容。文章妙处在于采取现在——过去——现在的时间脉络，将严州聚山堂与作者早年宦游四方时遇到的风景关联在一起，由此产生了奇妙的情感共鸣。作为不同时空的两幕场景，浙江严州曹耜所建造的聚山堂与杨万里多年前一路舟旅所见的风景似乎毫不相干，但通过他敏锐的审美感知，聚山堂由登峰台榭之开阔突然转为逼仄，"筑高而趣之庳，轩敞而见之隘，闷然复如在鸬鹚湾胥口舟中时也"，这一感受很相似。这种类似一下子勾起了他对往昔的回忆，随之展开了一段极为精彩的山水景物描写。

陶渊明《桃花源记》中武陵渔人发现桃花源之路是一个从狭口到豁然开朗的过程。杨万里当年乘舟而行看到的风景及感受，也经历了一个由开阔到逼仄再到开阔的过程。最初随波疾行，"江山开明，四顾豁如"，有点"轻舟已过万重山"的意思，"甚快于予心也"。走了两天之后，景色忽然一变，"两山耦立而夹驰，中通一溪，小舟折旋其间，行若巷居，止若墙面"，"使人闷闷"。船再行一日，抬眼望去，山野平铺，层峦叠嶂，又是一幅美景。"于是予之快者复，而闷闷者去矣。"

《严州聚山堂记》在句式和修辞手法上都精雕细琢，极其讲究。句式多变，参差错落，景致变幻配合或舒缓或急促的节奏，和谐统一。语言骈散结合，音韵铿锵，灵活地穿插着"驰""溪""间""面""屏""宾"等押韵词语，富有音乐美。修辞上综合使用排比、顶针、比喻、拟人等多种手法，形象生动地把大自然的美景栩栩如生地呈现出来。

霁月楼记

余顷官于朝，得予叔祖彦通①书，诿②余以名石井③张氏之楼，且为之记。予以未尝至石井，未登斯楼，莫知所以名之者。乃复书彦通，讯以斯楼何宜。彦通又以书云：“暄④凉靡不宜，而尤于秋宜；风物靡不宜，而尤与月宜；朝暮晦明靡不宜，而尤与霁宜。”余乃大书“霁月楼”三字以遗之，未暇作记也。

余尝观诗家者流，多喜谈霁月。余以为万众皆有新故，无新故者月也，故曰“霁月”焉。及予为博士于奉常，时秋且半，吏白余，当祀寿星。余与少卿蜀人黄仲秉⑤，斋宿于西湖南山之净慈禅寺⑥。是夕雨作，松竹与荷叶终夜有声，骚骚⑦也。五鼓夙兴，登坛将事。则天宇如水，月色如洗，殆不类人间有也。盖诗家之谈尤信。

张君克刚⑧，喜宾客，且博延名士，以才其子弟。斯楼又胜绝，予安得月前霁后，御风往观焉？先作此记，庶几与斯楼有一日雅也。

年月日，某记。

【注释】

①彦通：杨彦通，杨万里族叔祖。

②诿：推托。

③石井：《舆地纪胜》卷三一记载，石井位于永丰县南二十余里，深阔丈余，大旱不干。

④暄：温暖。

⑤黄仲秉：黄钧，字仲秉，绵竹（今属四川）人，曾任太常少卿。杨万里之友。

⑥净慈禅寺：西湖边上南屏山的大寺。

⑦骚骚：象声词，风吹树木的声音。

⑧张君克刚：张克刚，字文仲，江西永丰人。

【赏读】

由于文名满天下，且交游甚广，杨万里经常被亲友求文。《霁月楼记》就是杨万里应族叔祖之托所作的散文，篇幅不长，却文采飞扬，艺术价值较高。对楼和楼的主人，杨万里并没有太多的了解，故这篇记文的妙处不在对楼台和主人本身的精彩描写和传神刻画，而是在虚笔形容中透露出的一份精致脱俗的文人情怀。

霁月楼位于江西永丰石井，杨万里从未踏足，"未尝登楼"，但通过杨彦通来信中的几句话，"暄凉靡不宜，而尤于秋宜；风物靡不宜，而尤与月宜；朝暮晦明靡不宜，而尤与霁宜"，该楼无处无时不在的美丽风景已跃然纸上，令人向往。

文章的重点在对楼名"霁月"二字的阐发和联想上。霁月一词原本形容雨雪停止后明净的月色，是古代诗词常见的文学意象。后有时被用来形容文人气度，如宋代黄庭坚在《豫章集·濂溪诗序》中形容周敦颐时说"舂陵周茂叔，人品甚高，胸怀洒落，如光风霁月"。杨万里诗文集中也有多首霁月主题的作品。他认为霁月之所以可贵，是因为万物皆有新有故，唯独月亮亘古不变。由此回忆起多年前的一个秋夜与友人斋宿西湖边净慈禅寺时的难忘经历。当夜突然下雨，松竹和荷叶在风雨中声响不断。等到天将明时，雨已停，天宇寂静明澈，所谓"天宇如水，月色如洗，殆不类人间有也"。简单的几句话，勾勒出一幅绝美的霁月夜赏图。好的散文能于咫尺中塑造出耐人寻味的诗意境界，这段话正是如此。

文章结尾引出楼的主人张克刚。杨万里与其并未谋面，只知其是一好交游的风雅之士，"喜宾客，且博延名士"，并点明对月前霁后前往观赏的期待，呼应题目，完美收尾。

宜雪轩记

东江刘元渤，语其友周直夫①曰："吾于世味，未尝升其堂②，嚌③其胾④也。人驰而我止，我所倠⑤人所向也。顾独有所癖，昔子猷癖于竹，灵均⑥癖于兰，和靖⑦癖于梅，吾皆兼此而有之，若病膏肓，若嗜土炭，未易瘳⑧也。吾既聚三物而群植之，又开轩以临之，子盍有以名吾轩，且谒之诚斋，以记吾所以记？"

直夫未有以对也，退而访予于南溪之上，相与道元渤语，欲取王元之⑨《竹楼记》之词，名轩以宜雪。予曰："子得之矣。万物莫不病乎雪也，不病乎雪者，梅欤？竹欤？兰欤？岂惟不病之，亦复宜之。而梅得雪而复洁白者有朋，惟兰与竹得雪而后青苍者无朋。今也相与曹处于刘子轩窗之前，并驱于岁寒风雪之会，若相友以道，相摩以义，掩之而色愈明，凛之而气愈清，摧之而节愈贞者也。"予尝试评是三物矣，殆有似夫君子。盖身幽而名白似郑子真⑩，镒⑪中而铢⑫外似严子陵⑬，群污而孤清似伯夷、叔齐云。

元渤名渭，喜客而乐教子，士之贤者多从之游。视其癖，则知其人矣。其子林学而有文，尝荐名礼部。

年月日，记。

【注释】

①周直夫：周去非，字直夫，永嘉（今属浙江温州）人。曾官桂林通判，著有《岭外代答》。

②升其堂：登上厅堂，比喻学问技艺已入门。

③嚌（jì）：吃，品尝。

④胾（zì）：大脔也，切成的大块肉。

⑤偭（miǎn）：面向。

⑥灵均：屈原之字，此处指屈原。《离骚》："名余曰正则兮，字余曰灵均。"

⑦和靖：林逋（967~1029），字君复，钱塘（今浙江杭州）人，后人称为和靖先生，北宋著名隐逸诗人。有梅妻鹤子传说于世。

⑧瘳（chōu）：病愈。

⑨王元之：王禹偁（954~1001），字元之，济州巨野（今属山东）人，北宋著名诗人，北宋诗文革新运动的先驱。著有《小畜集》等。

⑩郑子真：郑朴，字子真，西汉著名隐士，淡泊名利，乐道闲居。

⑪镒：古代重量单位，一镒等于二十四两。

⑫铢：古代重量单位，一两等于二十四铢。

⑬严子陵：严光，字子陵，东汉著名隐士。相传为东汉光武帝刘秀同窗，后退居富春山。

【赏读】

　　宋代亭台楼阁记写法在继承唐代的基础上又呈现出新的发展趋势。唐代的记以物为主，多景物描写。宋代的记逐渐向人倾斜，以人为中心，融入作者强烈的主观意识，抒情和议论的成分增加。作者写作时注重情景理结合，以景带入，重点在凸显主人的风采、际遇，抒发作者的思考和感慨。《宜雪轩记》是杨万里为友人刘渭所作的记，比较集中地体现出这一点。

　　古代文人素有以物喻人的传统，竹之于王徽之，兰之于屈原，梅之于林逋，都已然成为一种文化符号和精神象征，寄寓着丰富的文化内涵。刘渭对这三者皆爱之深切，其雅士形象和人物品格立刻显现出来。关于建筑本身，则只用一句话轻轻带过："吾既聚三物而群植之，又开轩以临之。"

　　宜雪轩名中的宜雪一词出自王禹偁《黄州竹楼记》，原文为："夏宜急雨，有瀑布声；冬宜密雪，有碎玉声。"咸平元年（998），因预修《太祖实录》直笔犯讳，王禹偶降知黄州，在此写下了该文。在文中，作者充满感情地描写了贬谪中赏景读书风雅不减的文人生活，刻画了庄重自持、鄙夷声色的风骨节操。杨万里欣赏王禹偶的人品情怀，平时对竹也偏爱有加，写有《玉立斋记》《竹所记》《清虚子此君轩赋》等多篇与竹相关的散文名作。《宜雪轩记》中竹与兰、梅这些不惧风雪的高洁意象并列，它们无畏严寒、风骨挺立，这正是士人应有的姿态。与具有类似风骨的朋友相处，砥砺品行，才能共同提高。"若相友以道，相摩以义，掩之而色愈明，凛之而气愈清，摧之而节愈贞者也。"作者甚至进一步将梅、兰、竹直接比德于古代名贤郑子真、严子陵、伯夷、叔齐。

　　文章最后介绍刘渭好宾客、教子有方等，进一步丰富主人翁形象，结构严谨，体例完备。

长庆寺十八罗汉记

　　大柢长庆寺，在庐陵郡城之北四十里而遥，右背碧岑[①]，前左绀[②]溪。水木幽茂，望之蔚然也。旧有十八罗汉像，盖拙工为之。仪观俗下，神气昏顿，类道旁丛祠中捧土揭木之为者，岂有世外岩下之姿，遗物出尘之意哉？里中之士有罗长吉[③]者，顾瞻不怡，捐重币，聘良工，改作之。经估者四人，渊默者四人，衲绖者一人，杖植者二人。或挥麈欲谈，或长眉曳地，或佛齿在手，或清水挈瓶。玩炉者其意远，扰龙虎者其色暇。所谓世外岩下之姿，遗物出尘之思，其庶几不远。

　　吾闻是十八人者，西方之悍人也。其未见佛也，若吾子路[④]之未见夫子也。由今视之，所就乃尔。然则人果可以无学乎？由之瑟，固非彼所操也，然为彼而不为此者，所见者异人也？使之彼乎出此乎入，庸知其不由欤？以寂废动，以躬废物，视其貌、肖其学也。施之于世，则濩落[⑤]矣。然是十八人者，漠然无牵，超然无丽^⑥，世味不能诱其衷，人忧不能寇^⑦其崖^⑧，而况车服可得而维，刀锯可得而加也哉？

长吉名惠迪，其二弟早世，而诸孤不孤者，有长吉之贤字而焘^⑨之也。乐善而喜士，里中莫吾长吉之似者。

【注释】

①碧岑：青山。岑，山峰。

②绀（gàn）：微带红的青色。

③罗长吉：罗惠迪，字长吉，事迹无考。

④子路：仲由（前542～前480），字子路，又字季路，鲁国卞（今山东泗水）人，"孔门十哲"之一。

⑤濩（huò）落：空廓无用，沦落失意。

⑥丽：附着，依附。《周易·离》："日月丽乎天，百谷草木丽乎土。"

⑦寇：侵犯。

⑧崖：孤高矜持的样子。

⑨焘（tāo）：庇护，庇荫。

【赏读】

佛教在宋代有了很大的发展，除了佛教的民间化之外，文人与佛教的关系也变得更加紧密。文人好与方外交，僧人也以与士大夫交往为常态。唐代文人有时还存在默默阅读佛教典籍而不声张的现象，宋代文人已不忌讳明言自己对佛教义理的涉猎之深，常将儒学、佛学等思想融会贯通。杨万里是正宗的儒家学者，《长庆寺十八罗汉记》是其文集中比较少见的一篇以寺庙罗汉像为主题的散文，但并没有宣扬佛教思想，切题角度相当独特，符合其处处好奇的风格。

天下名山僧占多。长庆寺位于江西吉安城北，水木环绕，环境清幽。然而与此不相配的是原先神气昏顿的罗汉，这些塑像出自拙工之手，好像路旁业祠中的捧土揭木者之姿，毫无神仙应有的姿态。在里中人士罗长吉的精心筹建下，经过良工妙手重塑的罗汉形象焕然一新。

佛教传入中国后，佛像以其庄严肃穆的立体可视化形象成为民众信仰的重要载体。普通人看到长庆寺这十八尊罗汉佛像一般油然而生敬畏之心，文人大多据此进行佛教思想的传扬。杨万里则另辟蹊径，抛开宗教内涵，由十八罗汉的修行经历联想到世人的求学与修行。他认为十八罗汉原为西方悍勇之士，经过佛祖的点化教导，才得道成佛，这一点和孔门弟子遇见孔子后才学业精进别无两样。由此，作者强调，虽然中西不一，佛儒有别，但向学之事有着普适性的规律，思想领袖及机缘对于一个人的命运走向发挥着不可忽视的作用。另外，佛教和儒学思想主旨有别，但得道之人都具有独立的风骨品格，心性坚定，"世味不能诱其衷，人忧不能寇其崖"。宋代儒学和前代相比，更加注重内心的修行，追求"诚意正心"的内圣。杨万里本人深受张栻的这种思想的影响，特意把其书斋名之为"诚斋"。《长庆寺十八罗汉记》名义上是为佛教寺庙而作，但实际反映的却是杨万里一以贯之的儒学思想。在儒佛思想融合的宋代，这是个非常有意思的话题。

无尽藏堂记

　　永新县东郭外不十里曰横江，张司理德坚①居之。近无邑喧，远不林荒。乃筑山园，以郛②万家，刳③壤为沚，实以芙蕖，布砾为径，夹以海棠。为亭为轩，以憩以临。

　　园成，与吾友刘景明④游焉。德坚若不满意者，顾曰："是非不佳，然人为，非天造也。"乃与景明竹枝芒履，循海棠径北行百许步，至禾江之渚。德坚却立，曰："止，吾得佳处矣。"盖江水西来，渺然若从天流出，至是分为两，中跃出一洲，如横绿琴，昧⑤昂尻⑥庳⑦。美竹异树，不艺⑧而蔚。水流乎洲之南，北崖若裂，碧玉钗股，势若竞鹜，声若相应，若将胥⑨命而会于洲之下。览观未竟，云起禾山。意欲急雨，有风东来，吹而散之，不见肤寸。义山之背，忽白光烛天，若有推挽一玉盘疾驰而上山之颠者，盖月已出矣。景明贺曰："惟江上之清风与山间之明月，耳得之而为声，目遇之而成色。取之无禁，用之未竭，是造物者之无尽藏也^⑩。东波尝为造物守是藏矣。自坡仙去，夜半有力者，窃藏以逃^⑪。尝试与子携追亡收逋，而贮储于斯乎？"德坚乃作堂于其处，而题曰无尽藏^⑫云。

年月日，杨某记。

【注释】

①张司理德坚：张钢，字德坚，永新人。进士出身，曾官静江府司户、广州司理参军、常德教授、永平县令、福州通判等职。好读书，家藏书万卷，自编《宋列圣孝治》一百卷，著《横江丛稿》。

②郛：外城，屏障。此处名词动用。

③刳（kū）：从中间剖开再挖空。

④刘景明：刘浚，字景明，安福（今属江西）人。杨万里之友。

⑤咮（zhòu）：鸟喙，像鸟嘴一样的东西。

⑥尻（jū）：古同"居"，住处，处所。

⑦庳：低洼，低矮。

⑧艺：种植。

⑨胥：通"须"，等待。

⑩"惟江上之清风"六句：出自苏轼《前赤壁赋》。

⑪夜半有力者，窃藏以逃：出自《庄子·大宗师》，原文曰："夫藏舟于壑，藏山于泽，谓之固矣，然而夜半

有力者负之而走，昧者不知也。"

⑫无尽藏：佛教语，指佛德广大无边，作用于万物，无穷无尽。

【赏读】

散文至宋代，以欧阳修、苏轼等为旗帜，形成了好议论、多长句、平易流畅为典型特色的风格。杨万里诗歌语言灵动活脱，造诣极高，世人公认。但人们对杨万里散文语言艺术的评价就有些意见不一。宋孝宗曾评价其说："杨之文太聱牙，不如尤之文温润。"宋孝宗的话多少影响了后人对杨万里散文的看法。实际上孝宗之言未免有些片面，杨万里语言风格极其多样，在宋代散文名家里具有代表性，既有洒脱洗练、简洁明净的一面，也有追求生新尖峭、不同凡俗的一面，有时甚至会将两种差异迥然的语言风格融会贯通在一篇作品里。《无尽藏堂记》是杨万里的一篇名作，在思想意蕴、语言风格、文学传承上都颇具代表性。

学者在探讨东西方园林建筑差异时常提到一点，两者对天然与人工的理解不同。西方园林建筑突出人对自然的征服与改造，多把植物裁剪成规则的几何图形，建筑结构排列规整有序。中国古代园林建筑则大不相同，在处理自然与人工关系时强调建筑与自然的契合，追求

"虽为人作，宛若天开"的艺术效果。《无尽藏堂记》开篇以人工为主题，简要介绍堂主张德坚筑园的过程，句式多为工整对偶的四言句式，语言简练，多用"为""以"之类的虚字，如"刳壤为沚，实以芙蕖，布砾为径，夹以海棠。为亭为轩，以憩以临"这种古朴怪拙的语言风格，有点先秦魏晋时的语言味道。

这种人工痕迹太重的园林没有得到主人的青睐，他重新开始寻址，寻寻觅觅，到了江边，"德坚却立，曰：'止，吾得佳处矣。'"从此，人工的建筑本身已经不再重要，江、月这些自然美景成为主角。语言风格转为流畅自然，与前文形成很有意思的反差。表现手法也转向摄影快镜般的手法，强调动和变幻。江水两脉中有一绿洲，这是常见江景，不足为奇，"中跃出一洲"，一个"跃"字瞬时把场景带活了。

除了动态外，快镜焦点在一个"快"字，稍纵即逝，兔起鹊落，瞬间变化。古诗文中的月亮多静止不变地高悬于天际，突出的多是赏月之人的幽微心绪或哲理反思。杨万里笔下赏月过程却一波三折，像一出舞台戏剧，从云起禾山有急雨貌，到风自东来将云吹散，再到山背似乎有人推着一玉盘疾驰到山顶，月亮出来，节奏变幻，"急雨""忽"等词很有画面感。

江月是古代诗文中最具诗意美感的传统意象。张若虚《春江花月夜》道尽了江月无穷、人事有尽的感慨。苏轼《前赤壁赋》则旷达得多，江山无穷，风月长存，天地无私，我们正可以畅游其间而自得其乐。杨万里人生态度与苏轼颇多类似，《无尽藏堂记》篇末点题，坦言堂名由来，既增加了文章的深度，也可看出苏轼及《前赤壁赋》对杨万里人生观和文学创作的影响。

建昌军麻姑山①藏书山房记

　　余同年何同叔②谓予曰："里中有名山曰麻姑者，山水之胜，甲大江之西。距建昌郡城十里所，山自址距椒③称是。道旁古松合抱，皆二百年物。瀑泉双流，若自天而下。有老子之宫曰仙都者，枕山而居，随山之高下为屋。或云蔡经④之旧宅，与王远⑤、麻姑⑥邂逅之地。或云仙者葛洪⑦炼丹之所，其井故在。而颜鲁公⑧记之，但云山顶有坛，相传麻姑于此得道。则前之二说然乎否也？未可知也。淳熙丁未之春，偶至山中，为留一月。一日，藤枝芒履，乘兴孤往。至宫之西财数武间，见松竹罗植，相得为林。前对五峰，下临一水。欣然会心，因喟曰：'此地独无喜事者，结屋数椽⑨，上建小阁，用庐山李氏⑩藏书故事作一山房，使来游者登阁览胜，把卷倚栏，顾不乐哉？'自是，此意往来于怀。虽去山，未尝去山也。后一年，客里逢今邦侯江君，相语及之。江曰：'当不忘此。'其冬抵官下，后一年郡事毕葺，蛊⑪者饬，废者举。后一年，乃诹^⑫其地，践曩之言。立屋六楹，后赘一室，前作重霤^⑬，乃阁其上，月扉风棂，缥缈飞动，若出天半。仍斫^⑭大木，乃架乃楗。经史百氏，访之旁郡，是庋是置。道士李惟宾、邓本度，相与戮力，春孟作之，季而落之，谈者以为山中盛事，子盍为余书之？俾来游者知贤太守之文雅，二道士之劳勚^⑮。"余曰："诺。"为书其语。

江君名自任，三衢^⑯人。恬退有守，节用爱人。不饬厨传，不事要结，而独于此不计费。同叔方策第，时年最少。出拜同年生，一坐皆属之目。余与之合而离，离而合，三十七年矣。今乃为国子主簿，盖其孤怀胜韵，与山林作缘也厚。故身退而诗弥进，位下而人弥高。观山房之举，可以得其概矣。

绍熙初元九月望，具位^⑰杨某记。

【注释】

①麻姑山：位于江西抚州南城县，距县城五公里，风景秀丽。为道教三十六小洞天之中的"第二十八洞天"，名曰"丹霞洞天"，是道教七十二福地之中的"第十福地"。相传麻姑于此山得道，故名。

②何同叔：何异，字同叔，抚州崇仁人，绍兴二十四年（1154）进士。曾任石城主簿、国子监主簿、监察

御史、湖南转运判官等职。

③椒：山巅。

④蔡经：王远的弟子，原为平民，相传东汉时经神仙点化为仙。

⑤王远：王远，字方平，道教传说中的人物。据《神仙传》记载，与麻姑相遇于麻姑山。

⑥麻姑：道教神话人物。东汉时应仙人王方平之召降于蔡经家，自谓"已见东海三次变为桑田"。故古时以麻姑喻高寿。

⑦葛洪（约281~341）：字稚川，自号抱朴子，晋丹阳郡句容（今江苏句容市）人。曾受封为关内侯，后隐居罗浮山炼丹。东晋道教学者、医药学家。著《抱朴子》《肘后方急备》等。

⑧颜鲁公：颜真卿（708~784），字清臣，京兆万年（今陕西西安）人，唐代名臣、著名书法家。唐代宗时官至吏部尚书、太子太师，封鲁郡公，人称"颜鲁公"。

⑨椽：古代房屋间数的代称。

⑩庐山李氏：李常（1027~1090），字公择，南康建昌（今江西永修）人。少读书于庐山白石僧舍。多藏书，既擢第，留所抄书九千卷，名舍曰李氏山房。与苏轼交好。著有《文集奏议》等。《宋史》有传。

⑪蛊：通"痼"，疾病久治难愈，引申为久难治理的

样子。

⑫诹（zōu）：询问、商议。

⑬霤（liù）：屋檐。

⑭斫：砍断。

⑮勚（yì）：劳苦。

⑯三衢：今属浙江衢州市，因境内有三衢山而得名。

⑰具位：唐宋后的官吏在奏疏、函牍或其他应酬文字上，常把应写明的官职爵位写作"具位"，表示谦敬。

【赏读】

中国古代向有藏书的传统，官府藏书、寺观藏书、书院藏书、私人藏书等共同造就了灿烂辉煌的中国藏书文化。藏书楼是藏书文化中绕不开的重要部分。一般藏书楼选址颇为讲究，或在喧闹城市觅一清静之地，或在风景优美郊区择地造楼。其建造者或主事者多为爱书之人，把藏书楼视为其精神家园，同时也有倡导引领文风的意味。宋代文风大昌，藏书楼也颇为兴盛，比较著名的如北宋李常的李氏山房，建造于庐山五老峰下白石庵僧舍，苏轼曾专门作有《李君山房藏书记》。杨万里的《建昌军麻姑山藏书山房记》与《李君山房藏书记》主题类似，这两篇堪称宋代藏书楼记的双璧。

建昌军麻姑山藏书山房属于官府藏书楼，坐落于道教仙山麻姑山上。此山因具高寿象征的道教神仙人物麻姑而得名，极富传奇色彩。麻姑山"山水之胜，甲大江之西"，山上有可合抱的古松、自高处而下的瀑布、枕山而居的道教仙都官，景致极美。更值得称道的是流传着多个神话传说，故事主角有的说是王远、麻姑，有的说是葛洪，都是道教神仙中人。传说的多样性赋予麻姑山丰富的想象空间。

麻姑山藏书山房建造过程颇为不易，凝聚着多人心血。其中既有主事官员江自任的大力支持，也应归功于富有情怀的文人何异及相助其事的道士李惟宾、邓本度的辛勤付出。从最初何异登阁览胜把卷倚栏建藏书楼念头的产生，到"后一年，客里逢今邦侯江君，相语及之"，再到"后一年郡事毕葺"，最后到"后一年，乃诹其地，践囊之言"，古代藏书楼建造之艰难可以相见。

同样，也正是在这种曲折历程的映衬下，以一己之力极力推动这一山中盛事的底层官员何异的形象显得如此可贵。杨万里与其乃多年故交，"余与之合而离，离而合，三十七年矣"。短短几句感慨万千，作者迟暮之年江湖漂泊、知己零落的感伤难以自掩。何异仕途不显，多年后仍为国子主簿这样的小官，但品格高远，不同流俗，"孤怀胜韵，与山林作缘也厚。故身退而诗弥进，位下而人弥高"。故而，在个人境遇极其不顺的情况下，依然倾尽全部心力，促成了藏书楼的完成。

胡铨《杨君文卿墓志铭》记载，杨万里父亲杨芾也是个藏书之人，经常忍着饥寒购买书籍，积多年之功得藏书数千卷。在古代藏书文化的构建中，像《建昌军麻姑山藏书山房记》中何异这样的人不是第一个，也不会是最后一个。他们可能是高官显贵，可能是学者名士，可能是富商大贾，可能是普通文人，也可能是贩夫走卒、僧侣道徒等。无论身份如何，这些自觉的文化传承者，这些"何异"们都应该得到后人的尊敬和纪念。

真州重建壮观亭记

　　仪真①游观登临之胜处有二：发运司之东园，北山之壮观亭是也。亭在城之北三里所，曰城子山。其山截然平陈，望之若横洲，若长城，若偃月。冈阜②靡迤二十余里，乃迎大江之怒涛，而东送之以入海。北走天长，盖承平时两京故道也。

　　亭之东有魏帝台，相传魏武③尝自将十万师临江，久不敢渡，遂筑宫于瓜步山而去。亭立北山之椒，居高视下，江淮表里皆在目中。自城中以望亭中，如见高人胜士，登山临水而送归人也。如仰中天之台，缥缈于烟云之外也。自亭中以望江南之群山也，如訾黄绿耳，竞奔争驰而不可絷④也；如安期⑤、羡门⑥御风呼气，隔水相招而不得亲也。米元章⑦尝官发运司，迨暇，则徘徊其上，为之赋且大书其扁。至建炎庚戌，火于索虏⑧。再葺，至绍兴辛巳，又火于索虏。雨帘云栋，翦⑨为荒烟野草垂三十年。淮人过者，罔不慨叹。

　　今太守左侯昌时作藩之数月，因艮斋先生谢公⑩过逢，相与谈斯亭，访遗址，披榛而上，岿然独存。乃诛草茅，乃属工徒，为屋三楹，为垣百堵。前敞以轩，复邃以槛。肇自淳熙十六年之八月，迄来年之正月乃成。华不及汰，庳不及陋，无费于官，无劢于民。又种万松以缭其西北，又艺桃李梅杏杨柳千本以韧其南谷。

仪真之士民，登而乐之，相与谒余记之。且曰："吾侯秩满，将归天朝，留之不可。惟侯奉法循理，节用爱人，至于偫⑪府庾，筑沟垒，训兵戎，虞疆场，夙夜毕力，以整以暇。江海盗贼，悉缚致麾下。奸慝迹熄，不敢窃发。年谷荐⑫登，倍蓰⑬他境。因治之余，复此壮观。州人耄倪⑭，再见承平气象。俾过之者得以揖江南之形胜，而起骚人之思。北望神州，而动击楫枕戈之想，则斯亭岂特游观登临之胜而已哉！愿为特书，惠我淮土，以诏于无止。"余曰："诺哉！"

绍熙二年四月六日，具位杨某记。

【注释】

①仪真：今江苏省扬州仪征市。宋真宗曾命人在此塑太祖、太宗像，因仪容逼真，龙颜大悦，遂下旨："建安军升为真州，镕范之地建为仪真观。"后为纪念昔年铸像之事，朝廷赐真州以郡名曰"仪真"。

②冈阜：山丘。

③魏武：曹操（155～220），字孟德，沛国谯县（今安徽亳州）人。东汉末年杰出的政治家、军事家、文学家，三国中曹魏政权的奠基人。去世后谥号为“武王”。其子曹丕称帝后，追尊为武皇帝。

④縶：束缚，捆绑。

⑤安期：安期生，人称千岁翁。琅琊阜乡人。师从河上丈人。相传为黄老道家哲学传人、方仙道的创始人。

⑥羡门：古代传说中的神仙。《上清太极隐注玉经宝诀》：“劫始以来，赤松子、王乔、羡门、轩辕、尹子，并受五千文隐注秘诀，勤行大道，上为真人之长者，寔要注之妙矣。”

⑦米元章：米芾（1052～1108），初名黻，字元章，太原人，后徙襄阳，时人号海岳外史。宋代书画名家。

⑧索虏：此处指金朝。索，发辫，古代北方民族多有发辫，故又称北方民族为索虏。

⑨翦：同“剪”。

⑩艮斋先生谢公：谢谔（1121～1194），字昌国，号艮斋，人称艮斋先生、桂山先生，新喻（今属江西）人。理学名家，著有《圣学渊源》《艮斋集》等。

⑪偫（zhì）：储备，完备。

⑫荐：屡次，接连。

⑬倍蓰（xǐ）：数倍。

⑭耄倪：老少。《孟子·梁惠王下》："王速出令，反其旄倪，止其重器。"赵岐注："旄，老耄也。倪，弱小，繄倪者也。"

【赏读】

南宋前中期，战与和的争论一直弥漫在朝廷上下，尤其"孝宗中兴"更是给文人无限的期待，坚定了他们的信念。与"移民忍泪忘恢复"相伴随的，是对承平已久苟安风气的批判。反映到文学上，移民之思、志士之叹成为当时诗、词、散文各类文体中的主题。著名词人姜夔多少年后经过扬州，看见"夜雪初霁，荠麦弥望。入其城，则四顾萧条，寒水自碧，暮色渐起，戍角悲吟"，由此发出的怆然感慨和"黍离"之悲是无数南宋文人共同的情绪。姜夔写的是扬州，又不仅是扬州，他也不是孤独的这一个。不过在记体散文中这种主题并不多见。真州壮观亭正位于扬州。杨万里《真州重建壮观亭记》是宋代比较有代表性的名记，也是一篇寄托其政治情怀的比较特殊的作品。

《真州重建壮观亭记》将写景、议论、抒情相结合，是杨万里的用心之作。文章写景采取从大及小、由远及近的写法，先从仪征两大登临胜景说起，顺理成章地过渡到壮观亭所在的北山，再进一步定位为壮观亭。在描述壮观亭的景致时，作者又变幻视角多方位进行观察。作者从城中望亭中，"如见高人胜士，登山临水而送归人也。如仰中天之台，缥缈于烟云之外也"。景色美不胜收。壮观亭位于北山之巅，隔江远眺视野所及的淮北大片江山已沦入金人掌控之中。自亭中望江南群山，"如訾黄绿耳，竞奔争驰而不可絷也；如安期、羡门御风呼气，隔水相招而不得亲也"。"不可絷""不得亲"寥寥几字显然有江山破碎的另外一层内涵。

建成之后的壮观亭命运多舛，屡次毁于金人之手，"至建炎庚戌，火于索虏。再葺，至绍兴辛巳，又火于索虏"。杨万里仅仅二十余字的叙述，使得南宋前期纷飞的战火、金兵的嚣张、宋室的屈辱、作者的愤恨都跃然纸上。"雨帘云栋，翦为荒烟野草垂三十年。淮人过者，罔不慨叹"，这几句意味深长，与姜夔《扬州慢》"过春风十里，尽荠麦青青。自胡马窥江去后，废池乔木，犹厌言兵"有异曲同工之处。

幸亏时任太守勤政爱民，积极筹备，终于促成壮观亭的重建，得到仪真上下一致欢迎。文章最后借用仪真士民之口，寄托了自己对朝政的殷切期待，语气极为苍凉深沉，"俾过之者得以揖江南之形胜，而起骚人之思。北望神州，而动击楫枕戈之想，则斯亭岂特游观登临之

胜而已哉！愿为特书，惠我淮土，以诏于无止"。杨万里
终是个有情怀有风骨的爱国文人，《真州重建壮观亭记》
便是明证。

泉石膏肓^①记

　　绍熙壬子九月十六日，予以废疾至自金陵。深念平生无他好，独好泉石，而故居乃土山，安所得石？忽乡友王信臣^②及其犹子子林^③艘^④永新^⑤怪石以遗余。予喜甚，曰："子犯所谓天赐者^⑥！"亟召匠饾饤^⑦为假山。友人王才臣^⑧见之，谯^⑨予曰："先生居真山而又为假山，将谁给？"予笑曰："予敢给人？聊自给耳！"才臣曰："有石而无泉，非缺欤？"

　　予偶思，去假山三十步而近，旧有一泉而湮，即命浚焉。泉冽以猛，因接筒引之。又于假山前十步之间，甓^⑩一小方池。深尺广五之，泥与泉其深各半，植以芙蕖，杂以藻荇。每疏泉自筒入地中，伏之假山之趾，仰而出于石罅，闭而激之，则为机泉，喷珠跃玉，飞空而上，若白金绳焉，与假山相高。开而达之，则为流水。其将至也，若哽若咽，若嗔若吒。然后瀚然而上，决决而流，流而入于池。其流有文，其入有声。顷刻之间，通塞万变，观者四顾，莫测所来。

予因生致小鱼善游而喜浮者，畜之池二十许尾。先十后十，每浮而出也，后者不先夫先者，若徐行后长者之为者，余固异之。其始畏人不浮，人至则隐于荷盘荇带之下，去则显。其后渐与人习，圉圉洋洋[⑪]，若与人为玩。既而复隐，若耻以身供人之玩者，予益异之。予间以食食之，每食至必出，久之若疑夫食之饵己者，复不出，予益异之。因命其泉石之上小轩曰泉石膏肓。或曰："膏肓之疾，医缓云不可为，后世乃有法可艾[⑫]也。"予曰："膏肓有法可艾也，泉石膏肓无法可艾也。有法可艾，予亦不艾也。"笑而书之。

明年重午[⑬]，玉隆病叟[⑭]杨万里记。

【注释】

①膏肓：很难治愈的病症。古代医学中以心尖脂肪为膏，心脏与隔膜之间为肓。《左传·成公十年》记秦国良医医缓评点晋景公的病情时说："疾不可为也，在肓之上，膏之下，攻之不可，达之不及，药不至焉，不可为也。"

②王信臣：王孚，字信臣，庐陵（今江西吉安）名士。

③犹子子林：王孚侄子王琳。犹子，侄子。子林，王琳，字子林，庐陵名士。

④艘：名词动用，用船运送。

⑤永新：江西吉安辖县，地处江西西部边境。

⑥子犯所谓天赐者：子犯，春秋时晋文公之舅狐偃，字子犯。《左传·僖公三十三年》记载晋文公重耳过卫时"乞食于野人，野人与之块。公子怒，欲鞭之。子犯曰：'天赐也。'稽首受而载之"。

⑦饲饤：杂乱堆砌。

⑧王才臣：王子俊，字才臣，号格斋，工诗文，有文集《格斋四六》存世。

⑨谯：通"诮"。怪罪，责备。

⑩甓（pì）：名词动用，用砖砌。

⑪圉（yǔ）圉洋洋：圉圉，困而未舒貌。洋洋，鱼游走时轻松舒缓自得貌。《孟子·万章上》："昔者有馈生鱼于郑子产，子产使校人畜之池。校人烹之，反命曰：'始舍之，圉圉焉；少则洋洋焉，攸然而逝。'"赵岐注："圉圉，鱼在水羸劣之貌。洋洋，舒缓摇尾之貌。"

⑫艾：本义为可供针灸的艾草，此处为治病之意。

⑬重午：五月初五，端午节。

⑭玉隆病叟：宋代常给已致仕的官员祠禄官的闲职。绍熙四年（1193），杨万里提举隆兴府玉隆万寿宫，故自称玉隆病叟。

【赏读】

明代袁宏道在《瓶史·好事》中说过一句很有意思的话："余观世上语言无味、面目可憎之人，皆无癖之人耳。"和他观点相近的还有晚明小品文作者张岱，他在《陶庵梦忆》中也说："人无癖不可与交，以其无深情也；人无疵不可与交，以其无真气也。"确实，很多中国文人都有一些独特的癖好。比如魏晋时期"建安七子"之冠冕王粲爱听驴叫、学驴叫，以至于他死后，魏文帝曹丕带着一帮文人送葬时在坟前学驴叫以寄托哀思。宋代林逋终身不娶，梅妻鹤子，闲散逍遥。杨万里的癖好是游山觅水，他多次谈到，"性癖爱看山"（《爱山堂》）、"烟霞平日真成癖"（《和周元吉左司梦归之韵》），常常在自然景物中寻找文学灵感和精神寄托。《泉石膏肓记》正是杨万里以山水自然为师为友的文学体现。

按照学界对记体的通常分类，《泉石膏肓记》应属于亭台楼阁记。不过与常规亭台楼阁记对建筑形制详细描述不同，此文将山水游记与亭台楼阁记融合起来，对建筑本身一句带过，重心在于围绕着"石""泉""鱼"三个关键词，移步换景，娓娓道来。作者开头先说对山水痴迷热爱的态度，接下来详细铺叙如何砌奇石为假山、如何疏浚泉水、如何蓄数十尾游鱼于其间、如何由游鱼食饵联想到宦海沉浮诸般滋味，层次分明，文采斐然。宋代记体散文创作学柳之风盛行，这段文字很有柳宗元清幽峻峭的韵味。文末斩钉截铁，"膏肓有法可艾也，泉石膏肓无法可艾也。有法可艾，予亦不艾也"！结合杨万里一生的仕宦经历，其风骨节操透过文字扑面而来。

《泉石膏肓记》写于绍熙四年（1193），当时杨万里已经六十七岁，该文艺术技巧的成熟度和其中所蕴含的深沉哲思都达到了巅峰水平。此文纵使放到整个宋代散文的大背景中也极为亮眼，反映出南宋散文风格的千姿百态。膏肓者，不可救药之病症者。作者以《泉石膏肓记》为题，表明爱好山水对于他而言，不仅是癖好，而且已经上升成了一种无法医治的绝症，语带诙谐，暗含的丰富意蕴却耐人寻味。

山月亭记

予昨日偶出山间，入州府，友人王信臣迓[①]予于中路，约予过其家，观所谓山月亭者。日已旰[②]，未遑也。诘朝[③]夙兴，出永丰门，西走九曲谒亲旧，皆寂寂门未启。则反而南谒信臣，门启矣。予入坐宾阶，有顷，信臣揽衣猝猝[④]而出。

是时风雨昏昏，泞淖没膝。予语信臣曰："今日遂有遗恨，向也山月，宁不连五十里见我于图画之中，今也尺有咫，乃隔我于风雨之外。"信臣曰："先生毋恨。"则前行导予，径其家，绕出屋后，折而左，度修庑[⑤]，陟[⑥]穿巇[⑦]，有亭若在天半，掀然孤巘者，山月也。予且喜且喟曰："尚有遗恨，已识王仲祖[⑧]，未见杜弘治[⑨]，所谓云端台者焉在？"信臣指前檐三十许武，石栏崛起，阶齿层出者，曰："此是已。"雨小霁，欣然登焉。直下百尺，壁立如削。阛阓[⑩]数十万家，如在井底。下视胆掉，遐瞩神旷。乃知此亭面势，宅一城高绝之地，无所与二。其前峭秀而邃蔚者，青原⑪也。其左突出而翼截者，东山⑫也。其右首下而尻高者，拜相山⑬也。其下横厉而皎空者，白鹭江⑭水也。周览未既，惊风欻⑮起，林木叫呼，大波怒跳。翻倒城市，前山皆动，诸峰相角，清寒入骨，不可复立，呕归亭上。予益喜且喟曰："尚有遗恨，今夕无月。"

　　绍熙四年十月晦，诚斋野客杨万里记。

【注释】

　　①迓（yà）：迎接。

　　②旰（gàn）：天色晚。

　　③诘朝：次日清晨。

　　④猝猝：仓促、匆忙貌。

　　⑤庑：堂下周围的走廊、廊屋。

　　⑥陟：登高。

　　⑦巘（yǎn）：大山上的小山。

　　⑧王仲祖：王濛（309～347），字仲祖，太原晋阳（今山西太原）人，东晋名士。

　　⑨杜弘治：杜义，字弘治，年轻时即很有名声，官至丹阳丞。《世说新语》载王羲之见杜弘治，叹曰："面如凝脂，眼如点漆，此神仙中人。"

　　⑩阛阓（huán huì）：街市。环绕市场的围墙为"阛"，洞开以供出入的大门为"阓"。

⑪青原：青原山，位于江西吉安东南，江西文化名山，被誉为"山川第一江西景"。

⑫东山：位于江西吉安东南。

⑬拜相山：位于江西吉安城南，又名娑罗山。

⑭白鹭江：白鹭洲下面的赣江。

⑮欻（xū）：快速。

【赏读】

诗文怎么写才能有趣味，令人回味？一个重要诀窍就是忌平求曲、婉转错综。传说唐寅给一个富家老太太写祝寿诗："这个女人不是人，九天仙女下凡尘。养个儿子会做贼，偷得蟠桃贡母亲。"平常朴素的语言，平常庸俗的话题，偏偏写得出人意料，趣味十足。清代袁枚在《随园诗话》对"作文贵曲"有过一段很精彩的论述："文似看山不喜平。若如井田方石，有何可观？惟壑谷幽深，峰峦起伏，乃令游者赏心悦目。或绝崖飞瀑，动魄惊心。山水既然，文章正尔。"《山月亭记》正是这样一篇曲折往复、摇曳生姿的记体美文，读完令人久久回味。

《山月亭记》名为亭记，实则更像个游记。杨万里和他的好朋友、庐陵名士王孚寻访山月的经历，以山月为线索，在"遗憾"和"惊喜"两种情绪之间转折切换，虽为平常的主题却一波三折，妙不可言。作者应约观山月，天色已晚，只得抱憾而归。次日清晨，他即匆匆出门，继续游玩。他满腔热情而来，天公却偏偏不作美，"风雨昏昏，泞淖没膝"，显然不是一个赏月的好天气，可能无法登览，以为又要带着遗恨悻悻而返。"信臣曰：'先生毋恨。'即前行导予，径其家，绕出屋后，折而左，度修庑，陟穹巇，有亭若在天半，掀然孤巘者，山月也。"惊喜之中仍有遗恨，遥望不如亲登，恰好这时"雨小霁"，可以顺利登顶，又是一重惊喜。登上山月亭后所看到的四周及下方崛峭深秀的景色，令人感慨不虚此行。最后，就像交响乐中的主旋律多次回环往复一样，文章结尾继续紧扣"山月"和"喜""恨"，曰："予益喜且喟曰：'尚有遗恨，今夕无月。'"自此，构成了一个结构曲折、层次变换的完整体。

远明楼记

予淳熙庚子之官五羊[①]，道西昌，泊跨牛庵[②]。据胡床小极，睡思昏昏也。县尹李公垂、簿赵公昌父，传呼而来。予摄衣蹑履出迎，坐未定，二君曰："先生欲登快阁[③]乎？"予谢曰："幸甚。"即联骑疾往。是时春欲半，凭栏送目，一望无际。绿杨拂水，桃杏夹岸。澄江漫流，不疾不徐。远山争出，平野自献。视山谷登临之时，晚晴落水之景，其丽绝过之。而公程骏奔不得久留，匆匆留两绝句而去，至今有遗恨也。

后十年，予宦江东。予之倩安福刘价[④]以书来，为言："西昌佳士陈诚之[⑤]所居，距快阁不远，而距澄江又加不远。然出门则江甚远，盖阛阓居者百余室，蔽遮其前。有撼陈诚之者曰：'盍楼其上？'既溃于成，呼酒与二三诗友落之，开窗卷帘，江光月色，飞入几席。凄神寒骨，便觉贝阙珠宫[⑥]，去人不远。因摘山谷语，扁曰远明。愿先生记其说。"予许之未暇也。

予既退休于居，诚之挐[⑦]小舟二百里，冒春雨访予于南溪之上，投赠予四六⑧五七⑨，皆清峻迈往。予读之惊异外，问快阁无恙乎？诚之曰："江月如故，而落木荣白鸥老矣。"因踧⑩而请曰："先生于恂⑪有宿诺，愿践言。"予笑曰："嘻！吾为子惧矣。昔半山老人尝与谢公争墅，'公去我来应属我⑫'之诗是也。又与段约之争埭，'割我钟山一半青⑬'之诗是也。今子以兹楼逼快阁，非城虎牢⑭之策乎？山谷犹有鬼神，嘻！事端自此始矣。"

绍熙甲寅四月庚戌，诚斋老人杨万里记。

【注释】

①五羊：广州。因当地传说有仙人骑五羊传说而得名。

②跨牛庵：吉州泰和县普觉禅院，东北皆修竹，风景秀丽。黄庭坚有《跨牛庵铭》，见《山谷集》。

③快阁：阁位于泰和县慈恩寺前，风景殊绝，冠一郡之胜，黄庭坚有诗。

④刘价：杨万里长女季繁之婿。

⑤陈诚之：庐陵人，好诗文，与杨万里、周必大、陆游等都有诗文往来。

⑥贝阙珠宫：用紫贝明珠装饰的龙宫水府。喻指瑶台仙境或帝王宫阙。

⑦桨：通"桡"，船桨。在此用作动词。

⑧四六：骈文，因四六对句多，由柳宗元《乞巧文》"骈四俪六，锦心绣口"而得名。

⑨五七：诗歌，因诗歌多五言、七言，故以此代指。

⑩踞：长跪，挺直上身两膝着地。

⑪恂：的确，确实。

⑫公去我来应属我：出自王安石七绝《谢安墩》，全诗曰："我名公字偶相同，我屋公墩在眼中。公去我来墩属我，不应墩姓尚随公。"

⑬割我钟山一半青：出自王安石《戏赠段约之》，全诗曰："竹柏相望数十楹，藕花多处复开亭。如何更欲通南埭，割我钟山一半青。"

⑭虎牢：古邑名。春秋时属郑国，旧城位于今河南荥阳汜水镇，形势险要，历代为军事重镇。相传周穆王获虎并押畜于此，故名。

【赏读】

在文学史上，杨万里首先以诗歌著称。"诚斋体"诗歌注重"活法"，多以自然景物和日常生活为对象，风格幽默风趣，灵动自然。诗文相通，《远明楼记》是杨万里创作的一篇带有典型诚斋风格的记体散文，文采斐然，具有很强的文学性。

　　按照通常写法，亭台楼阁记或先介绍所处环境，或先介绍建造者其人，偏于静态的描写和叙述。《远明楼记》开头便不落凡俗，没有直接介绍远明楼，而是用大段文字叙述与远明楼相距不远的快阁。快阁是宋代知名的楼阁，黄庭坚在此写下了脍炙人口的《登快阁》一诗："痴儿了却公家事，快阁东西倚晚晴。落木千山天远大，澄江一道月分明。朱弦已为佳人绝，青眼聊因美酒横。万里归船弄长笛，此心吾与白鸥盟。"写景咏怀，意味深远。杨万里写快阁完全又是另一种写法。先是用大段文字叙述登快阁的原委，其中镜头不断切换，动态十足，宛如一幕幕电影画面的拼接。"道西昌，泊跨牛庵。据胡床小极，睡思昏昏也。县尹李公垂、簿赵公昌父，传呼而来，予摄衣蹑履出迎。"通过一连串的短句式，其中的动词数量丰富传神，未见快阁之前已经把那种雀跃期待的感觉渲染了出来。时至春半，登快阁所见桃红柳绿，春色无边，江水与远山、平野共同构成了一幅隽永的山水长卷，较之黄庭坚看到的晚晴落木之景，更胜一筹。

　　转眼又是十年，快阁的美景犹流连于心，在与女婿刘价的书信往来中忽又提及快阁附近的另一楼阁，这才正式写到本文的主角远明楼。通过刘价的形容，远明楼如同人间仙境，景致美不胜收，令人神往："呼酒与二三诗友落之，开窗卷帘，江光月色，飞入几席。凄神寒骨，便觉贝阙珠宫，去人不远。"文字凝练，意境优美，和六朝山水小品相比也毫不逊色。凄清深黝的风格学柳的痕迹很重，"凄神寒骨"四个字便是直接从柳宗元《小石潭记》中搬用而来的。

　　文末用典巧妙，幽默诙谐。作者先引用王安石与谢安争夺山墅和与段约之抢夺埭这两段诗坛趣事，说明文人之间本来就有不少争夺名山胜景的故事。这次陈诚之以远明楼和快阁相竞，黄庭坚泉下有知不高兴，这不是引起事端吗？原本平常的写景，经过杨万里这么一形容，立刻意趣横生，读者看到此处忍不住会心一笑。这和诚斋体诗歌的别出新意正是同一法门。

廖氏龙潭书院记

　　湖之南，大家巨室，富于赀^①者不少也。其所少者，富于书者欤？其不富者，非以其不耆^②欤？于所少之中而仅有之者，其惟攸川廖仲高、文伯兄弟欤？

　　予闻其人，嗜书如阮孚之于屐^③，如陆羽^④之于茶，如子猷之于竹，如渊明^⑤之于菊也。如枵^⑥斯饕^⑦，愈啖而愈不厌，如痎^⑧斯痼^⑨，愈疗而愈不除也。东若闽、浙，西若邛、蜀，有善本，有精纸，有大字之书，必叩囊底，倒囊中，罄所有，走健步以致之。又聘良工伐山木，作一书院以庋之，凡数万卷不翅^⑩也。中敞之以文会之堂，后附之以怡然之轩，临池有亭，名以"爱莲"，玩芳有榭，名以"春风"。掖以两斋，庭列四桂，奇崖峭峰，远岫遥岑，连者芝秀，孤者玉立。圆者盂覆，锐者笋进，静者麟卧，躁者猊^⑪怒。左右后先，皆环以山。下有回水，汇而为潭。绀缭泠冽，寒入人骨。相传有龙，过者神耸，俯者胆掉，故总而命之以"龙潭书院"云。岁招明师，日集良友，与其子

廖氏龙潭书院记

　　湖之南，大家巨室，富于赀[1]者不少也。其所少者，富于书者欤？其不富者，非以其不耆[2]欤？于所少之中而仅有之者，其惟攸川廖仲高、文伯兄弟欤？

　　予闻其人，嗜书如阮孚之于屐[3]，如陆羽[4]之于茶，如子猷之于竹，如渊明[5]之于菊也。如枵[6]斯饕[7]，愈啖而愈不厌，如痎[8]斯痼[9]，愈疗而愈不除也。东若闽、浙，西若邛、蜀，有善本，有精纸，有大字之书，必叩囊底，倒囊中，罄所有，走健步以致之。又聘良工伐山木，作一书院以庋之，凡数万卷不翅[10]也。中敞之以文会之堂，后附之以怡然之轩，临池有亭，名以"爱莲"，玩芳有榭，名以"春风"。掖以两斋，庭列四桂，奇崖峭峰，远岫遥岑，连者芝秀，孤者玉立。圆者盂覆，锐者笋进，静者麟卧，躁者猊[11]怒。左右后先，皆环以山。下有回水，汇而为潭。绀缭泠冽，寒入人骨。相传有龙，过者神耸，俯者胆掉，故总而命之以"龙潭书院"云。岁招明师，日集良友，与其子

弟讲学肄业于间。士之自远而至者，常数十百人。诵弦之铿，灯火之光，简编之香，达于邻曲。其子弟服食仁义，沉酣经训，往往多为才且良者。

往岁之冬，常介予犹子寿森来谒予记之。予曰："诺哉！"以臂痛未能也。今复来趣予，闻潭有龙者，颔有珠，圣门其犹龙渊乎？泳其涯，必航其源；攀其鳞，必探其颔。故得其夜光明月者，为颜为曾，为伋为轲⑫；得其玑珧⑬者，为琴张，为牧皮⑭；得其瑟瑟者，为漆雕哆、为公良孺⑮。廖氏子弟，可不懋哉？异时廖氏子弟，有孝友忠信、文行名实，辉然照映于湖之南者，予将贺其得珠也。仲高名仰之，文伯名天经。艮斋先生谢公评其伯仲为材进士，其父讳彦修，字敏道，尝为阳朔主簿。

庆元元年十月日，杨万里记。

【注释】

①赀（zī）：同"资"，财货。

②耆（shì）：同"嗜"，爱好。

③阮孚之于屐：阮孚，字遥集，爱好木屐，经常给木屐擦洗涂蜡。晋裴启《裴子语林》："阮遥集好屐……或有诣阮，正见自蜡屐，因叹曰：'未知一生当着几量屐？'神甚闲畅。"

④陆羽（733～约804）：字鸿渐，一名疾，字季疵，复州竟陵（今湖北天门）人，唐代著名的茶学专家，被誉为茶神、茶仙、茶圣。所著《茶经》是中国第一部茶学著作。

⑤渊明：陶渊明，字元亮，又名潜，私谥"靖节"，世称靖节先生，浔阳柴桑（今江西九江）人。东晋著名诗人。

⑥枵（xiāo）：空虚，饥饿。

⑦饕：饕餮，古代传说中的一种凶恶贪食的野兽。

⑧疢（chèn）：热病，亦泛指病。

⑨痼：经久难治愈的病。

⑩翅：同"啻"，只。

⑪猊：狻猊，即狮子。

⑫为颜为曾，为伋为轲：颜，颜回，孔子最得意的弟子。曾，曾参，孔子晚期弟子，儒家学派重要人物。伋，孔伋，孔子孙子，得儒家精髓。轲，孟轲，孔子儒家思想最重要的传承人，被尊称为"亚圣"。

⑬玑琲：珠串。

⑭为琴张，为牧皮：琴张、牧皮，也是孔子弟子。

⑮为漆雕哆、为公良孺：漆雕哆，字子敛。公良孺，字子正。两人皆为孔门弟子，孔门七十二贤中人。

【赏读】

　　晚年的杨万里退归乡里，心情轻松闲适，赋诗作文，游山玩水，交游酬赠，闲居生活自有一番乐趣。虽年岁渐高，他依然精力充沛，创作也保持着较高的水准。由于盛名天下，很多年轻文人专程拜谒，他也热情地予以奖励提携。《廖氏龙潭书院记》是杨万里为廖仰之、廖天经兄弟的龙潭书院所作的记，其中描写了优美的山水景物，赞美了廖氏兄弟的文行，也寄托了他对莘莘学子的殷切期待。

　　庆元元年（1195），杨万里在廖氏龙潭书院游赏。文章开始，杨万里先从当地富家往往家财丰厚而不爱读书藏书这一现象说起，表扬廖氏兄弟在这种风气中偏有嗜书之癖。作者用阮孚、陆羽、王徽之、陶渊明这四位著名文人对屐、茶、竹、菊的喜好作类比，说明廖氏嗜书为可入史册的雅事。下面的一句"如枵斯饕，愈啖而愈不厌，如疢斯痼，愈疗而愈不除也"，进一步形容其爱书之深，同《泉石膏肓记》痴迷山水的口吻相仿佛。廖氏兄弟为丰富藏书可谓上穷碧落下黄泉，四处寻觅，遇有精工善本，"叩囊底，倒橐中，罄所有，走健步以致之"。数个带有动词的密集短句非常生动地刻画出其不计成本、不择辛苦的样子。

　　不但藏书丰富，在杨万里笔下，书院环境也相当清幽雅致，有怡然之轩、临池之亭、奇崖峭峰、回水深潭的美景，是读书佳处。这段景物描写极为传神，有柳宗元味道。这段文字多用对称的四言句式，骈散结合，描绘细致生动，多用比喻手法，远近、左右、上下多个方位铺叙，层次感明显，在短小精悍的篇幅里布局出一幅深幽冷峻的山水图景，足见作者功力。

唤春[①]园记

　　新喻县南五十里而近，有乡曰临川。其山深秀，其水绀洁[②]。东西行者，未至十里所，则望见一峰孤耸，如有人自天投笔于太空，至天半翔舞翻倒，而下至地。跃而起，卓尔而立，其跗[③]丰而安，其颖[④]锐而端。又如有人卧地仰空，醉持翠笔而书青霄也。故里之人，名之曰卓笔峰云。

　　士之居于临川者，皆争此峰而面之。面之者众，而莫有正[⑤]焉者。面之而正焉者，惟人士周仲祥之居为然。余皆不然，不然者皆仲祥之为嫉。嫉仲祥而仲祥不惧，又加贪焉，又筑一山园于居之旁，其求多于此峰，未已也。一日介吾亡友之子刘庭杞绘画其所居与园，与此峰以来求予名其园且记之。

　　予历指以问曰："彼园之山椒有亭，翩然其上，如张盖风中，势欲飞去，有掣[⑥]而止之者何？"曰："此静庵也。""彼山之趾，有大屋碧瓦朱甍[⑦]，风屏月棂，阁其上而斋其下，学子往来，操琴枕书，口吻呜声者何?"曰:"此用德之堂。右以进修之斋,左以醉隐之轩,而冠以翻经之阁也。""彼园之植,高者云倚,卑者地覆,纤者茸如,茂者幄⑧如。丹者素者,黄者碧者,畦者沚者,又纷然如时女之出闺阃⑨,酣迟日而拾瑶草者何?"曰:"水者蒲莲,陆者卉木也。"予叹曰:"又多乎哉!仲祥掇此峰于怀袖多矣,而园亭卉木之幽茂盛丽复如此,其取诸造物,不曰又求其宝剑⑩乎?予恐造物者,亦将仲祥之为嫉,嫉之者不宁惟临川之士而已。"园之景,名其一,遗其百,则兼总而名之曰唤春,盖取诸刘梦得⑪之联句⑫云。

仲祥名瑀,喜教子,好宾客。艮斋先生谢公为记其堂,亟称其贤。其一子某,未冠⑬已秀警,诵书如水倒流,下笔翩翩有可爱者。其笔锋秀气,钟美于是乎?韩宣子曰:"周礼尽在鲁矣⑭。"

庆元二年十一月初五日,具位杨万里记。

【注释】

①唤春:源自唐代诗人李绛《花下醉中联句》:"谁能拉花住,争换得春回。"

②绀洁:碧蓝洁净。

③跗:脚背,此处指山峰的底部。

④颖:物之尖端,此处指山峰的顶端。

⑤正：通"征"，此处有征用，在山间安家居住之意。

⑥掔：牵引，牵曳。

⑦甍：屋檐。

⑧幄：帐幕，帐篷。

⑨闉阇（yīn dū）：古代城门外瓮城的重门。《诗·郑风·出其东门》："出其闉阇，有女如荼。"

⑩又求其宝剑：形容贪得无厌。《左传·昭公十年》："初，虞叔有玉，虞公求旃。弗献。既而悔之，曰：'周谚有之："匹夫无罪，怀璧其罪。"吾焉用此，其以贾害也？'乃献之。又求其宝剑。叔曰：'是无厌也。无厌，将及我。'遂伐虞公，故虞公出奔共池。"此处杨万里用了玩笑的口气。

⑪刘梦得：刘禹锡（772~842），字梦得，河南洛阳人，唐代著名诗人。

⑫联句：作诗方式之一，由两人或多人各成一句或几句，合而成篇。

⑬未冠：古礼男子二十而加冠，未满二十岁称为未冠。

⑭周礼尽在鲁矣：赞扬儒学传承。《左传·昭公二年》："（韩宣子）观书于大史氏，见《易》《象》与《鲁春秋》，曰：'周礼尽在鲁矣。吾乃今知周公之德，与周之所以王也。'"

【赏读】

　　《唤春园记》是杨万里散文乃至整个宋代散文中风格很突出的一篇作品。文章的想象力、语言表现力以及结构安排都不落凡俗，妙趣横生，具有很强的代表性。

　　唤春园位于卓笔峰下，园名极美，源于唐代诗人李绛《花下醉中联句》中的"谁能拉花住，争换得春回"。仅园名就很有令人想象向往的空间。唤春园所在的卓笔峰名字也很有画面感。更难得的是杨万里在形容山峰时所体现的丰富奇特的想象力，把景物真正写活了。在杨万里笔下，挺拔峭立的卓笔峰直刺天际，"如有人自天投笔于太空"，缥缈似仙人投笔，有一种神圣感。这支仙笔不是静静地放置于天地间，而是具有灵性的，活泼跳动的。"至天半翔舞翻倒，而下至地。跃而起，卓尔而立。""又如有人卧地仰空，醉持翠笔而书青霄也。"这种天才的想象力，旁人只能啧啧称叹，同浪漫诗人李白隔代相仿佛。在杨万里文集中与"一峰孤耸"的卓笔峰相类似的还有不少，他似乎特别喜欢刻画那种孤耸挺立的山峰形象。如《廖氏龙潭书院记》中的山，"奇崖峭峰，远岫遥岑，连者芝秀，孤者玉立"。这其中暗暗蕴含着作者本人的际遇与性格。

　　在介绍了周围环境之后，作者开始叙述作记缘由。

唤春园的具体景致，杨万里并未亲历，只见过友人之子刘庭杞绘制的一张图画，听过他的解说。偏偏杨万里就能用洋洋洒洒的文字，把园林景物描绘形容得活灵活现，有身临其境之感。这种记文的结构安排并非杨万里首倡，乃学自同为江西人的文坛大家欧阳修《真州东园记》。不过杨万里传承中有创新，不再如欧阳文仅将解说加以记录，而是改为两人之间的一问一答，通过问答从各个角度将园林景物铺叙形容，如此行文更加灵活生动。叙述顺序上先从亭开始。"予历指以问曰：'彼园之山椒有亭，翩然其上，如张盖风中，势欲飞去，有掣而止之者何？'曰：'此静庵也。'"问答之中自有形容和想象。接下来刻画唤春园的楼堂和植物，也都各有特色，尤其是描绘园中植物的一段，多用工整的骈句，利用大量的排比和比喻，姹紫嫣红的满园春色似乎立刻呈现眼前。"彼园之植，高者云倚，卑者地覆，纤者茸如，茂者幄如。丹者素者，黄者碧者，畦者汜者，又纷然如时女之出闺闱，酣迟日而拾瑶草者何？"文字缤纷绚烂，用语用色都很讲究，颇有六朝散文的遗风。

由园及人，杨万里最后引出园林主人周珝，夸其贤能。并盛赞其子有文才，"未冠已秀警，诵书如水倒流，下笔翩翩有可爱者"。杨万里对年轻文人的喜爱和期待溢于言表。

张希房山光楼记

永丰石井张氏，秀民相望磊磊也。昔乾道间，文仲、武仲弟兄[①]，好义喜宾客，治楼观，筑园圃，与往来士大夫行乐其中。文仲之楼，命曰霁月，武仲之楼，命曰凭虚，皆求名于予而予命之也，今垂四十年矣。

客有自石井来者，予必问二楼无恙否，为我寄声楼中风月。客曰："霁月故无恙，凭虚今为乌有先生矣。"予每叹息岁月无几何，而物之兴废乃尔其速也。客曰："凭虚虽废，而武仲有贤子师良，字希房者，种学撷词，尤工诗句。即其旧址，作新一楼。靡汰昔宇，靡遁今览。宇前有屿，屿上有葩[②]。屿外有沚，沚中有蕖。沚外有畴，卦若博局[③]。畴外有溪，横若罗带。是皆未足为楼中之伟观也。"因出袖间一图，予披而视之，则佳葩美木，繁花争发，秀色夺目，奇芬袭人。

予为惊喜。客曰："未也。"客以右手卷其轴，而左手舒其绘，楼隐隐浸没，而葩草亦翻翻退藏。忽有万峰，横空起立，迩者如黛，遐者如黝。浓者如湿，淡者如无。锐者如笋，卓者如屏。跳青跃碧，吁云噏④雾。或向而来，或背而去。或偃而倨，或偻⑤而揖。或奔而追，或凝而居。予不觉眸子眩晃，应接不暇。客曰："某之来也，希房九顿首奏记，愿徼福⑥于先君武仲，敢请先生名此楼，且记其役。"予曰："韦苏州⑦之诗不云乎：'鸟啼山光夕⑧。'此古今绝唱也。命以山光可乎？"客谢曰："幸甚！"

年月日，具位杨万里记。

【注释】

①文仲、武仲弟兄：即《霁月楼》中楼主张克刚兄弟。

②葩：花。

③博局：棋盘。

④噏（xī）：同"吸"。《汉书·扬雄传》："噏青云之流瑕兮，饮若木之露英。"

⑤偻：脊背弯曲，伛偻。

⑥徼福：祈福，求福。

⑦韦苏州：韦应物（约737~791），京兆万年（今属陕西西安）人，唐代著名诗人，学习陶渊明风格，长于写景，抒写隐逸闲情，和柳宗元并称"韦柳"。因曾任苏州刺史，故称"韦苏州"。

⑧鸟啼山光夕：出自韦应物《过昭国里故第》："风散花意谢，鸟啼（一作还）山光夕。"

【赏读】

宋代文治昌盛，文人兴之所至，建造了很多楼台园林。每当与熟识的士大夫徜徉其间，一派风流娴雅气度。有些家族还兴建了多个楼所，兄弟父子相传，成为文坛雅话。永丰的张氏家族便是如此，张克刚兄弟分别盖了霁月楼和凭虚楼，杨万里作有《霁月楼记》，描绘极美，"天宇如水，月色如洗，殆不类人间有也"。光阴荏苒，四十年后，张克刚的侄子张师良又通过亲友求杨万里为自己兴建的山光楼作记，这种难得的机缘令杨万里兴致大发，创作了散文佳品《张希房山光楼记》。

少年人常思将来，老年人常思过往。晚年的杨万里难免经常追忆往昔，感叹岁月流逝。《远明楼记》中曰："予读之惊异外，问快阁无恙乎？诚之曰：'江月如故，而落木荣白鸥老矣。'"《张希房山光楼记》同样如此："予必问二楼无恙否，为我寄声楼中风月。客曰：'霁月故无恙，凭虚今为乌有先生矣。'"不过万物有新故，自然生生不息，张氏兄弟后继有人，杨万里有些微感伤，更多的则是欣喜。故而对山光楼的刻画穷尽心力，极尽铺陈之能事，充分体现了其文笔的绝妙和想象力的新颖独特。

从创作手法上看，《张希房山光楼记》与前文《唤春园记》有不少相似之处，都采取了对话体和图画解说的方式。不过《山光楼记》没有采取问答对话体，风格更接近欧阳修的《真州东园记》，通过细致的景物描写和多样化的修辞手法，展现出了不一样的艺术风格。

文中尤其出彩的是两大段景物描写。一是借客人之口，介绍山光楼的建造过程和周边景致。这段文字多用连串的四言句式，短小凝练，按照"宇—屿—沚—畴—溪"的顺序，像游走的镜头一样细细描写，刻画出层次分明、错落有致的山水图景。有趣的是，其中还采用了顶针手法，如"宇前有屿，屿上有葩""屿外有沚，沚中有蕖"。这种手法多见于诗词，散文中罕有运用，由此可见作者的用心与创新。不仅如此，还在声韵上精雕细琢，密集地使用同一韵部的词语，如"词""址""沚""溪""句""宇""屿""蕖""局"，制造声韵回旋、铿锵有致的音乐效果。这也是诗歌和骈文常用的手法。杨万里完美地将这些融合运用到散文创作中，给人耳目一新的感觉。

另外一段精彩的景物描写则以杨万里观看图画这一视角切入，着重描写山光楼外的层峦叠嶂，文采惊艳之极。作者修辞手法运用娴熟，比喻、拟人层出不穷，尤其大量的拟人手法把山峰刻画得如同有生命一般，"跳青跃碧，吁云嚼雾。或向而来，或背而去。或偃而倨，或俛而揖。或奔而追，或凝而居"。如此动感奔腾，惊心动魄，难怪乎作者看后感觉"眸子眩晃，应接不暇"。此外句式上也很有特点，非常整饬严谨，除了"或……而……"排比句式运用了六次，还六次使用了"……者如……"句式："迩者如黛，遐者如黝。浓者如湿，淡者如无。锐者如笋，卓者如屏。"这些在散文中几乎是他人不敢用的。杨万里诗文之"奇"绝对名不虚传。

醉乐堂记

吾州欧阳氏，皆率更①之苗也。率更之叶，五传者曰琼，刺吉州，子若孙遂家焉。琼之叶又八传者曰万，宰吉之安福。其子若孙家于吉者，派为三支。一支为永丰之欧，六一先生②是也。一支为庐陵之欧，近世诗人伯威③是也。一支为安福之欧，今奉议郎赐绯鱼袋绍之是也。

绍之自未冠，在县庠④弟子员中，已崭然角立。读书五行俱下⑤，试文屡中甲乙，至乡举辄不雠。乃拜王父藤州史君门子之命，非其好也。四转而为永州录事参军，于是年四十有九矣，慨然太息曰："大丈夫不为风翻九霄之鹏，则当豹隐南山之雾⑥耳，安能作韩退之判司棰楚之酸语⑦乎？昔朱买臣⑧曰：'吾年五十当贵。'吾亦曰：'吾年五十当隐。'"于是上书北阙，愿致为臣，挂其冠。即日自驾柴车，归安福东门外，秀峰之西麓，开三径，垦九畹，垣一圃，内卦千畦。昼尔于行，宵尔于营⑨。某所高寒，亭之榭之。某所深窈，沼之沚之。某所演迤，花之竹之。其芝其兰，尸祝⑩灵均；其菊其松，尚友渊明；其石其泉，佳招游岩。日与方外之士觞咏其间，乃作一堂，奄⑪有万景。揭以醉乐，师我醉翁。堂成，与客落之。客曰："醉翁之乐，不在酒而在山水之间⑫，子之乐何如？"绍之笑曰："我醉欲眠⑬，姑俟他日。"绍之名似得，谢今十年矣。

嘉泰壬戌闰月望，通议大夫、宝文阁待制致仕、吉水县开国伯食邑七百户杨万里记。

【注释】

①率更：唐代书法家欧阳询，因其曾任率更令，故有此称。

②六一先生：欧阳修（1007~1072），字永叔，号醉翁，吉州永丰人，宋代政治家、文学家。曾言："吾家藏书一万卷，集录三代以来金石遗文一千卷，有琴一张，有棋一局，而常置酒一壶……以吾一翁，老于此五物间。"故晚年自号六一居士。

③伯威：欧阳鈇（1126~1202），字伯威，号寓庵，庐陵（今江西吉安）人。屡试不第，笃意于诗，杨万里称赏之。

④县庠：县学。

⑤读书五行俱下：形容读书敏捷迅速，又称"五行并下"。

⑥豹隐南山之雾：比喻隐居避世，爱惜身名。《列女传》卷二《贤明传·陶荅子妻》："妾闻南山有玄豹，雾雨七日而不下食者，何也？欲以泽其毛而成文章也。"

⑦韩退之棰司棰楚之酸语：韩愈《八月十五夜赠张功曹》诗云："判司卑官不堪说，未免捶楚尘埃间。"感慨官卑，语气酸楚。判司，唐朝节度使、州郡长官的僚属，属专司批判文牍的小官。棰楚，棒杖一类的刑具。

⑧朱买臣（？～前115）：西汉会稽吴县（今属江苏苏州）人，字翁子。家贫好学，卖柴为生。后至长安上书，为中大夫，后为会稽太守。平定东越有功，入为主爵都尉，后为丞相长史。《汉书》有传。

⑨昼尔于行，宵尔于营：白天黑夜都在忙着施工。句式仿照《诗·豳风·七月》："昼尔于茅，宵尔索绹。"

⑩尸祝：古代祭祀时对神主掌祝的人，主祭人。《庄子·逍遥游》："庖人虽不治庖，尸祝不越樽俎而代之矣。"

⑪奄：覆盖。

⑫醉翁之乐，不在酒而在山水之间：出自欧阳修《醉翁亭记》。

⑬我醉欲眠：陶渊明洒脱待客的典故。《宋书·陶潜

传》："贵贱造之者，有酒辄设。潜若先醉，便语客：'我醉眠，卿可去。'其直率如此。"李白《山中与幽人对酌》有"我醉欲眠卿且去"。

【赏读】

　　杨万里作文以无定法著称，风格手法多变，创新出奇。不过文无定法并不意味着文无法，杨万里散文实际上也有结构严谨、讲究法度的一面。《答徐庚书》提出写文章要有法式，如果相信"文焉用式"，完全抛弃法度，就如同"是废宫室之式，而求宫室之美"，结果只能是"室成而君子弃焉，庶民哂焉"。这种散文创作观在很多作品中都有体现。《醉乐堂记》可为一例。

　　醉乐堂是欧阳似得隐居后于安福秀峰西麓兴建的一个私人楼堂。《醉乐堂记》主要从欧阳家族渊源、欧阳似得个人介绍、醉乐堂建造过程几方面进行叙述，层次清楚，结构严谨，用语造句、文辞修饰也很有特点。

　　作为唐代书法名家欧阳询的后裔，欧阳氏五世孙欧阳琼来到了吉州，后来定居于此。再往下分为三支，欧阳修之永丰欧、欧阳铁之庐陵欧与欧阳似得之安福欧，引出本篇记体文的主角欧阳似得，说明其家传有绪，乃世家出身。杜甫《天末怀李白》云："文章憎命达，魑魅喜人过。"欧阳似得年少多才，偏科举不顺，仕途坎坷，四十九岁仍为参军这类低职。于是慨然叹息："大丈夫不为风翮九霄之鹏，则当豹隐南山之雾耳，安能作韩退之判司棰楚之酸语乎？"辞官回乡，隐居田园，建造了醉乐堂。

　　关于醉乐堂的建造过程，杨万里用了大段文字进行描述，用语造句都很有特点。句式短小精练，三言句如"开三径，垦九畹"，四言句如"某所高寒，亭之榭之""昼尔于行，宵尔于营"等。修辞手法上，同时使用了排比、对偶等，造句工整繁复。不仅如此，其中的很多句子仿用《诗经》等先秦典籍句式，多用"尔""于""之"等虚字，语言风格庄重古朴。这种对字词、句式的选择雕琢体现了杨万里散文对文辞之美的注重。文章最后引用欧阳修《醉翁亭记》中的名句，既点明醉乐堂的命名缘由，又与开头同为欧阳家族后裔相呼应。

永新重建宝峰寺记

安福之南垂[①]，永新之北际，介乎其间，有山孤秀。其高五千尺，其袤数十里。远而望之，俨乎如王公大人，弁冕[②]端委[③]，秉珪佩玉，坐于庙堂之上，使人一见而敬心生焉。迫而视之，淡乎若岩壑幽人，被薜荔，带女萝，餐菊为粮，纫兰为佩，呼吸日月，揉挲[④]云烟，使人一见而尘心息焉。故老相传，其名曰万宝峰云。

距山不远，有浮屠氏之宫曰宝峰寺。饮山之翠，纳山之光，领山之要，里之人乐游焉。而乐之尤者，槎江居士朱君讳戬也。始游而爱其幽邃，昕[⑤]而来，夕而返，超然有会于心，久而忘归。既而惜其栋宇之坏陨漫漶，欲葺而新之。盖心许而未之言也。一夕，梦至某所，若道家所谓小有天者。其地瑶玉，其厦金鋈[⑥]，其浸芙蕖，其林多罗[⑦]，其禽频伽[⑧]，其牧狻猊[⑨]，其人偏袒右肩，其服珠琲孔翠，往往或跨龙凤以为驷，或坐菡萏以为床。驾云腾空，超忽变化。须臾，山川草木异彩炳焕，皆若金色，光夺人目。矍然惊起，因悟曰："兹非予之心许而未言者耶?"则倒囊召匠，斸山取材。为殿为堂，为寝为廊。为门为墙，为囷为像。朴斫坚好，雕饰备具，金碧有烂，鼓钟其锽。市腴田以业其生，贾度牒以世其徒，遂为众山佛宫之冠。至其子良肱，再继葺焉。

近岁戊午，烬于郁攸①，其孙知微、知广复一新之焉。于是坏之芜者剃，基之洼者夷，级之缺者瓷，宇之燎者立，像之亡者补。尺椽寸甍，举非其旧。其旧惟数古佛，及政和间一大钟而止耳。里人纵观，耄者喜其复，稚者骇其丽，远者贺其新。寺始葺于绍兴之甲子，再葺于绍熙之庚戌，一新于庆元己未之仲冬。后先之费，为钱各百万云。既成，知微介予倩刘亿，来谒予记之。予喟曰："天下事，患莫之倡。倡之矣，患莫之继。然士大夫之家，而祖而父，倡以忠孝，继以背诞⑪；倡以术业，继以荒嬉。是亦继也。有能如知微弟兄之继其父祖之志者乎? 无也。抑请大之。"

其明年四月十一日，通议大夫宝文阁待制致仕杨万里记并书。

【注释】

①垂：同"陲"，边际。

②弁冕：礼帽。弁、冕都为古代男子冠名。吉礼之服用冕，通常礼服用弁。

③端委：古代礼服。《左传·昭公元年》："吾与子弁冕端委，以治民临诸侯。"杜预注："端委，礼衣。"

④挼（ruó）挲：揉搓，抚摸。

⑤昕：太阳快要出来的时候。

⑥鋈（wù）：白金。

⑦多罗：树名，即贝多树。梵文 Pattra 的音译，又译"多啰"或"贝多啰"。

⑧频伽：佛教中的一种神鸟。据传其声音美妙动听，婉转如歌，胜于常鸟，佛经中又名美音鸟或妙音鸟。

⑨狻猊（suān ní）：中国古代神话传说中龙生九子之一。形如狮，喜烟好坐，形象一般出现在香炉上，随之吞烟吐雾。

⑩郁攸：火气，火焰。《左传·哀公三年》："济濡帷幕，郁攸从之，蒙葺公屋。"

⑪背诞：违命放诞，不受节制。

【赏读】

《永新重建宝峰寺记》与《长庆寺十八罗汉记》相类似，是杨万里又一篇以佛教寺庙为主题的记体散文。文章华丽铺陈，多修饰多用典，充分体现了杨万里散文风格的多样性。

文章以介绍宝峰寺所在的万宝山作为开端，想象夸张，语言生动，渲染了一种神秘玄幻的氛围。通过杨万里的形容，万宝山孤秀挺立，高耸广袤，仿佛仙界灵山，“其高五千尺，其袤数十里”。不仅如此，它还有着独特的气质，远望时威武庄严如王公大人，“弁冕端委，秉珪佩玉，坐于庙堂之上，使人一见而敬心生焉”。走近了又如同屈原笔下的仙人，像不沾红尘烟火气的“岩壑幽人”，“被薜荔，带女萝，餐菊为粮，纫兰为佩，呼吸日月，搂挐云烟，使人一见而尘心息焉”。这种集俨然庄肃和玄淡缥缈于一身的山的形象一般很少有文学家能想象出来。

由山及寺，接下来便引出了宝峰寺和重修者朱戬。杨万里介绍朱戬重修宝峰寺的缘由听上去似乎有些荒诞神奇，竟然源于一场梦境。作者用排比、想象等手法描写他所梦见的地方，可谓富丽堂皇，光彩炳焕：“其地瑶玉，其厦金鋈，其浸芙蕖，其林多罗，其禽频伽，其牧狻猊，其人偏袒右肩，其服珠琲孔翠，往往或跨龙凤以为驷，或坐菡萏以为床。驾云腾空，超忽变化。须臾，山川草木异彩炳焕，皆若金色，光夺人目。”句式长短变换，语言华丽，想象力丰富。

受到梦境启迪的朱戬于是花费巨资和投入精力对宝

峰寺进行工程浩大的重修。语言风格由夸张铺陈转为写实，多用工整对称的骈句，文字庄重典雅。"倒囊召匠，斸山取材。为殿为堂，为寝为廊。为门为墙，为圃为像。朴斫坚好，雕饰备具，金碧有烂，鼓钟其镗。市腴田以业其生，贾度牒以世其徒。"随着由仙界、梦境到世俗生活的转变，节奏和语言风格随之转换。

　　更为难得的是，尽管世事变迁，朱戢其子良肱及其孙知微、知广能够继承父辈、祖辈的功业，对宝峰寺进行重新修葺。"寺始葺于绍兴之甲子，再葺于绍熙之庚戌，一新于庆元己未之仲冬。后先之费，为钱各百万云。"一门三代前后相继修葺，成为一段佳话。由此引发了文章最后点睛式的评论："天下事，患莫之倡。倡之矣，患莫之继。然士大夫之家，而祖而父，倡以忠孝，继以背诞；倡以术业，继以荒嬉。"在古代社会，朱氏三代前后相继的精神有着很强的榜样作用。在越来越重视家风传承的当下，朱氏家族的故事依然对我们有所启发。

山居记

山居者，待制侍郎雪川①沈公宾王②之居也。宾王之居，不于其山于其郛，而曰山居者，癖于爱山也。人各有癖，武子③癖于马，宾王癖于山。郛居而名以山居，以见爱山之意，无适而非山也。宾王胸次洒落，如风棂月牖④，韵致清旷，如雪山冰壑。身居金马玉堂⑤之近，而有云峤⑥春临之想。职在献纳论思之地，而有灞桥吟哦之色⑦。家本道场何山⑧之丽也，而世居吴兴之郛。非其好也，爱即其居，小筑一室。其广三楹，署以此名。

客有过之而笑者，曰："君子之宅有二：有晏子之宅⑨，有庾信⑩之宅。庾于林，晏于市也。今子之宅晏也，非庾也，而曰山居，嘻，甚矣子之爱山也！抑亦居则有矣，恶睹所谓昆仑哉？问其户外，则康衢之埃也，那得青壁之倚天？问其墙东，则唐肆⑪之区也，那得千岩之秋气？问其极目，则黄公之垆⑫也，那得飞泉之漱玉？昔羊叔子有鹤，尝矜其能舞。一日，客至求观。公为出之，竟氍氀而不能舞[13]。今子之山居，将无类羊公之鹤乎？"

宾王笑曰："子知笑吾之无山而有山，不知吾亦笑子之有目而无目也。吾尝仕于江西章贡之宪幕矣，又尝守天台矣，又尝倅会稽矣。翠浪玉虹，丹邱赤城，若耶云门[14]，千岩万壑，至今磊磊皆在吾目中也。今吾此室之前，怪石相重，松竹相友，泉流相晖。其巉然[15]者非崆峒、天台乎？其森然者，非云门、禹穴[16]乎？其泠然者非瀑布帘泉乎？吾居无山，吾目未尝无山。子目无山，吾居未尝无山。"

开禧乙丑六月既望，诚斋野客庐陵杨万里记。

【注释】

①霅川：即霅溪，水名，在今浙江湖州市。

②沈公宾王：沈作宾，字宾王，湖州归安人。以父任入仕。中刑法科，授江西提刑司检法官，迁大理评事。出通判绍兴，知台州。累官龙图阁待制、户部士侍郎、江西安抚使等。沈作宾山居建在浙江吴兴城（现今湖州吴兴区）北。

③武子：王济，字武子，太原晋阳（今山西太原）人。司徒王浑次子，官至骁骑将军、侍中。《裴子语林》记载："武子性爱马，亦甚别之。故杜预道王武子有马

癖，和长舆有钱癖。"

④风棂月牖：如风吹过窗棂、月光透过窗户，形容胸怀洒脱坦荡。

⑤金马玉堂：金马门与玉堂署。汉时学士待诏之处，后因以称翰林院或翰林学士。

⑥云峤：又名员峤，神话传说里海中的仙山。唐吴筠《晚到湖口见庐山作呈诸故人》有"故人在云峤，乃复同宴息"。

⑦灞桥吟哦之色：指诗人气质。灞桥，桥名，在长安东，汉人送客至此桥，折柳赠别。吟哦，吟诗、作诗。

⑧道场何山：道场，道场山，《嘉泰吴兴志》记载乃如讷禅师停留修行之地。何山，位于浙江湖州城南，又名金盖山，晋末何楷在此读书修道。

⑨晏子之宅：晏子，晏婴，字仲，谥平，春秋时齐国名相。《左传·昭公三年》："初，景公欲更晏子之宅，曰：'子之宅近市，湫隘嚣尘，不可以居，请更诸爽垲者。'辞曰：'君之先臣容焉，臣不足以嗣之，于臣侈矣。且小人近市，朝夕得所求，小人之利也。敢烦里旅？'"

⑩庾信（513~581）：字子山，南阳新野（今河南新野）人，南北朝时期文学家。庾信宅在山林。

⑪唐肆：空荡的集市。

⑫黄公之垆：集市酒家。西晋时期，"竹林七贤"等

著名文士常在黄公酒垆畅饮聚会。

　　⑬"昔羊叔子有鹤"六句：比喻名不副实的人。羊叔子，指晋朝大将军羊祜。刘义庆《世说新语·排调》："昔羊叔子有鹤善舞，尝向客称之。客试使驱来，甂甍（tóng méng）而不肯舞，故称比之。"甂甍，毛发散乱、精神委顿的样子。

　　⑭若耶云门：若耶溪、云门寺，都在浙江绍兴。

　　⑮巉（chán）然：高峭陡削的样子。

　　⑯禹穴：今浙江会稽山景区宛委山，相传大禹于此山得黄帝之书而复藏之。

【赏读】

　　山林田园，对于中国士大夫阶层来说似乎是一个永远绕不开的生活追求和精神寄托。作为田园诗人的鼻祖，陶渊明很坦率地表达了其对世俗仕途的厌恶和对山水自然的钟情："少无适俗韵，性本爱丘山"，"采菊东篱下，悠然见南山"。从樊笼返回自然，山水自然成了文人摆脱红尘羁束，追求心灵自由的归宿地。纵使如盛唐王维般仕途畅达，也仍然要在蓝田建造辋川别墅，尽情享受山居的乐趣。更有如宋代诗人林逋这般，不娶不仕，梅妻鹤子，潇洒终身。后人遥想，"明月松间照，清泉石上流"，"山家除夕无他事，插了梅花便过年"，那些遥远的山居岁月和文人情怀是何等的浪漫，令人向往。杨万里爱山水，"性癖爱看山"（《爱山堂》），其同道中人也有不少。沈作宾就是这样一位痴情山水的文人雅士。

《林泉高致·山水训》有段妙论："世之笃论，谓山水有可行者，有可望者，有可游者，有可居者。画凡至此，皆入妙品。但可行可望不如可居可游之为得。"宋代文人早对此深有体会，游山居山成为他们普遍的生活方式，他们在山水间寻找精神的超脱。沈作宾宅院以山居为名，说明其正是这种思想的践行者。《山居记》名义上是为沈作宾的宅邸而作，文章中却很少写房屋本身，重点在描写山居主人沈作宾清旷洒脱的文人气度。在杨万里笔下，沈作宾是个可与魏晋名士王济相比的、爱山为癖的、个性鲜明的文人。他的胸怀"如风棂月牖""如雪山冰壑"，像风吹过窗棂，像月光洒落窗户，像清澈莹洁的冰雪世界。文笔清丽，把抽象的胸怀韵致写得生动贴切，令人印象深刻。沈作宾身在庙堂，心在山林，"身居金马玉堂之近，而有云峤春临之想。职在献纳论思之地，而有灞桥吟哦之色。家本道场何山之丽也，而世居吴兴之郛"。这样清贵雅致的文人形象与作者《张功父画像赞》中的张镃颇有相似之处。

写完了山人，作者紧扣主题写山居。以司马相如为代表性作家的汉代大赋洋洋洒洒，《子虚赋》《上林赋》

通过乌有先生和亡是公的一问一答式的对话，把汉代盛世的繁荣景象淋漓尽致地展现了出来，赋末的曲终奏雅则带有哲思。汉代之后虽然文学风尚转移，但汉赋体的作法仍被继承，苏轼的《前赤壁赋》就是学汉赋而有创新的天才之作。《山居记》仿效汉代大赋的铺陈和问答体，先写客人对山居的质疑与嘲笑，后写主人的回答，多用排比句式，铺陈繁复，文字纵横恣肆。

沈作宾山居以山为名，实则无山，心中有山，"吾居无山，吾目未尝无山。子目无山，吾居未尝无山"。这让人想到苏轼和佛印之间有趣而富有禅机的对话。一天，苏东坡对佛印说："以大师慧眼看来，吾乃何物？"佛印说："贫僧眼中，施主乃我佛如来金身。"苏东坡故意打趣他，笑着说："然以吾观之，大师乃牛屎一堆。"佛印听苏东坡说自己是"牛屎一堆"，并未感到不快，只是说："佛由心生，心中有佛，所见万物皆是佛；心中是牛屎，所见皆化为牛屎。"两人哈哈一笑。《山居记》中主客对话类似于此。沈作宾的话大有禅意。

卷二 序跋

渊明之诗，

春之兰，秋之菊，

松下之风，涧下之水也。

送冯相士序

　　杨子午睡，既觉，意象殊昏昏也。强取故书，读未竟篇，童子自外来云："有客。"予急取其谒视之，则永嘉道人冯君。

　　君与予别四年，别我时，自言将上九疑[1]，历苍梧，以遍览岭表之山川，与南海之涛波。未返也，忽至吾门，恍莫知其从。既见，惊且喜，相劳苦无恙外，冯君悒然不乐。问之，则曰："俗情益不古之似矣，吾厌之，吾厌之。吾将脱冠巾，祝发[2]髯[3]以去之，子谓之何？"杨子曰："子知去俗以就不俗矣，未知子之去俗以就俗也。子以佛之说者为不俗也，叛父母，捶仁义，不俗者不为也。子以世之人为俗也，文畅[4]、浩初[5]，比高门之炎以自点其云月泉石之身，此为不俗耶？子欲去俗以就不俗，正使文畅、浩初之与曹，犹将俗乎尔也？文畅、浩初今可多也哉？然则俗不俗，果佛不佛之谓耶？冰雪也，尘埃也，孰洁孰污也？使冰雪之所栖，必尘埃之地之为择，则地之有冰雪者加少矣。尘者自尘，何与于吾之冰？埃者自埃，何与于吾之雪？子之俗不俗，在子之内耶？在子之外耶？子之所厌者外也，非外则无厌矣。此未可以言语得也。"冯君怃然⑥而应。

冯君名一德，字贯道。涉猎书传及唐人诗，善言骨相⑦。予在衡湘中识之，其言今湖南漕使者、直阁郑公⑧最奇中，以是名益闻。因并书之。

【注释】

①九疑：九嶷山，又名苍梧山，于湖南永州宁远县境内。相传舜南巡狩，崩于苍梧之野，葬于江南九疑。

②祝发：断发，后指僧尼削发出家。祝，断，断绝。《列子》："南国之人，祝发而裸。"

③髯：颊须。

④文畅：唐代僧人，与文人多有交游。韩愈有《送浮屠文畅师序》。

⑤浩初：唐代僧人，多才艺，喜交游。柳宗元有《送僧浩初序》。

⑥怃然：怅然失意貌。《论语·微子》："夫子怃然曰：'鸟兽不可与同群，吾非斯人之徒与而谁与？'"

⑦善言骨相：根据人的骨骼、形体、相貌推测气运，为算命之术。

⑧湖南漕使者、直阁郑公：郑安恭，字子礼，以避后讳改思恭，襄邑（今属河南）人。宋代路一级的机构设置中有漕司，即转运司，负责一路的财赋和监察，长官称转运使，常被尊称漕使者。宋朝官制中有三馆秘阁官，有学士、直学士、待制和直阁等。

【赏读】

　　赠序是我国古代一种常见的散文文体，一般是与朋友临别时而作，内容多为勉励、赞许之辞。唐代时赠序繁盛，出现了大批赠序名作，如散文大家韩愈的《送李愿归盘谷序》。这些作品写法多样，或坦率陈言，或含蓄委婉，或诙谐幽默，或愤世嫉俗，各具风采。宋代散文昌盛，赠序数量也不少，但南宋时期在某种意义上出现了文学作品消减的现象，特别出色的不多。杨万里文集中有十余篇赠序，比较有意思的当属《送冯相士序》。

　　这篇赠序的主角身份很特殊，是擅长看相识人的相士。这种职业在古代民间很流行，但相士的地位较尴尬，他们多为不得志文人，故而在各类文学作品中很少能看到相士的形象，纵然偶有出现，或夸耀其神通，或遭讽刺贬斥。冯一德相士因善言骨相知名，但对此杨万里一笔带过，突出其普通文人的一面，从其身上反映出古代边缘文人的生存困境。与传统印象中爱故弄玄虚的相士形象不同，杨万里笔下的冯相士宛如仗剑行天涯的文士，红尘烟火气十足。多年不见，当初临别时他豪情慷慨，"自言将上九疑，历苍梧，以遍览岭表之山川，与南海之涛波"，如今归来却愤世嫉俗，甚至有断发出家的冲动，"俗情益不古之似矣，吾厌之，吾厌之。吾将脱冠巾，祝发髡以去之"。一位个性鲜明的底层文人形象跃然纸上。

宋代宗教大兴，儒释道之间存在相争相融的复杂关系。作为一位信仰正心诚意之学的儒家学者，杨万里在散文中凡涉及佛教问题时有个非常有趣的现象，那就是说佛不是佛，以儒家思想来阐释与佛相关的问题。《长庆寺十八罗汉记》以佛教罗汉塑像为题，实际上谈的却是人生的遇与不遇。《送冯相士序》把弃世出家这个问题转化为俗与不俗、佛与不佛的问题。冯相士因不愿与世俗风气同浮沉，希望皈依佛门逃离世俗。杨万里则认为佛教叛离道德仁义，同样是俗。他用了一连串的疑问句式和比喻手法对此进行说理。杨万里问："冰雪也，尘埃也，孰洁孰污也？"其实尘者自尘，埃者自埃，俗与不俗，佛与不佛，关键在内心的自我修行。这种观点与六祖慧能偈语"菩提本非树，明镜亦非台。本来无一物，何处惹尘埃"的观点有相通之处，但并不完全相同。处于人生低谷期的今人看到这段话，也同样能引起深深的思索。

西溪先生《和陶诗》序

　　余山墅远城邑，复不近墟市①，兼旬②不识肉味③，日汲山泉煮汤饼，傧④以寒齑⑤，主以脱粟⑥。纷不及目，嚣不及耳，余心裕如也。

　　偶九日⑦至，呼儿问："有酒乎？"曰："秫⑧不登⑨，无所于酿。"余仰屋喟曰："安得白衣人⑩乎？"已而，所亲送至新醅⑪，余欣然又问："有菊乎？"曰："秋未凉，菊亦未花。"余又喟曰："既得陇，复望蜀⑫，可乎？"因悠然独酌，取几上文书一编观之，乃余亡友西溪先生《和陶诗》也。读至《九日闲居》，渊明云："尘爵耻虚罍，寒花徒自荣。"东坡和云："鲜鲜霜菊艳，溜溜糟床声。"西溪和云："境静人亦寂，觞至壶自倾。"则又喟曰："四者难并⑬之叹，今古如一丘之貉也。"儿趷⑭而请曰："东坡、西溪之和陶，孰似？"余曰："小儿何用强知许事？渊明之诗，春之兰，秋之菊，松上之风，涧下之水也。东坡以烹龙庖凤⑮之手而饮木兰之坠露、餐秋菊落英者也。西溪操破琴，鼓断弦，以泻松风涧水者也。似与不似，余不得而知也，汝盍于渊明乎问焉？"

西溪之子伟及其犹子湘，送此集，谒予序之，因书此语于篇首云。

西溪刘氏，讳承弼，字彦纯，尝再与计偕，报闻，则归隐于安福之西溪。今谏大夫谢公谔尝倡郡士百十人，列其孝行节义于朝，有诏旌表⑯其门闾⑰。

淳熙戊申九月晦日，友人朝奉大夫新知筠州军州事杨万里序。

【注释】

①墟市：乡村中的集市。

②兼旬：二十天。旬，十天。

③不识肉味：《论语·述而》："子在齐闻《韶》，三月不知肉味。曰：'不图为乐之至于斯也。'"

④候：搭配。

⑤齑：捣碎的姜、蒜、韭菜等。

⑥脱粟：只脱去谷皮的粗米，一种粗粮。

⑦九日：指重阳，农历九月初九。

⑧秫：黏高粱，可用来酿酒。

⑨登：谷物成熟。

⑩白衣人：晋时江州刺史王宏。南朝宋檀道鸾《续

晋阳秋·恭帝》："王宏为江州刺史，陶潜九月九日无酒，于宅边东篱下菊丛中摘盈把，坐其侧。未几，望见一白衣人至，乃刺史王宏送酒也。即便就酌而后归。"后以为重阳故事。

⑪醅（pēi）：没滤过的酒。

⑫既得陇，复望蜀：意思是已经取得陇右，还想攻占西蜀。形容贪心不止。《后汉书·岑彭传》："人苦不知足，既平陇，复望蜀，每一发兵，头鬓为白。"

⑬四者难并：南朝宋谢灵运《拟魏太子邺中集诗八首序》："建安末，余时在邺宫，朝游夕宴，究欢愉之极。天下良辰美景，赏心乐事，四者难并。"

⑭跽：长跪，挺直上身两膝着地。

⑮烹龙庖凤：比喻烹调珍奇菜肴。

⑯旌表：由官府立牌坊、赐匾额对遵守封建礼教的人加以表彰。

⑰门闾：乡里，里巷。

【赏读】

据《陆游、杨万里序体散文研究》统计，《诚斋集》现存74篇序文，具体分类为文集序60篇、赠序12篇、字序1篇、杂序1篇，可见文集序比重之大。相较唐代以韩柳为代表的古文家以赠序为主，显然发生了重大改变。

杨万里文集序数量多，内容丰富，其中不乏优美的小品文佳作。《西溪先生〈和陶诗〉序》就是一篇精致斐然、韵味悠远的小品文。作者在《水月亭记》中曾形容友人刘承弼："彦纯之为人，非今之所谓为人者也。其为文，非今之所谓为文者也。"《西溪先生〈和陶诗〉序》主要内容就是对刘承弼的文学才华和成就展开具体阐述。

《西溪先生〈和陶诗〉序》虽为刘承弼诗集作序，但文章开头刻画的却是杨万里本人仿效陶渊明所过的清雅脱俗的日常生活，暗为《和陶诗》铺垫情绪。陶渊明不为五斗米折腰，檀道济馈以粱肉被他挥而去之，隐居田园，过着简朴闲适的生活，"采菊东篱下，悠然见南山"，"种豆南山下，草盛豆苗稀"。杨万里在远离人嚣之地筑庐隐居，也是生活简朴，精神充盈开阔，乐在其中。"兼旬不识肉味。日汲山泉煮汤饼，馈以寒齑，主以脱粟。纷不及目，嚣不及耳，余心裕如也。"

接下来作者用一段极为俏皮生动的对话引出了《和陶诗》。中国重阳日素有登高、赏菊、饮重阳酒、插茱萸等习俗。陶渊明"闲居，爱重九之名。秋菊盈园，而持醪靡由，空服九华"，正在惆怅感伤之际，忽然江州刺史王宏派人送来了酒，他开怀畅饮，饮则醉，醉则归，成为一段诗坛佳话。重阳日杨万里也产生了饮酒赏菊的雅兴，与儿子的一问一答，画面感十足，妙趣横生。"呼儿问：'有酒乎？'曰：'秋不登，无所于酿。'余仰屋喟曰：'安得白衣人乎？'已而，所亲送至新醅，余欣然又问：'有菊乎？'曰：'秋未凉，菊亦未花。'余又喟曰：'既得陇，复望蜀，可乎？'"陶渊明有菊有酒，诗兴大发，故作《九日闲居》。杨万里有酒无菊，难免有些遗憾，于是取案头刘承弼的《和陶诗》以佐酒助兴，弥补遗憾。

宋代和陶诗大盛，苏轼将陶渊明置于古今诗人之冠。"吾于诗人，无所甚好，独好渊明之诗。渊明作诗不多，然其诗质而实绮，癯而实腴，自曹、刘、鲍、谢、李、杜诸人，皆莫及也。"（《与子由书》）以苏轼为代表，众多文人纷纷效仿，刘承弼也是其中一位。杨万里将苏轼、刘承弼的《和陶诗》和陶渊明诗歌做了对比，用比喻、排比的手法，相当文艺地描述各自诗歌风格，语言诗意精当。"渊明之诗，春之兰，秋之菊，松上之风，涧下之水也。东坡以烹龙庖凤之手而饮木兰之坠露、餐秋菊落英者也。西溪操破琴，鼓断弦，以泻松风涧水者也。"杨万里认为陶渊明的诗清新自然，随意随性，洒脱自如；苏轼的《和陶诗》借以天才之手眼，想象丰富奇特有华彩；而刘承弼的诗歌古拙朴质，落落寡合。三者风格差异颇大。这段对和陶诗的精彩点评也是文学批评史上的一段重要资料。

诚斋《荆溪集》^①序

予之诗，始学江西诸君子^②，既又学后山^③五字律，既又学半山老人^④七字绝句，晚乃学绝句于唐人。学之愈力，作之愈寡。尝与林谦之^⑤屡叹之，谦之云："择之之精，得之之艰，又欲作之之不寡乎？"予喟曰："诗人盖异病而同源也，独予乎哉！"

故自淳熙丁酉之春，上暨壬午，止有诗五百八十二首，其寡盖如此。其夏之官荆溪，既抵官下，阅讼牒，理邦赋，惟朱墨^⑥之为亲，诗意时往日来于予怀，欲作未暇也。戊戌三朝^⑦，时节赐告^⑧，少公事。是日即作诗，忽若有窾。于是辞谢唐人，及王、陈、江西诸君子，皆不敢学，而后欣如也。试令儿辈操笔，予口占数首，则浏浏^⑨焉，无复前日之轧轧^⑩矣。自此每过午，吏散庭空，即携一便面^⑪，步后园，登古城，采撷杞菊，攀翻花竹。万象毕来，献予诗材。盖麾之不去，前者未雠^⑫，而后者已迫，涣然未觉作诗之难也。盖诗人之病去体将有日矣。方是时，不惟未觉作诗之难，亦未觉作州之难也。明年二月晦，代者至。予合符而去，试汇其稿，凡十又四月，而得诗四百九十二首。予亦未敢出以示人也。今年备官宫府掾，故人钟君将之[13]自淮水移书于予曰："荆溪比易守，前日作州之无难者，今难十倍不啻，子荆溪之诗，未可以出欤？"予一笑，抄以寄之云。

　　淳熙丁未，庐陵杨万里廷秀序。

【注释】

　　①《荆溪集》：杨万里收录其在荆溪（今江苏常州）任上所作诗的合集。

　　②江西诸君子：即江西诗派，是宋代以黄庭坚为首的著名诗歌流派，因黄庭坚及核心群体成员大多为江西（宋代江南西路）人而得名。其名始于宋吕本中所作《江西诗社宗派图》。

　　③后山：陈师道（1053~1102），北宋著名诗人。徐州彭城（今江苏徐州）人。字履常，一字无己，号后山居士。历仕徐州教授、太学博士、颍州教授、秘书省正字等职。诗歌学黄庭坚而有创新，尚苦吟，有"闭门觅句陈无己"之称。

　　④半山老人：王安石（1021~1086），字介甫，号半山，抚州临川（今江西抚州）人，宋代著名思想家、政

治家、文学家。诗歌在北宋诗坛自成一家，世称"王荆公体"。有《王临川集》《临川集拾遗》等存世。

⑤林谦之：林光朝，字谦之，兴化军莆田（今属福建）人。早年得宗周敦颐濂洛学派真传，讲学于莆田东井、红泉等地，后人尊为"红泉学派"。有《艾轩集》存世。

⑥朱墨：用红黑两种颜色判读公文。

⑦三朝：阴历正月初一。颜师古注《汉书·孔光传》时曰："岁之朝，月之朝，日之朝，故曰三朝。"也称三元、三始、三朔等。

⑧赐告：朝廷准予告假。

⑨浏浏：文思顺畅貌。

⑩轧轧：艰涩困滞状。

⑪便面：古代用以遮面的扇状物。

⑫雠：应对，应答。《说文解字》："雠，犹应也。"

⑬钟君将之：钟将之，字仲山。尝为编修官。工词，著有《岫云词》一卷。

【赏读】

中国是一个诗歌文化极为繁荣的国度，漫长文学历程中诗人灿若繁星，诗派百舸争流，光彩熠熠。如果采用一个简单粗暴却极为有效的分类方式，大致可分为苦吟派和灵感派两种。贾岛是苦吟派的典型代表，因沉迷于斟酌"鸟宿池边树，僧敲月下门"中"推""敲"二字何者更为合适，误闯进了韩愈的仪仗队，成为一段诗坛佳话。其《题诗后》云："两句三年得，一吟双泪流。知音如不赏，归卧故山秋。"道尽了其雕琢、推敲文字的艰苦创作心路。与之相对应的是以李白为代表的灵感派，尊崇性灵，往往思如泉涌，一挥而就，才情飞扬。所谓"李白斗酒诗百篇，长安市上酒家眠。天子呼来不上船，自称臣是酒家仙"，正是如此，洒脱至极。这两大类的相对相融、相互转换是文学史上一个很有趣的话题，在某种意义上，杨万里《诚斋〈荆溪集〉序》提供了反映两派复杂关系的一个案例。

《诚斋〈荆溪集〉序》作于淳熙十四年（1187），是杨万里为自己的诗集《荆溪集》所作的序文。文中详细描述了其学诗历程，是研究"诚斋体"最重要的一篇文论，同时又是一篇精短隽永的散文精品。

文章开头先简要介绍了作者以往的学诗历程，先学江西诸君子再学后山，继而学半山和晚唐，可谓转益多师。晚唐技巧锤炼和制作精工，固不必说。如果按照对苦吟派和灵感派的区分，江西诗派、陈师道讲究"夺胎换骨""点铁成金"，要求"不可一字无来历"，诗歌创作态度也是偏于苦吟。王安石"荆公体"高处不落流俗，清丽精致，杨万里极为喜爱，甚至当作疗饥的早餐："不是老夫朝不食，半山绝句当朝餐。"（《读诗》）从诗歌风格和创作方法来看，王安石也属于苦吟一派，非常注重炼字炼句，苦吟无数遍，改动十余个字，终于确定"春风又绿江南岸"中的"绿"字。

不过，杨万里认真学习模仿这些前辈名家的诗歌，效果并不太理想，"学之愈力，作之愈寡"，"择之之精，得之之艰"，陷入了文学创作的瓶颈。

这种状态的突破发生在杨万里任职荆溪期间，使用的方法也相当有趣："自此每过午，吏散庭空，即携一便面，步后园，登古城，采撷杞菊，攀翻花竹。万象毕来，献予诗材。盖麾之不去，前者未雠，而后者已迫，涣然未觉作诗之难也。"这段文字极为生动清丽，传神地形容了作者在日日与大自然的亲密接触中，将注意力焦点由模仿古人转向亲近自然万物，由步武前人到独创一家的飞跃过程。

顿悟之后的杨万里达到了一个文学创作的新境界，灵感爆发，大自然中处处景物都可为景语、情语，自立一家。南宋著名词人姜夔对其此佩服得五体投地，赠诗《送〈朝天续集〉归诚斋》（时在金陵）曰："翰墨场中老斫轮，真能一笔扫千军。年年花月无闲日，处处山川怕见君。"可谓幽默贴切至极。

递钟①小序

刘敏叔②得一古琴，携来示予。是夕，霜月入帘，寒欲堕指③，为予作《流水高山》④，申⑤之以《易水》⑥，终之以《醉翁吟》⑦。其声清激，若出金石，听者耸毛酸骨⑧。予命之曰递钟云。

年月日，诚斋野客杨万里廷秀。

【注释】

①递钟：琴名。《汉书·王褒传》："虽伯牙操递钟，逢门子弯乌号，犹未足以喻其意也。"颜师古注引臣瓒曰："《楚辞》云：'奏伯牙之号钟。'"此处指杨万里命名的一架古琴。

②刘敏叔：刘讷，字敏叔，吉水（今江西吉水）人，善写真及人物。杨万里文集中有《跋刘敏叔梅兰竹石四清图》《跋写真刘敏叔八君子图》等。

③堕指：冻掉手指，极言天气之寒。唐代李华《吊古战场文》："鸷鸟休巢，征马踟蹰，缯纩无温，堕指

裂肤。"

④《流水高山》：古琴曲，以伯牙、钟子期故事为主旨。最早见于《列子·汤问》。

⑤申：说明，陈述。

⑥《易水》：古琴曲，源于荆轲刺秦易水送别的故事。

⑦《醉翁吟》：古琴曲，又名《醉翁操》《醉翁引》。作品意境源自欧阳修《醉翁亭记》。

⑧酸骨：酸痛刺骨，形容激烈情绪。唐代韦应物《往富平伤怀》："衔恨已酸骨，何况苦寒时。"

【赏读】

《递钟小序》是杨万里为一架古琴"递钟"所作的序，这种器物序杨万里文集仅存一篇，十分难得。从体例和风格上看，与书画题跋实有异曲同工之妙。全文不到百字，主要描写听音乐的场景和感受，结构完整，精致短小，文学性很强，可称得上是杨万里小品文中的精品。风格清丽隐秀，有苏轼《记承天寺夜游》韵味。

以音乐为主题的文学经典当首推唐代白居易《琵琶行》，诗中对琵琶歌女精湛技艺的形容可谓出神入化。"大弦嘈嘈如急雨，小弦切切如私语。嘈嘈切切错杂弹，大珠小珠落玉盘。间关莺语花底滑，幽咽泉流冰下难。

冰泉冷涩弦凝绝，凝绝不通声暂歇。"诗人从音乐中听到演奏者的心声，不禁产生"同是天涯沦落人"的怅惘感伤。时移俗变，由唐到宋，出现了文化向内转向的大转折，文化气质由开放转为内敛，审美色彩由富贵繁华转为清淡素雅。与此相关，文人欣赏的乐器也从琵琶转为古琴。六一先生欧阳修以一老翁置身于藏书一万卷、三代以来金石遗文一千卷、琴一张、棋一局、酒一壶之间，风雅自得，其中一架古琴就占据了重要位置。南宋时期以姜夔为代表的词人酷爱古琴，还恢复了很多古琴曲。

《递钟小序》开门见山，首先点出为友人刘讷携古琴而来特作此文，再运用极为精练优美的文字描写听琴的场景和感受。杨万里用"霜月入帘""寒欲堕指"八个字来渲染寒夜听琴的氛围，这种清冷孤寂的感觉和琴的气质相当贴切。白居易《燕子楼三首》曰："窗明月满帘霜，被冷灯残拂卧床。燕子楼中霜月夜，秋来只为一人长。"霜月这种富有诗意的形象，经过文人之笔，总会产生一种特别美好的意境。在如此幽雅的情景中，刘讷先后演奏了《流水高山》《易水》《醉翁吟》三首古曲，声音清澈激荡，铿然有金石之声。至于听者的感受，杨万里只用四个字就逼真地形容了出来，那就是"耸毛酸骨"，精妙绝伦。

醉笔戏作生菜①赞

　　粹乎蔬则已瘠，粹乎肉则已腴。腴而不腴，蔬苇②肉也。瘠而不瘠，肉膏蔬也。孰使予暴？云子之课。拓欢伯③之疆者，不在兹乎？不在兹乎？

【注释】

　　①生菜：莴苣。

　　②苇：可供食用的水草野菜。西晋潘岳《西征赋》："而菜蔬苇实，水物惟错，乃有赡乎原陆。"

　　③欢伯：酒的别名，因酒能消忧解愁，带来欢乐，故有此名。

【赏读】

　　赞起源于上古仪式活动中乐正的赞辞或庆典时礼官的赞辞，与"礼"关系密切。成文的赞或曰始于司马相如的《荆轲赞》，文学史上也出现不少经典赞文名篇，如夏侯湛《东方朔画像赞》、袁宏《三国名臣序赞》、柳宗元《伊尹五就桀赞》等。大多数赞的道德色彩浓厚，四字一句，两句一韵，文辞简洁扼要，明白爽畅，思想性较强。还有一些赞相对更为自由，句式多变，文学性更强。尤其在宋代，随着文学观念的转变，"破体为文"的观念和文学实践盛行，赞的变体成为一股清流，为一本正经的赞文平添了很多生趣。杨万里《醉笔戏作生菜赞》就是一篇以生菜为主角的赞文，仅从标题中"醉笔戏作"几字便可看出文章的游戏之作性质。

根据学者研究，莴苣这种大家日常食用的蔬菜实际上是一种舶来品。外国蔬菜大批进入中国始于秦汉时期，《博物志》记载："张骞使西域，得大蒜、胡荽。"实际上张骞带回来的不仅有大蒜和香菜，还有黄瓜和蚕豆等。隋唐时期，中外物质文化交流广泛，很多新的蔬菜品种被引进过来，最为大家熟悉的就是生菜和菠菜。宋初人陶穀《清异录·蔬菜门》专门介绍其来源："呙国使者来汉，隋人求得菜种，酬之甚厚，故名千金菜，今莴苣也。"宋代生菜大为流行，据宋代陈元靓编撰的《岁时广记》介绍，立春之时皇宫市井处处都要吃生菜。"立春前一日，大内出春盘，并酒以赐近臣，盘中生菜染萝卜为之装饰，置奁中"；"立春日，京师人家以韭黄、生菜，食冷淘"；"立春日，食芦菔、春饼、生菜，号春盘"。《醉笔戏作生菜赞》将生菜与肉进行对比:"粹乎蔬则已瘠,粹乎肉则已腴。腴而不腴,蔬芼肉也。瘠而不瘠,肉膏蔬也。"诙谐幽默地反映出宋代世俗生活中一个很有趣的生活细节,"拓欢伯之疆者"将酒与生菜并举,又正与立春日把生菜和酒同食的习俗相吻合。

《醉笔戏作生菜赞》严肃的文体外表下描写的却是极为世俗化的物品。这种做法与宋代文人"以文为戏""破体为文"的创作态度有关,也体现出宋代社会雅俗融合的文学观念及作者本人思想的活泼新奇。从文学传承上看,与苏轼的文学创新也有直接的关联。我们可将苏轼《东坡羹颂》《油水颂》《猪肉颂》《食豆粥颂》等作品与杨万里《醉笔戏作生菜赞》进行比较。客观评价,在创新性上苏轼走得更远,但在文学性上杨万里此文似乎更胜一筹。

张功父①画像赞

功父久别，喜得邂逅，寒温之外，劳苦之曰：

香火斋祓②，伊蒲③文物，一何佛也！襟带诗书，步武琼琚④，又何儒也！门有珠履，坐有桃李，一何佳公子也！冰茹雪食，雕碎月魄，又何穷诗客也！约斋子方内欤？方外欤？风流欤？穷愁欤？老夫不知，君其问诸白鸥。

【注释】

①张功父：张镃，字功甫，号约斋，南宋名将张俊之曾孙。出身华贵，能诗擅词，又善画竹石古木。著有《南湖集》《仕学规范》等。

②斋祓：斋戒沐浴，祓除秽恶。

③伊蒲：伊蒲馔的省写，斋供，素食。

④琼琚：精美的玉佩。《诗经·卫风·木瓜》曰："投我以木瓜，报之以琼琚。"

【赏读】

　　杨万里一生创作了多篇赞文，《张功父画像赞》是他为南宋著名文人张镃画像所作的赞，这篇赞不仅在同类作品中出类拔萃，放之整个文学史也是非常出色。之所以如此，一个很重要的原因就是赞的主人翁不再是一本正经的朝廷名臣、君子隐士，而是清雅脱俗具有多面性的贵族士大夫。

　　张镃其人，宋代多部笔记小说均有描述，是一位既富贵又清雅，具有传奇色彩的人物。《齐东野语》载其"园池声妓服玩之丽甲天下"，又以牡丹会闻名于世。《约斋桂隐百课》详细记载其府第住宅情况，各处景观少则三五处，多则四十余处，生活豪奢无比。同时，这位豪门公子的诗文和他的形象都不存富贵气，代表了宋代士大夫尚雅的审美情趣。这种富贵与清雅的关系是一个很有趣的话题。鲁迅先生曾经说过："唐朝人早就知道，穷措大想做富贵诗，多用'金''玉''绵''绮'字面，自以为豪华，而不知适见其寒蠢。真会写富贵景象的，有道：'笙歌归院落，灯火下楼台。'全不用那些字。"（《而已集·革命文学》）古人推崇的是如晏殊"梨花院落溶溶月，柳絮池塘淡淡风"这种没有金玉气的雅致。宋人尚雅忌俗，但雅致的生活常常需要建立在一定的物质基础上，像杜甫《茅屋为秋风所破歌》中刻画的生活窘迫胸怀天下的底层文人形象，未必是文人刻意追求的。最理想的就是类似张镃这种既富贵又风雅的形象。

杨万里与张镃多有交往，《约斋南湖集序》对其有一段精彩的描写，可以和《张功父画像赞》参看。杨万里起初对张镃循王曾孙的贵公子身份心有顾忌不敢接近，接触后则发现"深目颦蹙，寒肩臞滕，坐于一草堂之下，而其意若在岩岳云月之外者，盖非贵公子也，始恨识之之晚"。《张功父画像赞》把这种反差较大的贵公子和岩壑幽人形象进一步丰富为集佛、儒、佳公子、穷诗客于一身，集方内、方外、风流、穷愁于一身的多侧面形象："香火斋被，伊蒲文物，一何佛也！襟带诗书，步武琼琚，又何儒也！门有珠履，坐有桃李，一何佳公子也！冰茹雪食，雕碎月魄，又何穷诗客也！"

文章骈散结合，音韵铿锵，富有音乐美，句式工整中又不失灵活，以四字句式为主，夹杂运用三字、六字等长短不一的其他句式，"也""欤"等虚词的密集使用更显洒脱。语言精致清丽，使用了排比、比喻等多种修辞手法。

从文学渊源看，杨万里《张功父画像赞》传承的是苏轼《王定国真赞》的传统。《王定国真赞》曰："温然而泽也，道人之腴也。凛然而清者，诗人之癯也。雍容委蛇者，贵介之公子。而短小精悍者，游侠之徒也。人何足以知之？此皆其肤也。若人者，泰不骄，困不挠，而老不枯也。"短短几十字，刻画了一位融道人、诗人、贵公子、游侠于一身的士大夫形象。杨万里学苏又有突破，在文学性和生动性方面有所提升。

张功父命水鉴写诚斋，求赞

　　索汝乎北山之北，汝在南山之南①。索汝乎南山之南，汝在北山之北。丁宁②溪风，约束杉月③。有问汝者，千万勿说。谁遣汝多言而滑稽？又遭约斋之牵率④。

【注释】

　　①索汝乎北山之北，汝在南山之南：《后汉书·逸民列传·法真传》："（法真）性恬静寡欲，不交人间事。太守请见之……真曰：'若欲吏之，真将在北山之北，南山之南矣。'"

　　②丁宁：同"叮咛"，叮嘱。

　　③杉月：杉树间透过的月光。孟郊《送玄亮师》曰："兰泉涤我襟，杉月栖我心。"

　　④牵率：牵缠，拖累。

【赏读】

南与北的对立不仅仅是地理方位的不同，往往还蕴含着更多的文化意义。近年来民谣歌手马頔的《南山南》风靡一时，文艺青年弹着吉他的淡淡忧伤很容易打动听者。歌词中最出彩的文字来自南与北不同的形容，开头为"你在南方的艳阳里，大雪纷飞。我在北方的寒夜里，四季如春"，结尾是"南山南，北秋悲，南山有谷堆。南风南，北海北，北海有墓碑"。这种有古风味道的歌词可谓是对传统文化最好的传承弘扬。

与《南山南》类似，杨万里《张功父命水鉴写诚斋，求赞》也是一篇以南和北关系为关键字眼的小品文。全文不过七十余字，绝对可称得上妙文。文章开头采用谐趣回环的手法，口吻调皮活泼，"索汝乎北山之北，汝在南山之南。索汝乎南山之南，汝在北山之北"。完全相同的文字被打乱顺序之后制造了一种寻寻觅觅故意捉迷藏的文学效果。"南山之南"和"北山之北"几个字反复出现，宛如跳动的音符，让人心情欢快跳跃。这位调皮的朋友不仅故意躲藏，而且还特别叮嘱山间的溪风和杉月不要泄露秘密，可惜最后还是被发现了。这种生动的文章真是让人百读不厌。其想象的奇特，与大自然关系的亲密，体现出的文人雅趣，与"诚斋体"诗歌如出一辙。

　　作者不愧是一位继承韩愈革新精神，在文体方面有开创性的天才作家。赞文原本是一种起源于上古庄严仪式上的文体，风格多拘谨板正。此文对赞文的传统进行了大胆的颠覆，洋溢出积极的浪漫主义精神。这种跨文体的突破性革新比《张功父画像赞》走得更远，很值得我们点赞。

题曾无逸^①《百帆图》

千山去未已，一江追之。予观百余舟出没于风涛缥缈、云烟有无之间。前者不徐，后者不居，何其劳也？而一二渔舟，往来其间，独悠然若无见者，彼何人也耶？

【注释】

①曾无逸：曾三聘（1144~1210），字无逸，新淦县（今江西峡江县）人。乾道二年（1166）中进士。著有《存斋稿》《因话录》《闭户录》等。

【赏读】

宋代是书画尤其是文人书画创作的繁盛时期。这很大程度上与宋代多位皇帝爱好书画有关，像宋徽宗、宋高宗本身就是书画名家。翰林书艺局和翰林图画院的创设更是大大推动了文人圈的书画创作热潮，技艺精湛的书法家、画家往往被征召任待诏或艺学、书学等官职。故而大多数文人常常一专多能，诗文、书画兼善。书画艺术的发展促进了相关文体即书画题跋的蓬勃昌盛。苏轼、黄庭坚等都有很多优秀的题跋之作。杨万里文集中书画题跋数量丰富，精品频出。

《题曾无逸〈百帆图〉》是杨万里为友人曾三聘山水画卷《百帆图》所作的题跋，生动地描绘出画卷的内容和观画后的审美感受。全文不到七十字，短小精悍，富有诗意，可谓诗情画意完美结合。千山如去，一江如追，开头先用拟人手法刻画出一幅形象的动态风景图，为下文百帆和一二小舟渲染氛围。古典诗歌中与一叶扁舟相关的诗句，或如柳宗元《江雪》"孤舟蓑笠翁，独钓寒江雪"，极写凄清孤寂之情绪，或如范仲淹《江上渔者》"君看一叶舟，出没风波里"，抒发对渔民辛苦劳作的同情，所感所写各有不同。《题曾无逸〈百帆图〉》曰："予观百余舟出没于风涛缥缈、云烟有无之间。前者不徐，后者不居，何其劳也？而一二渔舟，往来其间，独悠然若无见者。"作者将开阔江面上百帆争竞的劳苦和一二渔舟往来其间的悠然闲适进行对比，表达了对摆脱世俗羁绊的生活的艳羡。显然，这里渔舟和舟中的渔夫都不是范仲淹笔下以打鱼为业的真正渔人，而是柳宗元、张志和等塑造的文人化想象之后的意象符号。文中多次使用数量词，如"千山""一江""百余舟""一二渔舟"，对增强文字表达的画面感很有帮助。

跋欧阳伯威句选

右欧阳伯威诗句之择也，予既序其《脞辞^①》，复手抄此数纸，自有用处。每鸟啼花落，欣然有会于予心，遣小奴挈瘿樽^②，酤白酒，釂^③一梨花瓷盏，急取此轴，快读一过以咽之，萧然不知此在尘埃间也。而伯威喜予书，又夺去此纸，谁复伴幽独者。

年月日跋。

【注释】

①脞辞：原指琐碎杂乱的文辞，常用于自谦的文集题名。

②瘿樽：有瘿瘤的木雕酒杯。

③釂（jiào）：饮尽杯中酒。

【赏读】

《跋欧阳伯威句选》是杨万里为友人欧阳铁诗集所作的跋。《诚斋集》中还有一篇主题相似的《欧阳伯威脞辞集序》，序文对欧阳铁的为人、境况作了简略描述，并对他的诗歌进行了评价。两者对比，可以看出序、跋两种文体在体例、表达方式等的差异。

作为一篇百余字的短跋，《跋欧阳伯威句选》没有对欧阳铁其人其诗进行全面阐述，而是选取一些富有生活气息和文人雅趣的细节画面，通过以诗集佐酒从侧面表达对诗人诗作的欣赏赞美。这种写作风格远仿陶渊明《五柳先生传》，近似陆游《跋渊明集》。

文中杨万里喜欢欧阳铁诗集的第一个表现就是手抄数纸，每兴之所至，随时读诗，有所感悟。"每鸟啼花落，欣然有会于予心。"这和陶渊明《五柳先生传》"好读书，不求甚解；每有会意，便欣然忘食"极为相似。陆游《跋渊明集》回忆早年读书感受，"吾十三四时，侍先少傅居城南小隐，偶见藤床上有渊明诗，因取读之，欣然会心，日且暮，家人呼食，读诗方乐。至夜，卒不就食"。读书以忘食，古今同一。

不过和陶渊明、陆游有所不同的是，杨万里兴之所至时没有忘食，而是把欧阳铁诗集当成了佐酒之物、精神食粮。他用了一段很精妙的文字进行形容："小奴挈瘦樽，酤白酒，釃一梨花瓷盏，急取此轴，快读一过以咽之，萧然不知此在尘埃间也。"酒具是精美的"瘦樽""梨花瓷盏"，品酒的动作是极富画面感的"急""快"

"咽",喝酒品诗之后的感觉是半醉半醒之间、不知今夕何夕的萧然恍惚。诗助酒兴,酒显诗才。《砚北杂志》记载了宋代诗人苏舜钦以《汉书》佐酒的故事:"闻子美读《汉书·张良传》,至良与客狙击秦皇帝,误中副车,遽抚掌曰:'惜乎,击之不中!'遂满饮一大白。又读,至良曰'始臣起下邳,与上会于留,此天以授陛下',又抚案曰:'君臣相遇,其难如此!'复举一大白。公闻之,大笑曰:'有如此下酒物,一斗不为多也。'"两者有异曲同工之妙。

文末欧阳铁"喜予书,又夺去此纸,谁复伴幽独者"几句带有文人之间俏皮活泼的小趣味,以巧妙的方式间接赞扬欧阳铁诗歌之美。

跋李成①山水

　　余葺茅栋，而工徒病雨扰扰，不肯毕也。今日偶小霁，鸟乌之声乐②。吾友王才臣，偶携李成山水一轴来，展卷烟雨勃兴，庭户晦冥，吾庐何日可了耶？

【注释】

　　①李成（919～967）：字咸熙，又称李营丘，唐宗室后裔。五代宋初著名画家，北宋时期被誉为"古今第一"，擅画山水。存世作品有《寒林平野图》《晴峦萧寺图》《茂林远岫图》等。

　　②鸟乌之声乐：鸟乌，乌鸦。《左传·襄公十八年》："师旷告晋侯曰：'鸟乌之声乐，齐师其遁。'"

【赏读】

　　李成是宋代山水画的代表性作家，其作品题材多平远寒林，画法简练，好用淡墨，尤其擅长在烟霭霏雾和风雨明晦的气候变化中凸显山水之灵秀，具有气象萧疏、烟林清旷、墨法精微的特点。《跋李成山水》是杨万里欣赏友人王子俊带来的李成山水画后题写的跋文，层次清晰、结构曲折，写法不落凡俗，新颖独特。

作者先从日常生活写起，因阴雨连绵，房屋修葺的工作一直不能竣工，不免有些不快。接下来说到小斋乌鸦鸣叫，情绪更为烦乱。最后点题，友人王子俊携李成山水画卷来访，展卷，"烟雨勃兴，庭户晦冥"。山水画中烟雨明晦的气候变化是李成山水的精彩之处，也是正处于修葺房屋期间作者的最大焦虑。于是作者产生错觉，以为风雨将至，着急地呼叫："吾庐何日可了耶？"

文似看山不喜平。文章对李成的山水并未进行专门的正面评论，但通过作者曲折的叙述、幽默活泼的表达，画作的艺术感染力很自然地流露了出来。读者看后忍不住会心一笑。诗文一体，这篇小品文的技巧和韵味与"诚斋体"诗歌如出一辙。

跋赵大年[①]小景

予故人曾禹任[②]，寄似大年小景，败素一，规不盈咫也。愈视愈远，忽去人万里之外。然水石草树、鸿雁凫鹛[③]，可辨秋毫。予剩欲放目洞视之，而旧以挑灯抄书，目眚[④]屡作。尝谒之医，医云："穷睇远睨[⑤]，目家所忌也。"偶忆此戒，速卷还客。

【注释】

①赵大年：赵令穰，字大年，汴京（今河南开封）人，生卒年不详，宋太祖赵匡胤五世孙。北宋著名画家。工画山水、花果、翎毛，笔致秀丽，长于金碧山水，远师李思训父子。代表作品有《风云期会图》《春山图》等。

②曾禹任：曾栝，字禹任，又字伯贡。青年时与杨万里订交。绍熙四年（1193）十月十日去世，杨万里为其作墓志铭。

③鹛：古同"鹬"，指水鸟名，形似鸬鹚，善高飞。

④目眚：眼病之一。目生翳。

⑤穷睇远眡：斜着眼睛仔细看。

【赏读】

在诗歌、散文的继承和创作上，杨万里都是个善于创造、善于变化的人。他不走寻常路，立意新颖，用浅近明白的语言和流畅自然的章法描写叙事，清新活泼，在别人想不到之处落笔，别出心裁。不仅与他人不同，自己的作品也力求各自角度不同。《跋赵大年小景》题材体裁与《跋李成山水》基本相同，对作品的赞美、谐趣的风格基本相似，却从完全不同的角度入手，翻出新意。

文章开门点题，先写友人曾恬寄来赵令穰小景一幅，尺寸虽小，意境幽远，刻画细致，"水石草树、鸿雁凫鹥，可辨秋毫"。赵令穰的画多小景山水，长于描绘湖边水滨水鸟凫雁飞集的景色，意境幽远，清丽雅致，富有诗意，在宋代山水画中别具一格。杨万里此番评论简洁准确，把握住了赵令穰画作的精髓。

在描述了画作内容后，该如何表达观画的感受？此文的写法是正话反说，直言曲说。由于小景山水太过精妙，他忍不住再三观赏，突然想起了医生告诫说眼睛旧疾最忌穷睇远眡，于是赶紧把画卷归还。赞美赵令穰山水技艺这种平平淡淡的内容经过新颖的想象和表达，变得风趣幽默，其角度之妙令人叹为观止。文章具有故事性和画面感，是一篇可一读再读的优秀小品文。

跋《浯溪晓月钱塘晚潮》一轴

予以岁癸未，官满浯溪，去年自杭都补外，每怀两地山水之胜，辄作恶数日[1]。所谓"东西南北皆欲往，千山隔兮万山阻[2]"者欤？今日独坐钓雪舟[3]中，风雪方霁，故人曾禹任邀我，乃并至两地，此殆梦中事也。

【注释】

①辄作恶数日：总是难受好几天。形容受到强烈刺激，情绪激动。刘义庆《世说新语·言语》："谢太傅语王右军曰：'中年丧于哀乐，与亲友别，辄作数日恶。'"

②东西南北皆欲往，千山隔兮万山阻：出自韩愈《感春》。

③钓雪舟：杨万里在故里所建的小斋，因其形似小舟，可观雪景故名。杨万里诗集有《幽居三咏钓雪舟》《中秋前二夕钓雪舟中静坐二首》《钓雪舟中霜夜望月》等多首以钓雪舟为背景的作品。

【赏读】

　　某日因故人曾栟有邀，杨万里看到了山水画卷《浯溪晓月钱塘晚潮》，一时思绪万千，追忆起了往年所见的湖南浯溪、浙江钱塘江的美景，有感而发，遂作《跋〈浯溪晓月钱塘晚潮〉一轴》。文章篇幅短小，感慨深沉，语言清丽精致，回味悠长。

　　杨万里四处为官，经历丰富，但零陵县丞一职对他而言仍有着特别的意义。比如他就是在零陵拜访张浚，被勉之以"正心诚意"之学，零陵可谓其思想的启蒙之地。浯溪与零陵城相距不远，他经常前去游览，并留下了著名的《浯溪赋》等作品。至于杭州，作为南宋都城，杨万里更为熟悉。他多次在京任职，常与友人游览唱和，游遍了西湖、钱塘江等地，并创作了如《晓出净慈寺送林子方》等多首歌颂杭州景色的脍炙人口的作品。回归故里后，每次想起浯溪和杭州的山水人情，杨万里"辄作恶数日"。《世说新语·言语》："谢太傅语王右军曰：'中年伤于哀乐，与亲友别，辄作数日恶。'"用典凝练，把人到中年容易被往事触动产生强烈情绪的状态描绘得非常真实。"所谓'东西南北皆欲往，千山隔兮万山阻'者欤？"则引用的是韩愈诗句。韩愈《感春》开篇便曰："我所思兮在何所，情多地迥兮遍处处。东西南北皆欲往，千江隔兮万山阻。"由于思念刻骨铭心，他愿意上穷碧落下黄泉，踏遍千山万水去寻找，偏偏处处被阻隔，只能满腔愁情，徒唤奈何。杨万里对两地山水友人的怀念就是如此牵肠挂肚，只能惆怅感伤。

美好的时光一去不复返，"今日独坐钓雪舟中，风雪方霁"，观看《浯溪晓月钱塘晚潮》画卷后，杨万里的情绪因今昔对比更加怅惘。其中既有往日看遍的浯溪、钱塘风光与风雪初霁的故里景色的对比，也包含往日和友人携手同游与今日独坐孤斋的对比，还有时光流逝青春不再的对比。是耶？非耶？真耶？假耶？如此种种，作者对着画卷神思迷离，恍然如在梦中。

跋刘彦纯《送曾克俊作室序》

　　曾克俊之居，距吾家三里而近，予每步访之。周以修竹，面以东山，甚爱其幽胜。然目留而心不随，忽喜而忽惧，往往不及坐而去者。盖克俊之幽境能悦人，未若克俊之破屋能逐人也。西溪先生所谓将压者，特闻而知之焉尔，今则又甚矣，西汉所谓左撑者，前日晨炊不熟，取以炀灶①。而畴昔之夜雪作，地炉无火，复取所谓右支者薪之矣。适有天幸，入冬不风，后此数月，春风勃兴，此屋亦殆矣哉。因克俊携西溪序篇来，附书左方，以告仁人君子之怜克俊者。

【注释】

　　①炀灶：有人在灶口烧火，由于遮住了火，后面的人就烧不到火。典出《战国策·赵策》。

【赏读】

　　从题目分析，《跋刘彦纯〈送曾克俊作室序〉》是一篇为友人刘承弼《送曾克俊作室序》一文所作的跋。实际上，全文几乎只字不提序文内容，重点通过描绘底层文士曾克俊窘迫的日常生活，对古代文人生存处境进行了相当真实的刻画，其切题的角度和立意的深远都不同寻常。

说到唐宋风雅，人们往往自带滤光镜进行过很多美丽的想象。当时大多数底层文人真实生存状况到底如何，也许在我们的认识中不乏对历史的误会。杜甫《茅屋为秋风所破歌》家喻户晓，后人体认最深的多是杜甫"安得广厦千万间，大庇天下寒士俱欢颜"所反映的悲天悯人的情怀和士大夫责任。但在有着相似遭遇的千万下层官吏文人看来，最能打动他们的是对冰冷的现实窘境的描写："布衾多年冷似铁，娇儿恶卧踏里裂。床头屋漏无干处，雨脚如麻未断绝。自经丧乱少睡眠，长夜沾湿何由彻！"客观而言，如果真实置身这样的场景，我们文学的诗意多半会被无情的现实打败。理想的高蹈毕竟还是需要建立在解决温饱这种基本的现实之上。鲁迅《伤逝》中子君感慨"人必活着，爱才有所附丽"，这句话穿越时空体现着永恒的真相。

杨万里在《张功父画像赞》中描绘过贵公子张镃："香火斋祓，伊蒲文物，一何佛也！襟带诗书，步武琼琚，又何儒也！门有珠履，坐有桃李，一何佳公子也！冰茹雪食，雕碎月魄，又何穷诗客也！"何其清雅脱俗。

在《跋刘彦纯〈送曾克俊作室序〉》中则刻画了一个对照版的底层文人形象，身处幽境却因生活所迫穷困潦倒，"盖克俊之幽境能悦人，未若克俊之破屋能逐人也"。这种鲜明的反差很让人深思。

　　文章层次清晰，曲折横生，语言流畅平实。文章开头写曾克俊住所周围环境非常雅致，"周以修竹，面以东山，甚爱其幽胜"。如此风雅之居，杨万里却每次不敢多待匆匆离去，"然目留而心不随，忽喜而忽惧，往往不及坐而去者"，原因就在于"盖克俊之幽境能悦人，未若克俊之破屋能逐人也"。风雅的感觉常因大煞风景的破屋消失殆尽。周遭景致之美与曾克俊居所之破形成了巨大的反差。作者进一步用细节化的纪实手法形容曾克俊生活之困顿，破屋之不便。文字愈平淡，处境愈显凄凉。"前日晨炊不熟，取以炀灶。而畴昔之夜雪作，地炉无火。"宋代散文中多高文大章，少有这种细节化的逼真记录。接下来作者又来了一层转折。曾克俊日处破屋，"适有天幸，入冬不风"，似乎庆幸上天开恩，"后此数月，春风勃兴，此屋亦殆矣哉"。读后让人心酸不已。杨万里在文末曰"附书左方，以告仁人君子之怜克俊者"，希望居住破屋中的曾克俊在友人的帮助下境遇能够改善。这与杜甫诗中祈祷的"安得广厦千万间，大庇天下寒士俱欢颜"一致，体现出了共同的人文关怀。

卷三　表启、书信

惟是平生方外之交、一世诗文之友，遣于心而不去，去于心而复来。此一事独扰扰焉于吾心。

辞免赣州得祠进职谢表

谢病摧颓，尚赋珍台①之饩②；属文论撰，复超延阁③之班。上无弃人，下则徼福。臣中谢。

伏念臣老不事事④，才非奇奇。三圣⑤旁招，早附鹭廷之数；初潜豫附，晚参鹤禁之僚。方众贤依乘风云⑥之秋，乃微臣僵卧山林之日。把麾江海⑦，此朝士之荣光；丽日崆峒⑧，亦诗人之佳郡。刬席过家之宠，曾微待次之淹。夫何右臂之偏枯⑨，虚辱左等之重寄。陈力就列，不能者止⑩。投闲置散，乃分之宜⑪。吁天以闻，伏地以俟。闵劳均佚，仁不遐遗⑫。进律示褒，礼亦异数⑬。

兹盖伏遇皇帝陛下：笃叙故旧，惠兹罢癃。轸少原之遗簪⑭，是将厚俗；存子方之老马，非取长途⑮。而臣萧然卧痾，行矣归休。烛青藜而谈古，岂复与英俊游；立白茅而祝厘，尚能使圣人寿。

【注释】

①珍台：华美的楼台，此处借指兴国宫。

②饩：俸禄。

③延阁：帝王藏书之所。

④事事：做事。《史记·曹相国世家》："卿大夫以下吏及宾客见参不事事，来者皆欲有为言。"

⑤三圣：宋高宗、孝宗、光宗。

⑥依乘风云：化自《新唐书·李靖李勣传》："依乘风云，勒功帝籍。"

⑦把麾江海：化自杜牧《将赴吴兴登乐游原》"欲把一麾江海去"。

⑧丽日崆峒：化自苏轼《郁孤台》"日丽崆峒晓，风酣章贡秋"。

⑨右臂之偏枯：化自杜甫《清明》"右臂偏枯半耳聋"。

⑩陈力就列，不能者止：能施展其才能则就其职位，不能就不去。引自《论语·季氏》。

⑪投闲置散，乃分之宜：韩愈《进学解》原文。

⑫仁不遗遐：化自《易·泰》"包荒，用冯河，不遐遗"。

⑬礼亦异数：《左传·庄公十八年》："王命诸侯，名

位不同，礼亦异数。"

⑭少原之遗簪：恋旧，不忘旧情。典自《韩诗外传》："孔子出游少源之野，有妇人中泽而哭，其音甚哀……妇人曰：'非伤亡簪也，吾所以悲者，盖不忘故也。'"

⑮存子方之老马，非取长塗：化自杜甫《江汉》"古来存老马，不必取长途"。

【赏读】

　　中国古代是典型的君权社会，帝王拥有至高的权威。现存数量繁多的应用文章中相当一部分是官员与皇帝之间沟通的公文。下行的制、诏、诰等充分体现了端庄正统的皇权威严，而在那些上行的表奏公文中士大夫精英多竭尽文辞之能，全力表达对帝王的忠诚，谢表尤其如此。作为官员呈给皇帝用以谢恩的专门文字，谢表在宋代得到了广泛的应用。龚延明先生《宋代官制辞典》曰："凡官员升迁除授、谪降贬官，至于生日受赐酒醴、封爵追赠等等，均有谢表。"明代胡松《唐宋元名表·原序》也称："是学也，昉于汉魏六朝，盛于隋唐，而极于宋。"元代刘埙《隐居通议·骈俪一》：宋代表文仍沿用骈体形式，"然朝廷制诰、缙绅表启犹不免作对"。谢表直达帝王，一般有叙事、自陈、颂德、表态陈谢等相对固定的格式，注重用典，文采斐然，遣词用语谨慎、准确、得体。

清代高步瀛选编《唐宋文举要》，于杨万里数百篇骈文中只选了《辞免赣州得祠进职谢表》这一篇，其评语为："其精切如玉合子底，配玉合子盖，竟是鬼斧神工。"文章精致凝练，用典浑化无迹，音韵铿锵和谐。如文中有两联云："伏念臣老不事事，才非奇奇。三圣旁招，早附鹭廷之数；初潜豫附，晚参鹤禁之僚。"纯用工整的四六句式，节奏点上平仄对仗，非常工整精确，下联出句的第二单句末字和上联对句结尾之字平仄相同，协马蹄，切合黏的规则。如果细心吟咏，读者不难发现，句末"事"和"奇"、"招"和"僚"、"数"和"附"，句中"鹭"和"豫"、"潜"和"参"都暗中各自押韵，和谐悦耳。这样声情双美的句子只有特别精心锤炼选择字眼才有此效果，确可称得上"鬼斧神工"。

谢周监丞①馈海错②果实启

伏以味镜潭之渔虾，觉海雨江风之入齿；饤③冰盘之柿橘，粲乌椑④金弹⑤之照人。敢期四者之难并，乃肯一时而分付。恭惟某官轸⑥交游之云散，感节物之日新。举白飞觞⑦，忽念山中之客；绝甘分少，送将席上之珍。顿首拜嘉，占辞抒谢。

【注释】

①周监丞：周必正，字子中，吉州庐陵（今江西吉安）人，周必大之兄。荫补迪功郎。孝宗时官军器监丞、知舒州。善属文，尤长于诗。

② 海错：众多海产品。源自《尚书·禹贡》"厥贡盐、绨，海物惟错"。孔传："错杂非一种。"后因称各种海味为海错。

③饤：将食品堆叠在盘中，摆设出来。

④乌椑：柿树的一种，其实色青黑。

⑤金弹：比喻金橘。

⑥轸（zhěn）：伤痛。

⑦飞觞：举杯行酒令。

【赏读】

《谢周监丞馈海错果实启》是杨万里的一篇谢物小启。六朝时期启文繁盛，大多文字精美，构思灵巧，尤其谢物小启以其题材的琐碎、颂赞的虔诚和咏物的奇巧成为六朝美文的重要组成部分。如高步瀛《南北朝文举要》就选录庾信《谢滕王集序启》《谢赵王示新诗启》《谢赵王赉丝布启》《谢赵王赉米启》等多篇谢物小启。这种谢物小启充分体现出当时文人在日常生活琐细中的一种雅，是士大夫阶层向内转向，对日常生活情趣关注的产物。随着六朝文学集团活动的云散，谢物小启也逐渐消歇了。

在宋代，尤其是南宋，谢物小启创作又重新繁盛起来，内容的丰富性和题材的琐碎性方面较诸六朝毫不逊色，有时甚至有过之而无不及。宋人编选的《四六膏馥》收录了很多列为杨万里名下的骈体启文，分类相当琐碎，卷六分谢人褒奖诗文、谢委撰述、谢人馈送三类。其中单谢人馈送类又下分谢馈茶、谢酒、谢馈酒林檎、谢钱酒、谢酒帛、谢茶酒鳖鳔扇纸、谢送黄草荔枝、谢荔枝等八目。卷七谢人馈物类，下分谢馈酥、谢连柑、谢送文集、谢送杂品、谢送笔墨纸、谢送林檎羽扇、谢送茶、摘奇、谢送糟蟹鲸鲊、谢送币帛衣裘、谢送酒蟹、谢惠唐书、谢送杂品、谢馈节、送物与人等十五目。由此我们可以想象当时文人之间应酬往来的频繁以及谢物小启使用的广泛。

《谢周监丞馈海错果实启》篇幅短小，不过短短百余字，却结构完备、体物生动。文章开头先用两句形容海错果实的不凡之处，"伏以味镜潭之渔虾，觉海雨江风之入齿；饤冰盘之柿橘，粲乌椑金弹之照人"。鱼虾柿橘原本为日常生活中寻常之物，但通过作者夸张想象手法的运用立刻陌生化地生动起来。尤其"味""饤"和"粲"的用法非常罕见，打破常规，将一些很少用作动词的其他词性词语动词化，制造出惊奇生新的表达效果。接下来开始抒发对友情的珍惜怀念及对友人馈物的感谢，全用四六句式，正如柳宗元所言，"骈四俪六，锦心绣口"，精致简约。

倘若对照一下庾信《谢赵王赉干鱼启》，这种题材、手法、结构布局的传承影响关系很容易便可看出：

> 某启：蒙赉干鱼十番。醴水朝浮，光疑朱鳖；文鳐夜触，翼似青鸢。况复洞庭鲜鲋，温河美鲫，波澜成雨，鳞甲防寒。某本吴人，常想江湖之味，及其饥也，惟资藜藿之余。兹赉渥恩，膏腴流灶，

不劳狮子之亭，即胜雷池之长。翻惊河伯，独不爱人，足笑任公，终年垂钓。谨启。

可见，赠物小启虽然题材琐细，但作为一种独特的交际形式却渊源有自，有着独特的文学价值。

答庐陵^①黄宰^②启

伏以乘槎犯斗^③，泊秋日之楼台；拄杖穿花，步寒溪之金碧^④。究十里九山之险，抵千岩万壑之幽。未童子之应门，已羽人^⑤之响屧。

恭惟某官，镡城宝气，修水^⑥闻孙^⑦。句法亲传，出月胁天心^⑧之上；渊珍孤映，分珠胎水府^⑨之中。寻盟快阁之江山^⑩，偿债钓台之笋蕨。弦歌^⑪旁县，衣钵^⑫祖风。能穷人^⑬亦能达人，谁谓诗家之寒瘦^⑭；有《小雅》故有《大雅》^⑮，即扶清庙之隆平^⑯。

某移病休休^⑰，遁身得得^⑱。泉肓霞痼^⑲，非鹊^⑳能砭；花径蓬门^㉑，惟鸥之处。怪咄咄^㉒，山林之寂；惊憧憧，车马之喧。与俗酸咸，自有癖羊枣昌歜^㉓之嗜；同古臭味，更投赠琼琚玉佩之词。有万其惊^㉔，未一其述。

【注释】

①庐陵：今江西吉安。

②黄宰：黄畴若（1154~1222），字伯庸，丰城（今属江西）人。孝宗淳熙五年（1178）进士，官至兵部尚书。

③乘槎（chá）犯斗：乘槎，乘坐竹木筏。斗，牵牛星。

④寒溪之金碧：黄庭坚《次韵子瞻武昌西山》有"次山醉魂招彷佛，步入寒溪金碧堆"。

⑤羽人：古代神话中的飞仙，有翅膀。

⑥修水：指黄庭坚。黄庭坚乃江西修水人。

⑦闻孙：有声誉的子孙。

⑧出月胁天心：形容诗歌语出惊人，非比寻常。唐代皇甫湜《〈顾况集〉序》："偏于逸歌长句，骏发踔厉，往往若穿天心，出月胁，意外惊人语，非寻常所能及，最为快也。"

⑨水府：神话传说中水神或龙王所住的地方。

⑩寻盟快阁之江山：语出黄庭坚《登快阁》"万里归船弄长笛，此心吾与白鸥盟"。

⑪弦歌：以琴瑟伴奏而歌诵，此处指礼乐教化。

⑫衣钵：佛教中师父传授给徒弟的袈裟和钵，后泛指传承。

⑬能穷人：语出欧阳修《梅圣俞诗集序》"盖愈穷则愈工。然则非诗之能穷人，殆穷者而后工也"。

⑭寒瘦：诗家有"郊（孟郊）寒岛（贾岛）瘦"的说法。

⑮有《小雅》故有《大雅》：语出《诗大序》"政有小大，故有《小雅》焉，有《大雅》焉"。

⑯清庙之隆平：语出汉代赵岐《〈孟子〉题辞》"帝王公侯遵之，则可以致隆平，颂清庙"。

⑰休休：形容君子喜乐正道。《尚书·秦誓》："其心休休焉，其如有容。"

⑱得得：任情自得貌。《庄子·骈拇》："夫不自见而见彼，不自得而得彼者，是得人之得而不自得其得者也。"

⑲泉肓霞痼：对山水痴迷热爱。《新唐书·田游岩传》有"臣所谓泉石膏肓，烟霞痼疾者"。

⑳鹊：古代神医扁鹊。

㉑花径蓬门：出自杜甫《客至》"花径不曾缘客扫，蓬门今始为君开"。

㉒怪咄咄：刘义庆《世说新语·黜免》："殷中军被废，在信安，终日恒书空作字，唯作'咄咄怪事'四字而已。"

㉓羊枣昌歜（chù）：比喻人的癖好。羊枣，果实名，实小而圆，紫黑色，菖蒲根的腌制品。又称昌菹。曾皙嗜羊枣，楚文王嗜昌歜。

㉔悰（cóng）：心情，思绪。

【赏读】

　　北宋诗文革新后，古文从此确立了在文坛的主导地位，以欧阳修、王安石、三苏、曾巩等为代表的古文大家凭借辉煌的创作成绩，无可争议地为后人树立了散文领域新的文学典范，并直接影响了当时和此后几百年间散文创作和文学批评的方向。而对于曾经在历史上占据重要地位的骈文来说，宋代古文的辉煌成就在某种意义上成为一种巨大无形的阴影，在一定程度上模糊或者遮蔽着它们的实际状况和面貌。实际上宋代是骈文发展的重要时期，应用广泛，"上自朝廷命令、诏册，下而缙绅之间笺书、祝疏无所不用"。作家作品数量都相当可观，陈寅恪先生甚至说："就吾国数千年文学史言之，骈俪之文以六朝及赵宋一代为最佳。"（《论再生缘》）杨万里就是一位著名的骈文作家，"鄙性生好为文，而尤喜四六"（《与张严州敬夫书》），对骈文创作情有独钟。清代彭元瑞《宋四六选》序点评南宋诸多骈文名家曰："洎乎渡江之衰，鸣者浮溪为盛。盘洲之言语妙天下，平园之制作高幕中。杨廷秀笺牍擅场，陆务观风骚余力。"其中就提到杨万里骈文启牍之类制作精工。

　　杨万里为官四十多年，交游广泛，文集中留下了大

量的与上司、同僚之间往来的启文。这些文章贯穿了他
仕履生涯，构建了杨万里的人际关系网络，有着丰富的
文献价值，同时也是南宋启文的文学典范。《答庐陵黄宰
启》是杨万里与同僚往来的一篇答启，体例完备，精致
优美。

不同于其他启文多以格式化的套语开始，《答庐陵黄
宰启》开篇通过文学性的语言极力刻画秋日山水景致的
美丽及悠游隐居期间的雅趣。"乘槎犯斗，泊秋日之楼
台；拄杖穿花，步寒溪之金碧。究十里九山之险，抵千
岩万岳之幽。未童子之应门，已羽人之响屐。"这段文字
想象力丰富，诗意盎然，对仗工整，文采华丽，颇得六
朝山水小品的神髓。

在铺垫了高雅的情致后，文章进入"颂德"部分。
由于属同僚往来之作，双方地位相当，这种赞美歌颂并
不过度夸张。作者没有面面俱到地说一些冠冕堂皇的话，
而是抓住对方是黄庭坚后人并长于诗歌这个特点，进行
了精彩的评述。通过密集的用典，刻画了一位风雅的宋
代底层官员形象。黄县令诗歌得黄庭坚句法亲传，继承
江西诗派衣钵，风格骏发踔厉，想象丰富，天才横溢，
思想超脱，多闲情逸趣。

最后一段作者自述，抒发杨万里本人归隐田园、闲
适放达的生活情趣，说明两人志趣相投。"某移病休休，

遁身得得。泉肓霞痼，非鹊能砭；花径蓬门，惟鸥之处。怪咄咄，山林之寂；惊憧憧，车马之喧。"用典繁密，几乎一句一典，且范围很广，出自《尚书》、《庄子》、《世说新语》、杜甫诗集、《新唐书》等，经史子集都有涉猎，但并不晦涩难懂。这和诚斋体诗歌散文多用白描、语言晓畅明白形成了鲜明的对比。

这篇文章的对偶艺术也值得着重点出。孙梅《四六从话》曾评价杨万里"往往属对出之意外，妙若天成，南宋诸公皆不及"。《鹤林玉露》记载了这样一则有趣的故事："二公（尤袤和杨万里）皆善谑。延之尝曰：'有一经句，请秘监对。'曰：'杨氏为我。'诚斋应曰：'尤物移人。'众皆叹其敏确。"故事中杨万里反应极其敏捷，经句对中暗含个人姓氏，且有嘲噱意味，可谓天生绝妙好对。这篇文章无句不对，还频繁使用了大量的当句对，相当精妙，如"乘槎犯斗，泊秋日之楼台；挂杖穿花，步寒溪之金碧"，"穷十里九山之险，抵千岩万壑之幽"，"泉肓霞痼，非鹊能砭；花径蓬门，惟鸥之处"等。尤其"泉肓霞痼，非鹊能砭；花径蓬门，惟鸥之处"一联，出句中的"鹊"指神医扁鹊，同时字面上借用以和"鸥"构成动物名对，短短十六字中暗藏着当句对、天文对、植物名对、动物名对、借对几种形式，足以当得起"精妙绝伦"四字。

答新庐陵陈宰启

伏以庐陵壮县①，非方六七十之小邦；邑长迩年，财仅数二三之佳政。今众口又谈于明府②，举万人想望其仁贤。

恭惟判县大中，太丘③德阀之闻孙，碧落④仙真⑤之犹子。管城泓楮⑥，初欲策勋二尺之檠；玉树芝兰⑦，晚乃折腰五斗之米⑧。身中清而雪洁，手奏职以风生。诸公蜚荐鹗⑨之五章，九重遣割鸡于百里。河阳桃李，已先春而作花⑩；武城弦歌⑪，不崇朝而偃草⑫。

某渔樵争席，云月为家。忽惊剥剥啄啄之叩门，更诒怪怪奇奇之妙牍。暗投明月，故应无按剑之讥⑬；报乏英琼，竟虚辱错刀之赠⑭。毳毳⑮之悃⑯，詹詹⑰未央。

【注释】

①壮县：富庶繁盛的县。

②明府：明府君的简称，汉魏以来对郡守的尊称，

唐以后多称县令。

③太丘：陈寔（104～187），字仲弓，东汉时期官员、名士。曾任太丘长，故称"陈太丘"。

④碧落：泛指天上。道家称东方第一层天碧霞满空，是为"碧落"。

⑤仙真：仙人，长生不老、修炼得道的道士。

⑥管城泓楮：笔、墨、纸、砚的代称。韩愈《毛颖传》："颖与绛人陈玄、弘农陶泓及会稽楮先生友善，相推致，其出处必偕。"将笔、墨、砚、纸等文房用具拟人化。

⑦玉树芝兰：比喻德才兼备的优秀的子弟。《世说新语·言语》："譬如芝兰玉树，欲使其生于庭阶耳。"

⑧折腰五斗之米：为微薄的俸禄对上级卑躬屈膝。《晋书·陶潜传》："潜叹曰：'吾不能为五斗米折腰，拳拳事乡里小人耶！'"

⑨荐鹗：推荐贤人。汉代孔融《荐祢衡表》："鸷鸟累百，不如一鹗。使衡立朝，必有可观。"

⑩河阳桃李，已先春而作花：形容地方官善于治理。相传潘岳做河阳县令时，满县种满桃花。

⑪武城弦歌：指为政者重视礼乐教化。出自《论语注疏·阳货》"子之武城，闻弦歌之声"。

⑫偃草：风吹草倒，指道德教化见成效。出自《论

语·颜渊》"君子之德风，人小之德草，草上之风，必偃"。

⑬暗投明月，故应无按剑之讥：出自《史记·鲁仲连邹阳列传》"臣闻明月之珠，夜光之璧，以暗投人于道路，人无不按剑相眄者"。

⑭报乏英琼，竟虚辱错刀之赠：出自张衡的《四愁诗》"美人赠我金错刀，何以报之英琼瑶"。

⑮𥉵𥉵（mù mù）：思念貌。

⑯悃（kǔn）：至诚，诚心。

⑰詹詹：言辞烦琐、喋喋不休的样子。出自《庄子·齐物论》"大言炎炎，小言詹詹"。

【赏读】

《答新庐陵陈宰启》是杨万里写给另一位曾在庐陵任县令的同僚的启文。将其与《答庐陵黄宰启》对比赏析，更能见出杨万里启文创作的多样化风格。

与《答庐陵黄宰启》充满诗意境界和文人雅趣的开篇不同，《答新庐陵陈宰启》开头似乎显得更为正式，主要运用平实质朴的语言写庐陵县城的基本情况，表达百姓对即将到任的县令的期待和仰慕。这既与陈县令刚刚就职这一特殊情况有关，也更符合缙绅之间应酬文字的主流风格。颂德部分杨万里驰骋才华，从陈县令的姓氏、文采、经历、为政能力、礼乐教化等多方面进行赞扬。"太丘德阀之闻孙",作者将对方与曾任太丘长的东汉名士陈寔相联系,用典十分贴切。"碧落仙真之犹子",则用戏谑的语气突出了陈县令的不同流俗。"管城泓楮,初欲策勋二尺之檗;玉树芝兰,晚乃折腰五斗之米",分别从韩愈《毛颖传》《世说新语》《晋书·陶潜传》等处摘取典故,生动形象地为读者刻画了一位底层官员的形象,他有才华,有远大志向,年轻时就是家族中的出众弟子,偏时运不佳,晚年才不得不为生活所迫做了县令。他人品高洁,案牍娴熟,朝廷早就知道他是个贤才,此次担任百里官,不过是杀鸡用牛刀。"身中清而雪洁,手奏职以风生。诸公蜚荐鹗之五章,九重遣割鸡于百里。"这两联赞美颂扬中又有幽默调侃的意味,充满机趣。"河阳桃李,已先春而作花;武城弦歌,不崇朝而偃草",想象着陈县令会像潘岳任河阳令一样治理有道,像曾在武城为官的子游一样礼乐教化见成效,老百姓受到感化。文章最后自述部分,作者简要描述自己状况,交代接到对方信件后的心情,表达诚挚的谢意。这些礼仪性的文字经杨万里的生花妙笔写来,趣味盎然,精美至极。"渔樵争席,云月为家。"作者的生活是幽雅闲适、充满诗意的。忽然收到来信时的画面是形象生动的,作者的感谢也是真实可感的。

　　这篇启文的对偶艺术也很有特点。一是多处使用数字对，语言晓畅流利。如"庐陵壮县，非方六七十之小邦；邑长迩年，财仅数二三之佳政"，"今众口又谈于明府，举万人想望其仁贤"，"管城泓楮，初欲策勋二尺之檗；玉树芝兰，晚乃折腰五斗之米"，"诸公蜚荐鹗之五章，九重遣割鸡于百里"。故用典虽密集，语言仍具流利晓畅的风格。二是叠字对运用出神入化。"忽惊剥剥啄啄之叩门，更诒怪怪奇奇之妙牍。暗投明月，故应无按剑之讥；报乏英琼，竟虚辱错刀之赠。罣罣之悃，詹詹未央。"三联中有两联使用了叠字对。"剥剥啄啄"拟声叠词极具营造意境之功效，"詹詹"一词来自《庄子·齐物论》"大言炎炎，小言詹詹"，也蕴含文雅含蓄之妙用。这些句子中叠词使用或拟声，或把平常的词语重复之后工整地对仗，都给人一种惊奇生新的感觉，充分展示出杨万里骈文语言艺术的魅力和成就。后人评价杨万里骈文"语奇对的"（《诚斋先生四六发遣膏馥》），是很有道理的。

答周监丞贺冬启(时益公^①冬启同至)

　　昨遣长须^②，敬致短札。以修亚岁^③之贺，仰祝大年之祥。介者^④未还，使乎踵至。方与南北阮^⑤之族小语竹林，忽报东西周之师并攻杨邑^⑥。云合雾集^⑦，车驰卒奔，焉敢仰关而攻？分甘曳兵而走。尚蒙四酒以饮子反^⑧，先以乘韦^⑨而犒孟明^⑩。既效郤至之趋风^⑪，即出檀公之上策^⑫。左支^⑬伯兮伟节之怒，右梧^⑭仲氏丞相之嗔^⑮。纷纭之间，应接不暇。摧谢^⑯不恪，多言未穷。

【注释】

　　①益公：周必大（1126～1204），字子充，又字洪道，吉州庐陵（今江西吉安）人。南宋著名政治家、文学家。绍兴二十一年（1151）进士及第。官至监察御史、枢密使、左丞相。著有《省斋文稿》《平园集》等。工文辞，与杨万里交游甚密。

　　②长须：男仆。

③亚岁：古代指二十四节气中的冬至。

④介者：披甲的人。

⑤南北阮：刘义庆《世说新语·任诞》："阮仲容步兵居道南，诸阮居道北，北阮皆富，南阮贫。"

⑥杨邑：地名，相传周宣王少子姬尚父被封于杨邑，号称杨侯，后建杨国，子孙用杨姓。杨万里姓杨，故用此典。

⑦云合雾集：形容聚集迅速。

⑧子反：即公子侧，芈姓，字子反，楚穆王之子，春秋时期楚国司马，好酒，好战。

⑨乘韦：四张熟牛皮。

⑩孟明：又称孟明视，春秋虞国人，百里奚之子，是秦穆公的主要将领。

⑪郤至之趋风：郤至，春秋时晋国大夫。史料载，晋楚战于鄢陵，郤至见楚子必下，免胄而趋风。

⑫檀公之上策：檀公，南北朝时宋朝名将檀道济。他足智多谋，为北伐前锋，屡建战功，后称征战计策为"檀公策"。檀公三十六策中走为上策。

⑬左支：撑住左边。

⑭右梧：挡住右边。左支右梧形容处境困难，穷于应付，顾此失彼。

⑮丞相之嗔：《世说新语·德行》："王长豫为人谨

顺，事亲尽色养之孝，丞相（王导）见长豫辄喜，见敬豫辄嗔。"

⑯摧谢：受挫折而谢过。

【赏读】

《答周监丞贺冬启》是杨万里回复周必正冬至时贺冬启的一篇启文。"天时人事日相催，冬至阳生春又来。"（杜甫《小至》）冬至是二十四节气中非常特殊的一个节气。古人认为，过了冬至，白昼渐长，阳气上升，带有喜庆色彩。故而在冬至前后举行一系列活动，称之为"贺冬"。宋代冬至非常热闹，《梦粱录》记载："最是冬至岁节，士庶所重，如馈送节仪，及举杯相庆，祭享宗禋，加于常节。"周密《武林旧事·冬至》也云："朝廷大朝会庆贺排当，并如元正仪，而都人最重一阳贺冬，车马皆华整鲜好，五鼓已填拥杂沓于九街。妇人小儿，服饰华炫，往来如云。岳祠城隍诸庙，炷香者尤盛。三日之内，店肆皆罢市，垂帘饮博，谓之'做节'。"朝廷官员、文人之间此时也常以启相往来，称之贺冬启。杨万里文集中贺冬启有二十余篇，数量颇多。对象既有太子皇孙、宰辅大臣，也有同僚好友。《答周监丞贺冬启》的接受方是杨万里的至交周必正。作者和周必大、周必正兄弟交往甚密，感情深厚，故而这篇启文基本可称得上是至交之间酬赠往来的游戏文字，而不是那种体例严谨、措辞文雅的正式的官场应酬文章。作者行文很少拘束，随性自由，打破了文体的格式约束。一般启文体例上最主要的有两部分内容，即颂德和自述。该文用完全新颖的方式展现出来，不再格式化地赞颂对方家世、功绩、文才等，而是用大段文辞铺叙接到对方贺启的感受，语言幽默诙谐，妙趣横生。

杨万里诗歌向来以想象力奇特著称，他的骈文小品也有这个特点。元代刘埙谈及杨万里骈文时曰："杨诚斋表笺亦自超出翰墨畦径，可讽而诵，然病于太奇。"（《隐居通议》卷二十三）这种奇既表现为炼字用典和对偶技巧的新奇精巧、迥出世俗，也体现在文章构思立意的奇特不凡上。

文章所叙述的事情非常简单，就是同时接到了周氏兄弟两篇贺冬启，欣喜之余应接不暇有些手忙脚乱。普通文人写来大多如流水账平平道来，满纸感谢高兴的套语滥调，优秀的作者不过在用词用典方面显得更雅致罢了。作者这篇小启却与众不同，写得惊心动魄，文采飞扬。其成功关键就在于构思的奇特，能够把两书并至的雅事想象成两军夹攻的紧张激烈场面，铺张渲染，纵横驰骋，文章自然就不同流俗。"方与南北阮之族小语竹林，忽报东西周之师并攻杨邑。云合雾集，车驰卒奔，焉敢仰关而攻？分甘曳兵而走。"所用典故都为唐以前故事，典故本身古朴严肃的风格与内容的滑稽幽默形成鲜明的反差，制造出戏谑的游戏效果。谈到面对两封贺启如何回复左右为难时，连用多个事典，通过具有故事性的典故丰富了表达的内容。"尚蒙四酒以饮子反，先以乘韦而犒孟明。既效郤至之趋风，即出檀公之上策。左支伯兮伟节之怒，右梧仲氏丞相之嗔。"本文构思、风格和文体的别致体现出作者破体为文的探索尝试，与其诗歌的大胆创新可谓同一法门。

除[1]吏部郎官[2]谢宰相启

湖海十年，分绝修门[3]之梦；云天一札，忽传省户[4]之除。孰云处士之星[5]，复近长安之日[6]。伏念某老当益懒，病使早衰。落叶空山[7]，昼拾狙公之橡栗[8]；寒江钓雪[9]，夜随聱叟之笭箵[10]。自知甚明，无所可用。方揽牛衣[11]而袁卧[12]，惊闻驺谷之冯招[13]。蓬门始开，山客相庆。载命吕安之驾[14]，旋弹贡禹之冠[15]。搔白首以重来，问青绫之无恙。玄都之桃千树，花复荡然[16]；金城之柳十围，木犹如此[17]。慨其顾影于朝迹，从此寄身于化工。

兹盖伏遇大丞相，舜使是君[18]，稷思由己[19]。谓郎官上应于列宿，任惟其人；而宰相下遂于物宜，器非求旧[20]。眷前鱼而罔弃[21]，使去鹤之复归[22]。某敢不乃心铨衡，所职夙夜。岂惟春选[23]，守光庭之圣书[24]；倘或秋毫，赞山公之启事[25]。

【注释】

①除：任命官职。

②郎官：古代官名，古代侍郎、郎中等官员的统称。

③修门：京都城门。《楚辞·招魂》："魂兮归来！入修门些。"王逸注："修门，郢城门也。"后泛指京都城门。

④省户：泛指中书、门下诸省。

⑤处士之星：比喻隐士。《晋书·隐逸传·谢敷》："初，月犯少微，少微一名处士星，占者以隐士当之。"

⑥长安之日：比喻圣君或帝都。《世说新语·夙惠》："因问明帝：'汝意谓长安何如日远？'答曰：'日远。'不闻人从日边来，居然可知。"

⑦落叶空山：出自韦应物《寄全椒山中道士》"落叶满空山，何处寻行迹"。

⑧昼拾狙公之橡栗：化用《列子》中狙公养狙喂橡栗朝三暮四的故事。狙，猴子。

⑨寒江钓雪：出自柳宗元《江雪》"孤舟蓑笠翁，独钓寒江雪"。

⑩聱叟之笭箵（líng xīng）：化用唐代诗人元结钓鱼的典故。聱叟，元结的别号。笭箵，贮鱼的竹笼，或曰渔具的总称。《新唐书·元结传》："樊左右皆渔者，少长

相戏，更曰聱叟。……带笒箸而尽船，独聱牙而挥车。"

⑪牛衣：用麻或草织的给牛保暖的披盖物。《汉书·王章传》记载王章穷困无被、病卧牛衣的典故。

⑫袁卧：《后汉书·袁安传》载洛阳大雪，他人皆除雪出外乞食，独袁安僵卧之事，后以"袁安高卧"指身处困穷不乞求于人、坚守节操的行为。

⑬冯招：汉代冯唐白首被招之事。

⑭吕安之驾：比喻友情深重。《晋书·嵇康传》载："东平吕安服康高致，每一相思，辄千里命驾，康友而善之。"

⑮贡禹之冠：比喻志趣相投。《汉书·王吉传》载王吉与贡禹为友，世称"王阳在位，贡公弹冠"。

⑯玄都之桃千树，花复荡然：感叹人事变迁。刘禹锡《元和十年自朗州至京戏赠看花诸君子》："玄都观里桃千树，尽是刘郎去后栽。"后在《再游玄都观》中云："百亩庭中半是苔，桃花净尽菜花开。"

⑰金城之柳十围，木犹如此：感慨岁月无情，催人衰老。《世说新语》载："桓公（桓温）北征，经金城，见前为琅邪时种柳，皆已十围，慨然曰：'木犹如此，人何以堪！'攀枝执条，泫然流泪。"

⑱舜使是君：《孟子万章》："吾岂若使是君为尧舜之君哉？"

⑲稷思由己：形容在位者关心民间疾苦。《孟子·离娄下》："稷思天下有饥者，由己饥之也。"

⑳器非求旧：器物不要都用旧的。《尚书·盘庚》："人惟求旧，器非求旧，惟新。"此处杨万里反用语典，赞扬王淮"人惟求旧"，多用稳重的故旧老臣。

㉑前鱼而罔弃：比喻失宠而被遗弃的人。典自《战国策》卷二十五《魏策四》。

㉒使去鹤之复归：崔颢《黄鹤楼》："黄鹤一去不复返，白云千载空悠悠。"此处反其意而用之。

㉓春选：春闱。进士考试例在春季，故称春闱。

㉔光庭之圣书：唐代裴光庭拜相后，提出新的用人制度《循资格》，长期不得提拔的官员纷纷称之为"圣书"。

㉕山公之启事：比喻公开选拔人才，举贤任能。《晋书·山涛传》："涛所奏甄拔人物，各为题目，时称山公启事。"

【赏读】

孝宗淳熙十一年（1184），五十八岁的杨万里被朝廷召为吏部员外郎，他怀着喜悦的心情给宰相王淮写了这篇《除吏部郎官谢宰相启》。该启体例严谨，风格典雅得体，一向被公认为杨万里骈文的代表之作。篇幅不长，用典巧妙，文字精致，工于偶对，清新自然，字里行间蕴含着诗情与美色。

开篇入题部分简要地叙述了突然接到任命为吏部员外郎这一重要职位的心路历程，全用四六句对仗，庄重得体，句子中多虚字，流转自然，尤其"忽""孰""复"等词把已怀隐居之心却突蒙重用的意外心情描述得十分传神。文章的重头戏是在自述和颂德，这是上宰相启文的应有之义，这篇文章的妙处在于既抒发了接到任命后的欣喜和对待未来职位的认真态度，又无妄自菲薄之态；既表达了对在位者的赞美与感激，又无阿谀奉承之嫌；官样文章照样写得精美至极。最重要的原因就在于典故使用得出神入化，通过密集巧妙的用典，把所思所想用最合适、最优美的方式表达出来。

《诚斋诗话》非常推崇用古人成语全句，并详细列举了很多方法。"（四六）有一联用两处古人全语，而雅驯妥帖如己出者"，"四六有一联而用四处古人语者"，"四六有用古人全语，而全不用其意者"，"四六用古人语，有用其一字之声而不用其字之形者"，"四六有截断古人语，五字而补以一字，如天成者。有用古人语，不易其字之形而易其意者"等。理论指导下有意识地实践似乎总能收到事半功倍之效果。《除吏部郎官谢宰相启》典故使用技巧炉火纯青，出神入化，如"某老当益懒，病使早衰。落叶空山，昼拾狙公之橡栗；寒江钓雪，夜随聱叟之筶篛"，"老当益壮"一词众人常用毫无新意，但把"壮"改为"懒"，一下子情调和效果全变了，别开生面，可谓言人之从未言。"落叶空山，昼拾狙公之橡栗"一联上句出自韦应物《寄全椒山中道士》"落叶满空山，何处寻行迹"，下句典自狙公养猿朝三暮四的故事，作者侧重用这个故事的美丽背景并且通过想象的方式赋予无限诗意，从而将平常的典故运用得令人耳目一新。"寒江钓雪"则截断柳宗元《江雪》"独钓寒江雪"一句并颠倒语言顺序。

本文典故使用的另一大特点是多化用古人诗句或画面感强的事典。孙梅《四六丛话》曰："用四六语入诗，此自诗境之熟，若融化语句入四六，则尤擅清新。或以诗句对文，或以文句对诗，或以诗对事，或以事对诗，巧思浚发，宋人尤所长矣。"杨万里是个中高手，常化用古人诗句营造出来无限诗意。如"落叶空山，昼拾狙公之橡栗；寒江钓雪，夜随聱叟之筶篛"，"方揽牛衣而袁卧，惊闻骀谷之冯招"，"玄都之桃千树，花复荡然；金城之柳十围，木犹如此"等。其妙处都在于寥寥几笔便能勾勒出令人回味无穷的清丽境界，其中有对比鲜明的颜色、有余音绕耳的乐声，还有作者一份细腻的雅士情怀。某种意义上，其艺术效果和审美品位甚至超越了欧苏的很多骈文作品。当然这或许是无意为文与有心之作的区别。欧苏说到骈文应用之作态度上仍不能以珍视的眼光看待，并把古文技巧引入骈文进行散文化素淡化的改革。杨万里则在艺术技巧上向六朝回归，挖掘这种形式本身的魅力，注重其文学品质的提高，在遣词造句上都刻意追求新奇工巧。文体篇幅也不若欧苏时有长篇奏论，而主要在表启这类传统题材和范围内精心雕琢、追求形式的完美与成熟。

贺周丞相迁入府第启

　　恭审五卜①习吉，三神②前驱。两两③上能，有严有翼④。潭潭⑤新府，是断是迁。兹谓天下之广居，曷云一国之巨室？岩壑迎六一之思颍⑥；水石绕卫公之平泉⑦。楚畹滋兰⑧，淮山移桂。雨帘云栋⑨，不但春深将相之家；楼影花光，别有天入沧浪之濑。恭惟欢庆。某冻吟瓮牖⑩，跂足宫墙。室迩而人则遐⑪，空有渴心之劳止⑫；厦成而燕不贺⑬，自笑病身之挛如⑭。

【注释】

　　①五卜：据以占卜吉凶的五种龟甲裂纹。

　　②三神：中国民间信仰，汉中指天神、地祇、山岳。

　　③两两：成双成对的样子。

　　④有严有翼：军纪严明的样子。出自《诗经·小雅·六月》："有严有翼，共武之服。"

　　⑤潭潭：深广貌。

　　⑥六一之思颍：六一，欧阳修，曾任颍州太守（今

安徽阜阳）多年，作《思颍诗》等。曾与梅尧臣相约，买田建宅于颍，以便日后退居。

⑦卫公之平泉：卫公，唐代宰相李德裕。平泉，即平泉庄，李德裕游息的别庄。

⑧楚畹滋兰：泛指兰圃。《楚辞·离骚》："余既滋兰之九畹兮，又树蕙之百亩。"

⑨雨帘云栋：形容高敞华美的楼阁。

⑩瓮牖：以破瓮为窗，形容贫寒之家。宋代邵雍作《瓮牖吟》，抒发清贫自守的节操。

⑪室迩而人则遐：思念远别的人。出自《诗经·郑风·东门之墠》："其室则迩，其人甚远。"

⑫劳止：辛劳，辛苦。

⑬厦成而燕不贺：《淮南子·说林训》："大厦成，而燕雀相贺，忧乐别也。"后以"贺燕"用作祝贺新居落成的套语。此处反用其意。

⑭挛如：手脚蜷曲不能伸开的样子。《易经·中孚》："有孚挛如，无咎。"

【赏读】

钟敬文先生在《民俗学概论》中提出一个很有哲理的观点："建筑是凝固为物体的人生。"中国古代建筑尤其如此，蕴含着丰富的传统文化内涵。很多与建筑相关的活动都会通过文学形式予以记载表现，比如上梁文，又比如迁居贺启。当然这也跟宋代启文日常生活中应用极为广泛有关，"至宋而岁时通候、仕宦迁除、吉凶庆吊，无一事不用启，无一人不用启。其启必以四六。遂于四六之内别有专门"（清永瑢等《四库总目提要·四六标准》）。《贺周丞相迁入府第启》为周必大乔迁之喜而作，文采飞扬，颇多藻饰，是一篇雅致唯美的骈文精品。

从周必大与杨万里日常交游文字可以看出，两人主要为同年乡旧之间的文友关系，而非纯官场上下级关系。周必大地位虽尊，对杨万里文学才华和文坛地位却高度赞美，"庐陵王公主庐陵文盟者，六十年继之者今诚斋杨廷秀也"。两人地位基本平等。《贺周丞相迁入府第启》题目写为周丞相而作，口吻却非常洒脱自然，没有丝毫面对高官的拘谨卑微，也没有那些冠冕堂皇的套话、颂扬之言。

文章开篇文字非常简洁，描述占卜等迁入府第的礼俗、氛围等。"五卜习吉，三神前驱。两两上能，有严有翼。潭潭新府，是断是迁"，句式全用工整的四言句式，句型和语言风格仿效《诗经》，古朴庄严。随后风格突然一变，极力铺陈周必大新府第的华美雅致。"兹谓天下之广居，曷云一国之巨室？岩壑迎六一之思颖；水石绕卫公之平泉。楚畹滋兰，淮山移桂。雨帘云栋，不但春深将相之家；楼影花光，别有天入沧浪之濑。"四言、上四下七、七言、八言等句式错杂使用，随意自如。岩岳水石、楚兰淮桂、雨帘云栋、楼影花光这些意象没有一个不精致典雅，单这些词语字面上便足以引人产生无限遐想。周必大谈论杨万里作品题材涉猎的广博时有如此评语："至于状物姿态，写人情意，则铺叙纤悉，曲尽其妙。"（《跋杨廷秀石人峰长篇》）借用此话来形容其骈文也相当恰切，山水景致的描写因此常常成为文章最亮眼之处。文章最后运用繁密的典故抒发自己对乔迁的羡慕、对友人的思念，文辞典雅得体，紧密扣题。

答张季长少卿^①书

　　某再拜伏曰：自乾道之季年，执事初来，落笔中书。一日声名震于京师，一何伟然也！迨及绍熙之初载，执事再至，握兰省户。二老相对，须发苍浪^②，又何颓然也！居亡几何，仆使江东，公归岷岭。两舟邂逅，一揖而别，一何黯然也！居亡几何，仆归林下，公牧汉中，一书远来，访问生死，又何觥然^③也！楚星蜀月^④，万里相望，自此远矣。

　　遣骑再临，复拜尺素，教以石刻之新作，觊^⑤以经术之训传。老病衰谢之中，忽得异书于异人。唐人一日赏遍长安之花^⑥，何如仆一日尽觊群玉^⑦之府也？文辞高寒，山巑^⑧泉潺；楷法奇崛，铁屈石出。陶泓^⑨诸铭，山谷之菁；房湖诸记，柳子之裔。鲁论明微，阐神之机，春秋述义，泄圣之秘。济河焚舟^⑩，如子荆^⑪之于康伯^⑫，仆病未能也。夺攘盗窃，如郭象之于向秀^⑬，仆又不敢也。望洋向若^⑭，送君自崖^⑮，仆则已伏矣。且妒且热，喘如箑吹^⑯，仆其能忘乎？寓目至此，公不绝倒，仆不信也。

【注释】

①张季长少卿：张缜，字季长，晚号饰庵，唐安人。宋孝宗隆兴元年（1163）进士。曾除秘书省正字、大理寺少卿等职。与杨万里、陆游、范成大等交好。

②苍浪：花白。白居易《冬至夜》有"老去襟怀常濩落，病来须鬓转苍浪"。

③趌（qióng）然：欣喜貌。《庄子·徐无鬼》有"闻人足音趌然而喜也"。

④楚星蜀月：形容天各一方，化自杜甫《晚登瀼上堂》"楚星南天黑，蜀月西雾重"。

⑤觌：察看，看见。

⑥一日赏遍长安之花：唐代诗人孟郊《登科后》曰："昔日龌龊不足夸，今朝放荡思无涯。春风得意马蹄疾，一日看尽长安花。"

⑦群玉：本为传说中古帝王藏书册处。后用以称珍藏图籍书画之所。

⑧欑（cuán）：耸列。

⑨陶泓：陶制之砚。砚中有蓄水处，故称。

⑩济河焚舟：渡过了河，把船烧掉。比喻有进无退，决一死战。《左传·文公三年》："秦伯伐晋，济河焚舟。"

⑪子荆：孙楚，字子荆。太原中都人，西晋官员、文学家。王济称孙楚为"天材英博，亮拔不群"。

⑫康伯：韩伯，字康伯，颍川长社（今河南长葛），殷浩之甥。曾任吏部尚书，后升任太常。《世说新语》有"康伯少自标置，居然是出群器。及其发言遣辞，往往有情致"。

⑬郭象之于向秀：相传郭象《庄子注》乃窃取向秀注解而成。郭象，字子玄，河南洛阳人，西晋玄学家。向秀，字子期，河内怀（今河南武陟）人，竹林七贤之一。

⑭望洋向若：出自《庄子·秋水》："于是焉，河伯始旋其面目，望洋向若而叹。"仰望海神而兴叹。多比喻做事时因力不胜任或没有条件而感到无可奈何。

⑮送君自崖：送行的人都从河岸边回去，从此离得越来越远。化自《庄子·山木》"送君者皆自崖而反，君自此远矣"。

⑯且妒且热，喘如筒吹：形容嫉妒又无可奈何的样子。出自韩愈《送崔二十六立之》："侪辈妒且热，喘如竹筒吹。"

【赏读】

《答张季长少卿书》是杨万里回复友人张缜的一封书

信，两人楚星蜀月，相隔万里之遥，作者写作时感慨沧桑，情深难抑，文章精致清丽，是一篇情辞兼美的妙文。

离别是古今中外文学中永恒的文学主题。江淹《别赋》曰："黯然销魂者，唯别而已矣！"杨万里和张缜二人在几十年的时间，聚散离合。这对于情感细腻的文人来说，有太多可说的了。辛弃疾《丑奴儿·书博山道中壁》云："少年不识愁滋味，爱上层楼。爱上层楼。为赋新词强说愁。而今识尽愁滋味，欲说还休。欲说还休。却道天凉好个秋。"杨万里似乎并不以为然，在《答张季长少卿书》中非常详细地一一列举与张缜的交往和心路历程，这种日记式的平实记录最见真情，所有重要时间点、所有相聚分别的画面、所有情绪起伏都深深地印刻在他的脑海中。文中使用大段排比，自时间、情绪、场景等多方面铺叙与对方的交往与深情。犹记初见之时，张缜壮志满怀，指点江山激扬文字。"落笔中书。一日声名震于京师，一何伟然也！""时光容易把人抛，红了樱桃，绿了芭蕉。"时间如此无情，等到二人京城重见，已然变成"二老相对，须发苍浪，又何颓然也"！这次相聚十分短暂，转眼各奔东西，"仆使江东，公归岷岭。两舟邂逅，一揖而别，一何黯然也"！杨万里与张缜任职之地相距遥远，"两舟邂逅，一揖而别"，简单的数字蕴含着别离的忧愁。没过多久，已经归隐田园的杨万里突然接到友人远方的来信，悲喜交集，感慨万千。"仆归林下，公牧汉中，一书远来，访问生死，又何逴然也！楚星蜀月，万里相望，自此远矣。"人到晚年，本就有乐相聚伤别离的特点，双方万里之遥仍彼此思念，是一种何等的缘分。两人相交多年，"自乾道之季年""迨及绍熙之初载""居亡几何"，时光之河就是这样静静流淌，带走的是岁月，留下的是深深的回忆。作者的心情也是起起落落，悲喜交集。

文章第二部分主要描述对方来信的内容，抒发读信后的感受，风格由款款抒情转为友人间风趣的戏谑。张缙信中内容十分风雅，有"石刻之新作"，还有"经术之训传"。杨万里认为能看到如此精彩的作品，其幸福程度胜过唐人中举后"春风得意马蹄疾，一日看遍长安花"。他接着运用比喻、排比、夸张等多种修辞手法，从文辞到书法，从文学作品到思想论著等各方面进行详细形容。看到如此佳作，杨万里心里又羡又妒，想窃为己有又胆怯不敢，他用了一连串典故组成的骈体化的语言来描述这种心情，语言风趣幽默，意蕴丰富。这种文人间的游戏笔墨相当有意思，把容易单调乏味的称颂写得神采飞扬。文末最后曰："寓目至此，公不绝倒，仆不信也。"杨万里想象，对方接到回信定当大笑捧腹跌倒。读者看完也觉得新颖亲切，啧啧称绝。

答陆务观①郎中书

　　某自顷蒙遗"诗可以妒"之帖，得之于新仲②舍人之孙朱司理许，亦随因之寄一行以谢焉，故当无复石头事否？昨暮杜掾又送似妙帖，偶一二士友相访野酌，吹灯发书，乃推仆以主盟文墨，为之司命，则抵掌大笑。其一人曰："谲③哉放翁！既妒之，又推之，一何反也！是可笑也。"其一人曰："谦哉放翁！何可笑也。古者文人相轻④，今不相轻而妒焉推焉，曰'妒'云者，谦词也。妒者，推之至；推者，谦之至。舍己主盟司命而推人以主盟司命，不已谦乎？"之二人者，盖皆堕放翁计中，益可笑也。大抵文人之奸雄，例作此狡狯事。韩之推柳是已。韩推之，柳辞之。辞之者，伐⑤之也。然相推以成其名，相伐以附其名，千载之下，韩至焉，柳次焉，言文者举归焉。仆何足以语此。虽然，亦岂不解此。柳谓韩之言不足信，若放翁之币重言甘⑥，仆敢信之乎？有掩耳而走，退舍而避耳。信与不信，辞与不辞，之二人者知之乎？

螺江门⑦外，私酒岂敢望？新做一个布衫，而况
"唯有羊叔子，名与汉江流⑧"乎？以雅故也，厌《祈
招》之愔愔⑨，羡拊缶之呜呜⑩，何也？耘叟之曲，仆
所传者与世同，前之一叠也；后一叠小异，尝闻之否？
宅相桑君⑪诗句，得夜半之真传矣。杜掾，故人赵宪之
玉润⑫，旧尝识之，况长者之称乎？葛藤且止⑬。"上
言加餐饭，下言长相思⑭。"珍重！新来做得一个宽袖
布衫，著来也畅。出户迎宾，入城干事，便是杨保长
云云。荷荷！

【注释】

①陆务观：陆游（1125～1210），字务观，号放翁，
越州山阴（今浙江绍兴）人，著名文学家、史学家。

②新仲：朱翌（1097～1167），字新仲，号潜山居
士、省事老人，舒州（今安徽潜山）人。长于诗。

③谲：欺诈。

④文人相轻：文人之间相互轻视鄙薄。出自曹丕
《典论·论文》"文人相轻，自古而然"。

⑤伐：夸耀自己。

⑥币重言甘：礼物丰厚，言辞好听。出自《左传·
僖公十年》。

⑦螺江门：宋人黄昇《中兴以来绝妙词选》载杨万

里《念奴娇》："只愁醉杀，螺江门外私酒。"句下有注："吉有螺江门。"则推算螺江门当离吉水县杨万里居处不远。

⑧唯有羊叔子，名与汉江流：羊祜（221～278），字叔子，泰山南城（今山东平邑县南）人。魏晋时期大臣，著名战略家、政治家和文学家。陆游《水调歌头·多景楼》有"叔子独千载，名与汉江流"。

⑨《祈招》之愔愔：周逸诗。周穆王欲漫游天下，祭公谋父作《祈招》以谏之。诗曰："《祈招》之愔愔，式昭德音。"

⑩拊缶之呜呜：形容酒后兴致高扬。拊缶，击缶。《汉书·杨恽传》："酒后耳热，仰天拊缶而呼乌乌。"

⑪宅相桑君：桑世昌，陆游外甥，能诗文。宅相，原指住宅风水之相。《晋书·魏舒传》记载魏舒少孤，为外家宁氏所养，宁氏起宅，相宅者云："当出贵甥。"魏舒曰："当为外氏成此宅相。"后用宅相指外甥。

⑫玉润：女婿的美称。

⑬葛藤且止：禅宗用语，宗门以直捷示人，截断葛藤。

⑭上言加餐饭，下言长相思：汉乐府《饮马长城窟行》诗中云："客从远方来，遗我双鲤鱼。呼儿烹鲤鱼，中有尺素书。长跪读素书，书中竟何如。上言加餐食，

下言长相忆。"后"上言加餐饭"句成为古代文人书信习
用语。

【赏读】

　　陆游、杨万里同为南宋四大家，年龄相差无几。他
们的关系是文学史上一个非常有意思的话题。绍兴二十
四年（1154），陆游赴试，被秦桧黜落，而杨万里进士及
第，同年及第的还有南宋四大家中的范成大，著名词人
张孝祥名列第一。如此众多的南宋文学大家如璀璨星辰
同现，是个很有意思的历史巧合。嘉泰元年（1201），陆
游来信，以文坛盟主称之。杨万里随后回以这篇《答陆
务观郎中书》。文章写得风趣幽默，以一场文人论辩为主
线，透露出两人之间乃至整个南宋文学生态圈中许多值
得品味的文化细节。

　　同为文坛大佬，陆游和杨万里的文学地位高低在文
学史上的判定经历了一个变化的过程。南宋的流行看法
是杨高于陆。"四海诚斋独霸诗。""今日诗坛谁是主，诚
斋诗律正施行。"但到了清代，文学批评家的普遍观点已
经变成陆高于杨。这和韩柳并称，但一直是韩居柳前还
是有些不同。在《答陆务观郎中书》中，杨万里如何表
述这种文坛公案就是一件很有趣的事情。

　　接到陆游来信，杨万里十分高兴，并与友人一起读

信，作者用具有形象性的语言刻画这个生活细节，"偶一二士友相访野酌，吹灯发书，乃推仆以主盟文墨，为之司命，则抵掌大笑"。口吻轻松随意，生动俏皮。陆、杨两位同为文坛巨匠，风格各自不同，平常多诗艺切磋。杨万里为《剑南诗稿》作跋时，把陆游比况为屈原、杜甫。陆游《赠谢正之秀才》一诗中写有"诚斋老子主诗盟，片言许可天下服"。又在《谢王子林判院惠诗编》曰："文章有定价，议论有至公。我不如诚斋，此评天下同。"其中虽有诗坛大家的礼仪风度，但他也确实对杨万里诗歌创作的成就和道德情操敬佩有加。故而信中所指，不为虚言。俗话说"文无第一，武无第二"，如何得体地回复最见作者功力。这也正是这篇文章最精彩的部分。

针对陆游"主盟文墨"的建议，杨万里与两位友人看法不一。陆游上次信中曾寄以"诗可以妒"的字帖，以戏谑的口气在传统的诗歌"兴观群怨"功能上扩充了新内容。两位友人都围绕着"妒"和"推"的关系展开评论。其中一位说："谲哉放翁！既妒之，又推之，一何反也！是可笑也。"认为陆游非常狡猾可笑，明明心中妒忌却故意推作者当盟主。另一位友人的观点则完全相反，认为陆游一反古代文人相轻的旧习，妒的实质是推，正体现了陆游的谦虚，不但不可笑反而可敬。

聪明的杨万里识破了陆游的诡计，认为两位朋友都上当了，"大抵文人之奸雄，例作此狡狯事。"陆游之所以那么说，其实另有意图，不过是仿效当年韩愈推柳宗元的狡黠做法。当年韩愈、柳宗元的文章不分轩轾，韩愈极力推荐柳宗元，柳宗元坚辞，说韩愈文章远胜于己。千百年后世人只知道韩愈第一，柳宗元第二，主动推举别人的人成为最终的胜者，被推者居于下风。柳宗元后来回味过来，说韩愈的话不可信。"若放翁之币重言甘，仆敢信之乎？有掩耳而走，退舍而避耳。"陆游来信又送书法帖当礼物，信中所言又那么动听，为了不上当，作者只好退避三舍，当作没听见。至此，这段亦庄亦谐的关于文坛盟主的论辩可谓定下调子，意蕴丰富，精彩至极。

杨万里回信时已经七十五岁，生活随意闲适。这种极为放松的人生状态从文末的闲聊随笔中自然流露出来。"新来做得一个宽袖布衫，著来也畅。出户迎宾，入城干事，便是杨保长云云。荷荷！"抒发不求富贵只求尽享林下之乐的潇洒，这时候的杨万里似乎也可以被称作"放翁"了。

答朱晦庵[①]书（节选）

　　某昨日入城，修州民之敬。夜宿城外一茅店，通夕展转不寐，五更忽梦至一岩石之下，见二道士对弈，意以为仙也。问某何自至此，答以仆弃官游山，今四年矣。独未至此山，故来。且谈且弈，二人皆敌手。至末后有一着，其一人疑而未下，其一人决焉径下一子，疑者颒颊[②]。某默自念‘仙家亦有争颒者’，觉，笑曰：“君子无所争，必也弈乎[③]？”忽青童[④]自外来，曰有客。二仙趋而出，肃客而入，云二客盖东坡、山谷也。既啜茶，二仙谢二客曰：“局不可不竟，请寓目焉。”复且弈且谈，二客行谈寖[⑤]远，若未忘前事者，似颇及元丰、元佑间纷纭事，且叹且泣。二仙起曰：“何两先生相语之悲也？”二客吐实，一仙笑顾东坡曰：“先生之诗不云乎：‘惟有主人言可用，天寒欲雪饮此觞[⑥]。’”又顾山谷曰：“‘南山朝来似有意，今夜傥放新月明[⑦]。’非先生诗乎？”客主俱大笑。某一笑而窹，追忆其事，莫晓其故。

天已明矣，入城郡官皆郊迎，令亲程纠⑧袖出六月二十一日手书，读之若督过其不力疾一出山者，乃悟梦中事。

【注释】

①朱晦庵：朱熹（1130～1200），字元晦，又字仲晦，号晦庵，晚称晦翁，谥文，徽州婺源（今江西婺源）人，著名理学家。

②頩（pīng）颊：泛红晕的脸颊。

③君子无所争，必也弈乎：《论语·八佾》："子曰：'君子无所争。必也射乎！'"此处略有改编。

④青童：古代中国神话传说中的仙童。

⑤寖（jìn）：渐渐。

⑥惟有主人言可用，天寒欲雪饮此觞：出自苏轼《十月十六日记所见》。

⑦南山朝来似有意，今夜傥放新月明：出自黄庭坚《对酒歌答谢公静》。

⑧程纠：程洵，字允夫，号克庵，江西婺源人。录事参军简称为纠，程洵曾任庐陵录事参军，故称程纠。

【赏读】

梦是古典文学作品中一个很重要的文学意象。杨万里诗歌中多处使用梦的意象，幻想奇特，富有文采。《答朱晦庵书》是杨万里为婉拒朱熹邀请其出山之事而写的一篇书信，文中作者虚构了一场梦境，以梦中之语表达自己不愿重新入仕的决心，构思独特，角度新颖，颇有意趣。

"相识满天下，知音能几人。"杨万里一生交游满天下，但他认可的、能在书信往来中"皆谈心事"的好朋友并不多，这些知己名单中就包括朱熹。绍熙五年（1194）正处由光宗时代向宁宗时代过渡的特殊时期，新帝上台，朝廷格局发生激烈变化，赵汝愚和韩侂胄两派党争激烈。一向以著书讲学为主的朱熹怀着满腔政治热情就任焕章阁待制兼皇帝侍讲这一特殊职位，期待能发挥其政治才能，扭转国势江河日下的衰颓状况。同时他还邀请已归隐的杨万里一起出山匡正大业，"更能不以乐天知命之乐，而忘与人同忧之忧。毋过于优游，毋决于遁思，则区区者犹有望于斯世也"。事实证明，朱熹并不是个成熟的政治家，上任短短几个月就被罢黜。相比之下，对政局已心灰意冷的杨万里有着极强的政治敏锐度，面对朱熹的盛情邀请，在《答朱晦庵书》中作出了拒绝出山的正确决定。

城外的荒凉茅店，辗转难眠的夜晚，作者先用简洁形象的语言为下面的梦铺垫氛围。和庄周梦、南柯梦等大多数梦中，做梦者只有在最后梦醒时分才恍然大悟不同，杨万里自开始就清楚地意识到自己在梦中："五更忽梦至一岩石之下，见二道士对弈，意以为仙也。"这种亦幻亦真的表达效果贯穿始终。面对仙人的询问，杨万里自我介绍："仆弃官游山，今四年矣。"这句话既是说给仙人听的，其实也是说给梦外人朱熹听的。

在杨万里笔下，梦境中的仙人也会发生争吵，与红尘中人别无二致，现实中朝政激烈的党争与梦境中仙人因下棋的小争交织在一起。在某种意义上，天下就是一盘大棋，大家都是其中的棋子。作者对仙人下棋过程的描绘非常生动。"且谈且弈，二人皆敌手。至末后有一着，其一人疑而未下，其一人决焉径下一子，疑者颒颒。某默自念'仙家亦有争颒者'，觉，笑曰：'君子无所争，必也弈乎？'"

梦境的下半部分出现了新的主角，就是苏轼和黄庭坚。"忽青童自外来，曰有客。二仙趋而出，肃客而入，云二客盖东坡、山谷也。"苏轼、黄庭坚两位文豪曾卷入元丰元祐年间党争，纵然性情素来旷达，但"人生如逆旅，我亦是行人"（《临江仙·别钱穆父》）的感慨始终难以排遣，前尘旧事始终萦绕于心。因此梦境中的苏、黄"复且弈且谈，二客行谈寖远，若未忘前事者，似颇及元丰、元佑间纷纭事，且叹且泣"。这里的苏、黄既是实指，同时也代表了两宋无数陷于党争纠葛的官员士大夫。

梦境的最后，仙人对苏、黄的二仙"相语之悲"进行开解。"一仙笑顾东坡曰：'先生之诗不云乎："惟有主人言可用，天寒欲雪饮此觞。"'又顾山谷曰：'"南山朝来似有意，今夜傥放新月明。"非先生诗乎？'客主俱大笑。"仙人引用苏、黄的诗句来作为忘忧药，这些诗句描写自然之美，以富有灵性的大自然作为仕途的对立面，追求洒脱的山林意趣，正是希望从党争旧事中摆脱出来的文人所需要的。"某一笑而寤，追忆其事，莫晓其故。"作者从梦中醒来，但梦中之事历历在目，似真似幻。宋代重文轻武，文人的政治地位和责任感都有了很大提升，党争激烈，不少人都或主动或被动地卷入了其中。在这种特殊的政治环境中，如何选择，如何应对，考验的是个人的智慧。《答朱晦庵书》以如此婉转巧妙的方式向对方表达坚定的拒绝态度，杨万里不愧是杨万里。

答徐庚①书（节选）

抑又有甚者，作文如作宫室，其式有四：曰门，曰庑，曰堂，曰寝。缺其一，絫其二，崇卑之不伦，广狭之不类，非宫室之式也。今则不然，作室之政，不自梓人②出，而杂然听之于众工。堂则隘而庑有余，门则纳千驷，而寝不可以置一席。室成而君子弃焉，庶民哂③焉。今其言曰："文乌用式，在我而已。"是废宫室之式，而求宫室之美也。

抑又有甚者：作文如治兵，择械不如择卒，择卒不如择将尔。械锻矣，授之羸④卒，则如无械尔；卒精矣，授之妄校尉，则如无卒矣。千人之军，其裨将⑤二，其大将一；万人之军，其大将一，其裨将十。善用兵者，以一令十，以十令万。是故万人一人也。虽然，犹有阵焉。今则不然，乱次以济，阵乎？驱市人而战之，卒乎？十羊九牧⑥，将乎？以此当笔阵之勍⑦敌，不败奚归焉？藉第令一胜，所谓适有天幸耳。

抑又有甚者：西子之与恶人，耳目容貌均也。而西子与恶人异者，夫固有以异也。顾恺之⑧曰："传神写照，正在阿堵中。⑨"又曰："颊上加三毛，殊胜。⑩"得恺之论画之意者，可与论文矣。今则不然。远而望之，巍然九尺之干；近而视之，神气索如也。恶人而已乎！

【注释】

①徐庚：徐字载叔，衢州西安（今浙江衢州）人。博学善文，与陆游、朱熹等交善。

②梓人：古代木工。

③哂（shěn）：讥笑。

④羸（léi）：瘦弱。

⑤裨（pí）将：副将。

⑥十羊九牧：比喻官员太多，政令不一，别人无所适从。

⑦劲（qíng）：强大，有力。

⑧顾恺之：字长康，小字虎头，晋陵无锡（今江苏无锡）人。著名画家、绘画理论家、诗人。博学多才，擅诗赋、书法，尤善绘画，精于人像、佛像、禽兽、山水等。

⑨传神写照，正在阿堵中：刘义庆《世说新语·巧艺》载顾恺之指着人的眼睛说："四体妍蚩，本无关于妙

处，传神写照正在阿堵中。"阿堵，这个。

⑩颊上加三毛，殊胜：比喻绘画技艺精湛。《晋书·文苑》："（顾恺之）尝图裴楷象，颊上加三毛，观者觉神明殊胜。"

【赏读】

法是古代文学批评中一个最重要的理论范畴。在宋代，文人就有法、无法、活法等一直争论不休。虽苏轼《论文》曰："吾文如万斛泉源，不择地皆可出，在平地滔滔汩汩……所可知者，常行于所当行，常止于不可不止。"似乎法可有可无。但他同时又说："出新意于法度之中，寄妙理于豪放之外。"可见，纵使天才如苏轼也不得不强调法度的重要性，何况绝大多数普通文人。诗有诗法，文有文法。与诗歌相比，篇幅更长、多议论的宋代散文更注重法度。南宋时期文章学开始进入成熟期，大量的古文选本流行，专著、笔记、评点各类文章学著作相继涌现，古文、时文、四六的作文法研究取得重要进展。很多名家如朱熹、吕祖谦等都有论散文作法的专门文章。

《答徐庚书》是杨万里集中论述作文之法的著名的一篇书信，主要讨论时文（考试文体）的利弊及作法，对我们认识杨万里散文、宋代散文、宋代文学理论有着特殊的价值。文章通过五个比喻形容作文具体的法度，很有说服力。此处节选第二、三、四喻进行赏析。

《答徐庚书》第二个比喻谈论的是文章的基本结构形式。"抑又有甚者，作文如作宫室，其式有四：曰门，曰庑，曰堂，曰寝。缺其一，紊其二，崇卑之不伦，广狭之不类，非宫室之式也。"作者以宫室的建筑部件"曰门，曰庑，曰堂，曰寝"这种比较形象的日常生活物体比喻文章结构形式，认为文章有其相对固定完备的基本结构要素，这些要素各自所占的比重和作用不同，应该组合得当。这和姜夔说的"作大篇尤当布置：首尾匀停，腰腹肥满"有相似之处。从这种理论出发，他批评当时一些以"文焉用式？在我而已"这种看似冠冕堂皇的观点掩饰文章结构紊乱的做法。"今则不然，作室之政，不自梓人出，而杂然听之于众工。堂则隘而庑有余，门则纳千驷，而寝不可以置一席。室成而君子弃焉，庶民哂焉。"杨万里认为修建宫室如果不按照木工预先设计的结构方案，而根据众人喜好随心所欲，废宫室之式而求宫室之美，最后定然达不到最基本的效果，结局只能是"室成而君子弃焉，庶民哂焉"，成为大家的笑柄。

从结构形式往下，杨万里以治兵之法为喻，谈到了作文法中的选材、布局和立意。"作文如治兵，择械不如择卒，择卒不如择将尔。械锻矣，授之嬴卒，则如无械尔；卒精矣，授之妄校尉，则如无卒矣。"杨万里认为作文就好像统领军队，器械、士卒和将领都要精心选择，根据重要程度平衡好各自的关系，一个基本原则是"择械不如择卒，择卒不如择将"。如何择将？将有主将，有副将。根据士卒多少，副将可增可减，但主将只能有一位，统兵作战最重要的是保持主将的绝对地位。作者比喻中用一连串形象的数字对比来说明这一点："千人之军，其裨将二，其大将一；万人之军，其大将一，其裨将十。善用兵者，以一令十，以十令万。是故万人一人也。"这里表面谈的是治军之道，实则形容的是文章的立意、主旨。文章主旨是作文法中最核心的问题，材料的选择、文辞的锤炼等都附属于此，文章的复线、分论点都要在主旨的统摄下才能显示价值。优秀的文章应有一个最明确突出的主旨来统领全文。所谓"宾可多，主无二，文之道也"（清代王源曾《左传评》），不能过分杂乱分散。"今则不然，乱次以济，阵乎？驱市人而战之，卒乎？十羊九牧，将乎？以此当笔阵之劲敌，不败奚归焉？藉第令一胜，所谓适有天幸耳。"如果像时人那样，只能是溃不成军，一败涂地，纵然偶胜，不过"适有天幸"，不可持久。作文之法同样如此，如果主次颠倒缺少明确的主旨，很难写出好文章。

　　按照前面所说讲究谋篇修辞、律度格式，是不是一定就能创作出优秀的作文？杨万里的回答是未必如此，必须还要更进一步，由形入神，追求法度之外的风神与魅力。这正是苏轼所说的"出新意于法度之中，寄妙理于豪放之外"。他借西施与丑陋之人作喻，并引用绘画评论家顾恺之的言论进行说明。"西子之与恶人，耳目容貌均也。而西子与恶人异者，夫固有以异也。顾恺之曰：'传神写照，正在阿堵中。'又曰：'颊上加三毛，殊胜。'得恺之论画之意者，可与论文矣。"法度规矩是必需的，但并不是万能的。如果拘泥于法度没有创新突破，只能写出一些中规中矩、没有特色、没有神采的文章。"今则不然。远而望之，巍然九尺之干；近而视之，神气索如也。恶人而已乎！"优秀的作者应该遵守法度而不为法度藩篱所锢，自由驰骋，形成自己的风格神采，达到更高的艺术境界。

杨万里这三喻语言平易朴实，比喻贴切，蕴含着深刻的哲理，是一篇精彩的文论，也是文学性很强的宋代散文精品。

答沈子寿^①书(节选)

　　某顷在金陵，闻子寿宅太夫人之忧，尝走一骑往唁辞，念丧不二事，书中欲他及，忍它及乎？此心耿然，今未释然也。未几，某以臂痛，谢病免归。如病鹤出笼，如脱兔投林，此意此味，告之野人，野人笑而不答。告之此心，此心受而不辞。自此惟山不深、林不密之为恨。山深而林密，予何恨焉？犹有恨者，不蚤^②焉耳。蚤非所恨也，自此幽屏^③，遂与世绝，上之不敢以无用之姓名，入于修门，下之不敢以无滋之书问，至于通贵。惟是平生方外之交、一世诗文之友，遣于心而不去，去于心而复来。此一事独扰扰焉于吾心。万事俱遣，一事犹在。虽与世绝，有未绝者，是亦心之一病也。臂病无药可疗，心又病焉，何药可疗哉？一身有一病，不幸也。今吾一身而二病焉，幸乎不幸乎？抑又有幸者，遣之而不去也，去之而复来也。如吾子寿也，念之而不可见也，问之而不能往也，不以其远乎哉？不以其病乎哉？以子之病且远，念子寿而不可见，问子寿而不能往，是又大不幸者，而曰幸云者："相呴以湿，相濡以沫，相忘于江湖④。"三者孰愈乎？故曰抑又幸焉！不然，能诗如子寿，能文如子寿，与人交不以燥湿凉燠⑤两其心如子寿，此而可疏，孰不可疏。

有风北来，吹堕好音。知故人之不我忘，如我之不故人忘也。乙集新诗一篇三过也，不惟三过也，又将百过焉。使予骇然立，跃然啮⑥曰："是非复吴下阿蒙⑦矣。"大篇若春江之壮风涛⑧也，短章若秋水之落芙蕖⑨也。欧公云："老夫当避路，放它出一头地。"⑩今则不然，虽欲避路，子寿已断吾路矣。虽欲不放出头，子寿已崭然其头矣。劲敌如此，尚何言哉，尚何言哉⑪！九江⑫山水国也，天赐诗人，赐之大江⑬为之旨酒⑭觥觚⑮；赐之庐山⑯，为之笾豆⑰大房⑱；赐之庾楼⑲风月、陶径松菊⑳，为之毛庖㉑载羹㉒，醒㉓于伤而饱于过是吾忧也；诗于贫而句于匮，岂吾所忧哉？侧闻前茅未至，葱佩未玱㉔，而水石欢迎，鸥鹭候门矣。吾不以为子寿贺，而以为江山贺也。它日得句，肯我寄乎？有渝此盟，诗神厄之㉕，俾坠其诗，毋入杜域。一笑。

【注释】

①沈子寿：沈瀛，字子寿，号竹斋，吴兴归安（今浙江湖州）人。绍兴三十年（1160）进士。历官江州守（今江西九江）、江东安抚司参议。叶适《沈子寿文集序》称其"嗜文字，若性命在身，非外物也"。

②蚤：同"早"。

③幽屏：隐居。

④相呴（xǔ）以湿，相濡以沫，相忘于江湖：像两条被搁浅的鱼互相呼气、互相吐沫来润湿对方，各自游回江河湖海，从此两两相忘。《庄子·大宗师》："泉涸，鱼相与处于陆，相呴以湿，相濡以沫，不如相忘于江湖。"

⑤凉燠（yù）：凉热、冷暖。

⑥喈（jiè）：嗟叹、赞叹。

⑦吴下阿蒙：指三国时吴国名将吕蒙，后用以讥缺少学识文才者。

⑧春江之壮风涛：形容诗歌豪迈雄浑，有气势。南朝宋颜延之《车驾幸京口侍游蒜山作》："春江壮风涛，兰野茂薆英。"

⑨秋水之落芙蕖：形容诗歌精致清丽。

⑩"欧公云"及以下两句：欧阳修《与梅圣俞书》：

"读轼（苏轼）书，不觉汗出。快哉快哉！老夫当避路，放他出一头地也。"赞颂苏轼文才卓绝，表示心悦诚服之意。

⑪尚何言哉：还有什么好说的。

⑫九江：位于江西北部，长江中游南岸，古称浔阳、柴桑、江州。秦设九江郡，有"江到浔阳九派分"之说，故名九江。

⑬大江：长江。

⑭旨酒：美酒。

⑮兕觥（sì gōng）：古代酒器，外形一般腹椭圆形或方形，圈足或四足，有流和鋬，盖一般成带角兽，盛行于商代和西周前期。《诗经》多次出现，如《诗经·周南·卷耳》："我姑酌彼兕觥，唯以不永伤。"

⑯庐山：又名匡山、匡庐，中国十大名山之一。位于江西九江境内。汉代司马迁《史记》就有"余南登庐山，观禹疏九江"的记载。

⑰笾（biān）豆：古代祭祀及宴会时常用的两种礼器。竹制为笾，木制为豆。

⑱大房：古代祭祀时盛牲畜的用具，通称为俎。

⑲庾楼：又名庾公楼，坐落于九江城西北长江岸边，传说是东晋名臣庾亮为江洲刺史时所建。

⑳陶径松菊：陶渊明隐居后留下的名胜古迹。陶渊

明是九江人，《归去来兮辞》有"三径就荒，松菊犹存"。

㉑庖：厨房。

㉒胾羹：大块肉和肉羹，泛指菜肴。

㉓酲（chéng）：大醉，喝醉了神志不清。

㉔玱（qiāng）：玉器相撞的响声。

㉕有渝此盟，诗神厄之：《左传》有"有渝此盟，明神殛之"，古人结盟时常用语。此处仿之。

【赏读】

绍熙三年（1192），因得罪宰执，杨万里改知赣州，称疾不赴任，退居江西吉水老家。后江州知州沈瀛以书相寄，附以诗至，杨万里欣然回复，写了著名的《答沈子寿书》。在信中，杨万里梳理了他退隐田园前后的心路历程，高度评价沈子寿的诗歌成就，表达了自己对文学与自然关系的理解，此信是考察杨万里其人其文学观念不可不读的一篇重要文章。语言优美，想象灵动，文采斐然，风格洒脱自然，也是一篇精美的散文佳作。

杨万里与沈瀛相交已久，仕途沉浮多年，满腔郁积的情绪一直想与友人倾诉。此前两人书信往来时正值沈瀛母亲去世，吊唁书信不便谈其他，故而一直隐忍于心。后因对时政彻底失望，杨万里以臂痛为由，称病自免，彻底摆脱官场羁绊。宋人学陶之风盛行，既学其诗，也学其人。归隐后的杨万里仿陶渊明故事，开辟东园，作九径，种花九种，日以山水、诗文为友，过着恬淡闲适的隐居生活。陶渊明《归园田居》曰："误落尘网中，一去三十年。羁鸟恋旧林，池鱼思故渊"，"久在樊笼里，复得返自然"。山林田园成为与世俗社会对照的精神净土。作者先以病鹤、脱兔为喻，抒发重返自然的喜悦，"如病鹤出笼，如脱兔投林"。继而描写急于倾诉的心情，"此意此味，告之野人，野人笑而不答。告之此心，此心受而不辞"。既已选择归隐，作者很庆幸故乡山深林密，远离红尘，作者正话反说，坚定态度，"自此惟山不深、林不密之为恨。山深而林密，予何恨焉？"随后再来一次转折，遗憾的是没有早点退隐，"犹有恨者，不蚤焉耳"。作者层层反复，语意回旋曲折，多种情绪交错推进。

归隐山林后，"自此幽屏，遂与世绝"，一方面，少了很多与权贵的牵绊，不为五斗米折腰，更加自由，"上之不敢以无用之姓名，入于修门，下之不敢以无滋之书问，至于通贵"。另一方面作者虽说"与世绝"，实则"世"中仍有一些不想绝的人，那就是"平生方外之交、一世诗文之友"，这些人乃诗友、文友而非仕友，彼此之间谈文论道，是排除俗世利益的精神交游。这个问题由此成为作者的一大心病。杨万里退隐的官方理由是臂病，至此又加了一个心病，得与失、幸与不幸究竟如何，很难评说。"臂病无药可疗，心又病焉，何药可疗哉？一身有一病，不幸也。今吾一身而二病焉，幸乎不幸乎？"由不幸开始，作者思绪万千，情绪不断地在"幸"与"不幸"间继续波动。第一重波动是由一身二病的"不幸"想到仍有幸者，那就是像沈瀛这样的好友"遣之而不去也，去之而复来也"。不过感情敌不过现实，即使好友心意相通，可现实中山水相隔，"以子之病且远，念子寿而不可见，问子寿而不能往，是又大不幸者"。平易的语言写出对友人的深切怀念。最后，旷达的个性使得作者很快把郁闷排解，"'相呴以湿，相濡以沫，相忘于江湖。'三者孰愈乎？故曰抑又幸焉！"杨万里用《庄子》的思想为这段复杂的心路历程画一个句号，其通透的胸襟、退隐的决心不言自明。

据叶适《沈子寿文集序》所言，沈瀛长于诗文，"嗜文字，若性命在身，非外物也"。两人谈诗论文，有很多共同语言。对沈瀛的诗歌，杨万里评价很高。苏轼《送安惇落第诗》曰："故书不厌百回读，熟读深思子自知。"杨万里则是"一篇三过也，不惟三过也，又将百过焉"。作者引用欧阳修说苏轼"老夫当避路，放它出一头地"的典故，夸奖沈瀛诗歌将引领诗坛风尚。对于举世公认的诗坛盟主杨万里来说，这样的点评分量可谓相当之重，也寄托着对后学的殷切期待。

　　大自然是诗歌最好的灵感源泉。杨万里用一段极其精美和富有想象力的文字遥想沈瀛在九江的诗意生活，抒发自己的艳羡心情："九江山水国也，天赐诗人，赐之大江为之旨酒咒觥；赐之庐山，为之笾豆大房；赐之庾楼风月、陶径松菊，为之毛庖截羹。"作者天才横溢，如此奇特的想象力似乎只有天上仙人才能拥有。语言技巧上同时运用排比、比喻、拟人、用典等多种修辞手法，制造出似庄似谑、典雅幽默的审美效果。

答葛寺丞^①书（节选）

某一昨谢病免归，僵卧空山，泉石之与曹，猿鹤之为使，已与世绝，惟恐姓名之落人间，声光之堕尘中也。有如年丈^②，以四海九州^③同年之契^④，三年江上从游之乐，风亭月观^⑤尊酒论文^⑥之友，亦复影响昧昧^⑦，久不通元字脚^⑧，非疏也。显晦之势，虽欲不异，独得而不异乎？

郡中白粲^⑨之樯西归，长年三老，刘其姓，明其名者，闯然剥啄荆扉，持双鲤^⑩，挈乘壶及八缶，云我葛同年之寄远也。端拜函书，披读笺辞，裂下锦机，锵鸣琼琚，奇怪斗进，应接不暇。烟霞为我欢喜，松竹为我鼓舞，便如揖绝俗出尘之标，聆登峰造极之论，相羊^⑪乎赏心白鹭^⑫之间，览观乎三山二水^⑬之外也。

顾独有可怪者，一纸情话，吾人事也；双缄^⑭，世俗之礼，岂吾人事哉？若曰施之于所尊，则我与公非同等乎？若曰施之于所敬，则公于我非缪敬乎？深源所谓"咄咄怪事"^⑮，不于此乎在，复于何在乎？久不奉谑，小庚此债，当为我抵掌绝倒也。

老来心中不挂一事，独有一苦事，使我不怅惘而不得也，孰使吾怅惘而无与者，非孤斟而无佳客乎？孰使吾怅惘而无聊者，非有山珍而无海奇乎？呼酒未至，愀然不怡[16]。酒既至，愈愀然不怡，岂酒使我至此？使我至此者，前之二无也。今开乘壶，则糟丘[17]之郭索[18]不介绍而至。启八缶，则东海之鲸鱼，不波涛而来。是夕，为公持以左手[19]，洗以苦酒[20]，邀欢伯，酌大白[21]，忽乎不知乌纱之落与否，玉山之颓[22]与否也，而况太白之死与未死、伯伦之埋与不埋哉[23]？吾之苦事，不觉脱然去我心也。非公赐而谁赐也！而来书云："某方味道腴[24]，而乃以滋味为寄，则陋矣。"某敢有问："年丈谓道乌在[25]？道在瓦砾，道在坑谷，独不在糟蟹鲸鲊[26]乎？道不在糟蟹，道不在鲸鲊，是为道乎？是为非道乎？"并供夫子之一莞。

【注释】

①葛寺丞：葛掞，上元人。绍兴二十四年（1154）进士，与杨万里同年，曾任盱眙寺丞。寺丞，官署中的佐吏。

②年丈：科举时代同榜录取的人的互称，也称同年、年兄。

③四海九州：天下。

④契：情谊。

⑤风亭月观：精美的亭台楼阁。《宋书·徐湛之传》："城北有陂泽，水物丰盛。湛之更起风亭、月观，吹台、琴室。"

⑥尊酒论文：一边喝酒，一边谈论诗文。尊，同"樽"，古代酒器。杜甫《春末忆李白》："何时一樽酒，重与细论文。"

⑦昧昧：昏暗貌。

⑧元字脚：文辞。

⑨白粲：白米。

⑩双鲤：对书信的称谓。出自汉乐府诗《饮马长城窟行》"客从远方来，遗我双鲤鱼。呼儿烹鲤鱼，中有尺素书"。

⑪相羊：徘徊，盘桓。亦作相佯、相徉。

⑫赏心白鹭：南京的赏心亭和白鹭洲。

⑬三山二水：南京的山水。三山，位于南京西南，三峰并列为一山。二水，白鹭洲位于长江之中，分江面为二。李白《登金陵凤凰台》有"三山半落青天外，二水中分白鹭洲"。

⑭双缄：古人书信往来时一封书启，一封为礼物状，二者一起致送，名为"双缄"或"鸳缄"。

⑮深源所谓"咄咄怪事"：殷浩，字渊源，因《晋书》避唐高祖李渊之讳，故改为深源。《世说新语·黜免》："殷中军被废，在信安，终日恒书空作字。扬州吏民寻义逐亡，窃视，唯作'咄咄怪事'四字而已。"

⑯愀然不怡：脸上忧愁严肃，心中不愉快。

⑰糟丘：积糟成丘。极言酿酒之多，沉湎之甚。

⑱郭索：最初多指螃蟹爬行貌，或指蟹爬行时的声音，后借指蟹。

⑲持以左手：引用魏晋时毕卓左手持蟹螯的故事，《晋书·毕卓传》载毕卓"右手持酒杯，左手持蟹螯，拍浮酒船中，便足了一生矣"。

⑳苦酒：醋。

㉑酌大白：斟一大杯酒。

㉒玉山之颓：《世说新语·容止》载："山公曰：'嵇叔夜（嵇康）为人也，岩岩若孤松之独立。其醉也，傀俄若玉山之将崩。'"

㉓伯伦之埋与不埋哉：《晋书·刘伶传》载："（刘伶）常乘鹿车，携一壶酒，使人荷锸而随之，谓曰：'死便埋我。'"

㉔道腴：某种学说、主张的精髓。

㉕道乌在：《庄子·大宗师》载："东郭子问于庄子曰：'所谓道，恶乎在？'庄子曰：'无所不在。'东郭子

曰：'期而后可。'庄子曰：'在蝼蚁。'曰：'何其下邪？'
曰：'在稊稗。'曰：'何其愈下邪？'曰：'在瓦甓。'
曰：'何其愈甚邪？'曰：'在屎溺。'"

　　㉖鲊（zhǎ）：用盐腌制的鱼。

【赏读】

　　杨万里归隐故里后，"自此幽屏，遂与世绝"（《答
沈子寿书》）。某日，久未联系的同年葛寺丞突然寄来书
信、糟蟹咸鱼。杨万里雅兴大发，作了《答葛寺丞书》。
就思想性而言，并无甚特别之处，但作者以杰出的才华
把普通内容写得文采飞扬，风格多变，既有清新脱俗、
似六一体平易流畅之处，又有豪放洒脱、旷达如苏轼之
处，可当作学习理解古代文人书信艺术的范本。此处节
选中间几段以见一斑。

　　曾经为挚友，后有所疏远，多年没有书信往来，收
到对方热忱的来信，多少有些尴尬与被动。如何回复最
为妥当？杨万里选择的态度是坦露自己的内心。作者自
称疾自免后，幽居避世，与山水自然为友，不愿与俗世
有一点牵绊。"惟恐姓名之落人间，声光之堕尘中也"极
力夸张远离人世的坚决，与《答沈子寿书》"自此惟山不
深、林不密之为恨"同样形象巧妙。故而与葛寺丞虽有
着"四海九州同年之契，三年江上从游之乐，风亭月观

尊酒论文之友"的特殊关系，但也确实少通音信。个中原因，作者说得非常坦白，有一些世俗的考虑："非疏也。显晦之势，虽欲不异，独得而不异乎?"尽管是杨万里本人主动退出官场，尽管他对退隐后的田园生活表现出特别的热爱，但对于一个多年沉浮仕途的儒家官员来说，这样的选择仍然有很多不得已，并非圆满。

正因为有所顾忌，缺少期待，故接到对方来信时惊喜交加。至此文风陡然一转，比喻、夸张、对偶等修辞手法连用，文字华美精致，富有诗意。在书信往还中，杨万里似乎与友人一起徘徊于赏心亭、白鹭洲等金陵美景之间，重新勾起了对两人往昔"三年江上从游之乐，风亭月观尊酒论文之友"的深深怀念。这几句描写精致短小，情景交融，写景清丽，写情真挚，具有很强的文学感染力。

由信到礼物，文章风格再转为戏谑豪放，颇类庄周、李白豪放旷达情调。其中既有对礼仪问题的诙谐打趣，也有层层铺叙递进，夸饰礼物的珍贵，表达对友人的感激，文学技巧出神入化。在问答间，我们似乎与一位大袖飘飘的隐士进行对话互动，感受到了他缺酒缺美食的小烦恼、小郁闷。解决烦恼的灵丹妙药正是友人远方带来的礼物，作者用夸张的手法、极富想象力的语言为我们描绘了一幅豪迈浪漫的古代文人宴会图。"今开乘壶，则糟丘之郭索不介绍而至。启八缶，则东海之鲸鱼，不波涛而来。是夕，为公持以左手，洗以苦酒，邀欢伯，酌大白，忽乎不知乌纱之落与否，玉山之颓与否也，而况太白之死与未死、伯伦之埋与不埋哉？"

《庄子·大宗师》中东郭子问道于庄子，庄子回答"无所不在"。面对东郭子的一再追问，庄子从"在蝼蚁""在稊稗""在瓦甓"一路往下到"在屎溺"。葛寺丞来信末尾有"某方味道腴，而乃以滋味为寄，则陋矣"的谦辞。杨万里信末专门一本正经化身庄子上升到"道"的高度和对方进行论辩："某敢有问：'年丈谓道乌在？'"故而杨万里理直气壮地说："道在瓦砾，道在坑谷，独不在糟蟹鲸鲊乎？"这段问答幽默诙谐中蕴含着深刻的哲理。杨万里早年是比较纯粹的儒家学者，其性格刚健、执拗，其《千虑策》《淳熙荐士录》等都可为证。晚年退隐江湖之后，思想中的老庄成分渐浓，从杨万里散文中我们能体会出来。

答袁机仲①侍郎书（节选）

　　某犬马②齿今七十有八矣。人间万事，不到胸次，不待扫溉而自除，不烦排遣而自远，不足勤执事之心恻也。惟是挟策读书，此书生之余习；登山临水，此野人之滞癖。二病痼之一居膏之上，一居肓之下，秦缓③之针攻之而不达，华佗之剂浇之而不入，执事何以为我谋哉？然二病者又有浅深，每遇书册，财④入佳境，目辄痛而告劳，兴辄败而作恶。至于登临，则足愈轻而不知倦，行愈远而不知反。前之病不若后之病之深也，执事又何以为我谋哉？燕居深念，又有一病：每怀我执事相与金石之处，相忘形骸之表⑤，璧水⑥讲习之乐，严濑⑦诗酒之娱，如梦中事。梦中之喜不足偿觉后之慨也。执事又何以为我谋哉？

　　今日寒食，方欲蹑青鞋，唤乌藤，鸥鹭前导，猿鹤旁扶，相将挑野菜于芳洲，拾瑶草于杜渚，而李尉乃以执事往岁九月之书来。发而占之，正冠盥手，再拜三读，瑶林琼树⑧，瞻之在前；金声玉振⑨，洋洋乎盈耳也。梦喜，觉慨之一病于是脱然去吾体。甚幸甚荷，甚幸甚荷。

【注释】

①袁机仲：袁枢（1131～1205），南宋史学家，字机仲，建州建安（今福建建瓯）人。袁枢喜读《资治通鉴》，著《通鉴纪事本末》，创造了"纪事本末"这一新的写史体例。该书成为中国第一部纪事本末体史学著作，对后世影响极大。

②犬马：面对位高者时的自谦之词。

③秦缓：秦国良医缓，见《泉石膏肓记》"膏肓"注。

④财：同"才"。

⑤相忘形骸之表：彼此不拘形迹，无所顾忌。王羲之《兰亭集序》："或因寄所托，放浪形骸之外。"

⑥璧水：指太学。宋代吴自牧《梦粱录·学校》："古者天子有学，谓之'成均'，又谓之'上庠'，亦谓之'璧水'，所以养育作成天下之士类，非州县学比也。"

⑦严濑（lài）：也作严陵濑，在浙江桐庐县南，相传为东汉严光隐居垂钓处。

⑧瑶林琼树：形容容貌、智力出众。《晋书·王戎传》："王衍神姿高彻，如瑶林琼树。"

⑨金声玉振：比喻音韵响亮和谐。

【赏读】

　　作为一代文豪，杨万里交游非常广泛，晚年来往较多的同辈既有周必大、陆游这样的文坛耆宿，又有朱熹这样的儒家学者，还有像袁枢这样的顶级史学家。在一定程度上，他与友人的往来文字是观察南宋文学生态圈、了解文人群体心态一个绝佳的范本。

　　《答袁机仲侍郎书》是杨万里给袁枢的一封回信。时值寒食，江南早已草色青青，杨万里雅兴大发，"方欲蹑青鞋，唤乌藤，鸥鹭前导，猿鹤旁扶，相将挑野菜于芳洲，拾瑶草于杜渚"，突然接到好友的来信，心情愉悦地回以书启一封。他与袁枢相交甚深，《淳熙荐士录》列举了六十位他认可的才德兼备之人，第一为朱熹，其次便是袁枢。早年评价袁枢所著的《通鉴纪事本末》"如生乎其时，亲见乎其事，使人喜，使人悲，使人鼓舞，未既，而继之以叹且泣也"，对其赞誉有加。

　　这封信写于嘉泰四年（1204），当时杨万里已七十八岁了，袁枢也已七十四岁了。孔子说：三十而立，四十不惑，五十知天命，六十耳顺，七十而从心所欲，不逾矩。对于平均寿命不长的古代文人来说，古稀之年的生活与心态很具有典型性。他们早已把红尘都看透，往事种种都已如云烟散去。宋代无门和尚曾有颂曰："春有百花秋有月，夏有凉风冬有雪。若无闲事挂心头，便是人间好时节。"对于晚年的杨万里来说，"人间万事，不到胸次，不待扫溉而自除，不烦排遣而自远"。这样豁达、通透、睿智的境界，像袁枢这样的同龄人更能理解欣赏。

大多数人一般讳疾忌医，谈病色变，杨万里却一直声称自己有病，且病入膏肓却不愿治，"泉石膏肓，无法可艾也。有法可艾，予亦不艾也"（《泉石膏肓记》）！《答袁机仲侍郎书》中除了登山临水这个野人滞癖外，杨万里认为自己还有二病。一是依然留有书生余习，日日挟策读书，结果"目辄痛而告劳，兴辄败而作恶"。另外一病就是幽居无聊，常回忆曾经与友人同处的欢乐，"相与金石之处，相忘形骸之表，璧水讲习之乐，严濑诗酒之娱"。往事种种回忆恍如梦中，梦中之喜不敌醒后之感慨。这种文人晚年独特的生活和心态，可能也只有袁枢这样的同龄人最能体会。

与建康帅丘宗卿①侍郎书（节选）

　　某卧疴山墅，未先朝露，皆余映所逮也。每燕居深念，顾独有可恨者：吾二人者，一居东海之东，一居西江之西②。秋风一起，侧身东望，慨然以怀。山立玉色③之标，伟然在人目中矣。凝神小定，则其人甚近，而其室甚远矣，则又怊然以喟，斯可恨不可恨也？然校之十五年之前，则吾二人者，可以欣然相贺矣，其又奚恨何也？当时道山④史馆，并游者几何人，今之存者几何人，吾二人者独可不相贺乎哉？若校之三十有四年之前，则吾二人者尤不可不相贺矣。何也？中兴以来，宋德盛在乾道。何盛乎乾道也？主德日新⑤于上，治化日隆于下，人物日盛于朝，民气日熙于野。当时不自知也，由今望之，信如何哉？信如何哉？是时成均⑥奉常⑦，暨朝列并游者几何人，今之存者几何人。交游之浅者姑置也。至其深者如执事，如钦夫⑧，如伯恭⑨，是可多得乎哉？是可不贵珍乎哉？可贵珍也，是不可多得也。而今则亡其二也，言之则令人悲，

言之不忍也。不言则令人思，不言亦不忍也。然言之
可得而言矣，见之可得而见乎？然则吾二人者，独不
可以尤相贺乎哉？

【注释】

①建康帅丘宗卿：丘崇（1135～1208），字宗卿，江阴（今江苏江阴市）人，南宋名臣，官至同知枢密院事。嘉泰四年（1204），丘知建康府。

②一居东海之东，一居西江之西：形容两人相距之远。化用《庄子·外物》庄周贷粟的典故。

③山立玉色：形容容色不变。

④道山：儒林文苑，文人聚集的地方。语出《后汉书·窦章传》"是时学者称东观为老氏臧室，道家蓬莱山"。

⑤主德日新：《易·系辞》有"日新之谓盛德"。

⑥成均：古之大学，官设的最高学府。

⑦奉常：秦九卿之一，掌管宗庙礼仪的官员。

⑧钦夫：张栻（1133～1180），字敬夫，后避讳改字钦夫，又字乐斋，号南轩，人称南轩先生。汉州绵竹（今四川绵竹）人。张浚之子。著名理学家和教育家，湖湘学派集大成者。与朱熹、吕祖谦齐名，时称"东南三贤"。著有《南轩集》等。

⑨伯恭：吕祖谦（1137～1181），字伯恭，世称"东莱先生"，婺州（今浙江金华）人，南宋著名理学家、文学家。著有《东莱集》《历代制度详说》《东莱博议》等。

【赏读】

与《答袁机仲侍郎书》一样，《与建康帅丘宗卿侍郎书》也作于嘉泰四年（1204）杨万里七十八岁之时。暮年的杨万里虽日与渔父樵夫相处，但内心仍是一位满怀报国雄心的壮士。本文慷慨纵横，字里行间并无多少衰颓味道，一个重要原因就是书信往来之人是建康帅丘崇。丘崇为人慷慨，向有恢复之志，曾曰："生无以报国，死愿为猛将以灭敌。"辛弃疾那首著名的《永遇乐·京口北固亭怀古》就是送与丘崇的。"千古江山，英雄无觅孙仲谋处""想当年，金戈铁马，气吞万里如虎"几句传唱千古，寄寓着他们共同的英雄情结。杨万里在信末对丘崇的期待祝愿中也寄托着他本人对盛世的殷切渴望。

古代精英文人的盛世情结是文学史上一个值得关注的问题。每一个朝代的盛世之后都会留下一大批回忆、留恋盛世的经典之作，文字的追忆中蕴含着丰富的感慨。对于南宋文人来说，孝宗乾道年间就是这样一个盛世。宋孝宗上台以后，在内政外交上采取了一系列相对正确的改革措施，政治清明、社会稳定、经济繁荣、文化昌盛，史称"孝宗中兴"。杨万里书信中把这个盛世归纳为四点："主德日新于上，治化日隆于下，人物日盛于朝，民气日熙于野。"三四十年后的宁宗嘉泰年间已然盛世不再，今昔对比，作者一句"当时不自知也，由今望之，信如何哉？信如何哉？"含意颇为复杂。这四点盛世的表征中，杨万里也对人物之盛有特别的感觉。当时人才辈出，思想开放，可以称得上是南宋思想界最活跃的时代。他在信中提到了交情深厚的张栻、吕祖谦两个好友，没有提到的还有他的好友朱熹等。三十四年过去了，张栻、吕祖谦已离开人世。死者已矣，他和丘崇仍有往来，也可称得上晚年幸事。这种人到暮年悲中带喜的复杂感受，杨万里用一系列排比句准确地描绘了出来。

答周监丞（节选）

　　某老病并至，幽独无侣。有可乐者，其惟海内名胜、平生故人一笑一谈一觞一咏之间乎？千江隔万山阻，海内姑舍是也。烟火相接，鸡犬相闻，如吾二人，尚可诿曰疏乎哉？一居白鹭之北，一居青原之东，一苇可杭①而其室则迩，其人甚远。每一念之，作恶数日。

　　属者奏记，以写我心。而管城老矣，罢于传言；赤鲤②蠢尔③，拙于寄声。心之精微，欲彻于下，执事何繇而彻也？答教之返，真以玖报李④也。把玩未释，而汉水白鳞，又将一封云锦而至矣。金声玉振，骇洞几杖。华星秋月，渊曜耳目。双筐⑤佳实，千颗匀圆。初疑得成纪黄龙之珠⑥，又似弄王孙精金之丸。惊喜自失，不敢专飨。偶有剥啄纳谒者，自赞曰曲秀才⑦也。亟延入坐，上坐觞而俎之。欣然两家之难解，洒然五斗之醒末矣。占谢不敏，末后一语惟曰：后皇之嘉橘⑧与臣朔之桃⑨，争岁月论春秋云。

【注释】

①一苇可杭：用一捆芦苇做成一只小船就可以通行过去。比喻相隔很近。《国风·卫风·河广》："谁谓河广？一苇杭之。"

②赤鳏（huàn）：唐时因国姓为李，讳言"鲤"字，并美称鲤鱼为"赤鳏公"。

③蠢尔：无知蠢动貌。《诗经·小雅·采芑》："蠢尔蛮荆，大邦为仇。"

④以玖报李：玖，黑色的次等玉。《诗经·卫风·木瓜》："投我以木李，报之以琼玖。"

⑤篚（fěi）：古代盛物的竹器。

⑥成纪黄龙之珠：神异珍贵之物。汉代尚士德，《史记·孝文本纪》记载汉文帝十五年（前165），成纪县出黄龙，汉文帝召鲁公孙臣为博士，申明士德一事，并下诏就此神异工事亲出郊祀。

⑦曲秀才：酒。酿酒离不开酒曲，唐代《开天传信记》云："法善居玄真观，尝有朝客数十人诣之，解带淹留，满座思酒。忽有人扣门，云曲秀才。"后以曲秀才代指酒。

⑧后皇之嘉橘：语自屈原《九章·橘颂》"后皇嘉树，橘徕服兮"。

⑨臣朔之桃：比喻仙果。汉代《博物志》载神话传说中西王母种桃，三千年一结果，东方朔曾偷食。

【赏读】

西式婚礼中，最动人的一幕发生在新郎、新娘宣誓时："无论顺境或逆境、富裕或贫穷、健康或疾病、快乐或忧愁，都将永远忠诚，始终相随。"这是爱情最美好的模样。真正美好的友情同样如此。古代中国是典型的男权社会，文学史也主要由男性来书写。表现在文学作品上，唐宋散文中女性和爱情题材的作品较少，表现男性之间友情成为散文的重要内容。《答周监丞》是杨万里与周必大之兄周必正的一封答信，骈散结合，文笔洒脱自如，我们从中能体味出文人之间诚挚的友情。

韩愈《除官赴阙至江州寄鄂岳李大夫》曰："少年乐新知，衰暮思故交。"这说出了很多人的普遍心态。故交之所以可贵，在于各自仕途或显贵或偃蹇，情谊如一。杨万里与周必正既有着同乡的情谊，又是多年挚友，长期诗文酬唱应答。尤其他晚年因病自免隐居山林后，这种友情更有着特别的意义。"老病并至，幽独无侣。有可乐者，其惟海内名胜、平生故人一笑一谈一觞一咏之间乎？千江隔万山阻，海内姑舍是也。烟火相接，鸡犬相闻，如吾二人，尚可诿曰疏乎哉？"故而诗文集中有大量的往来作品。此次周监丞以书信来寄，附以水果、美酒，作者欣喜不已，用赋体手法夸耀书信文字精美，礼品精致不凡。尤其赞美酒之甘美一段，想象力极妙："偶有剥啄纳谒者，自赞曰曲秀才也。亟延入坐，上坐觞而俎之。欣然两家之难解，洒然五斗之醒末矣。"大量用典，特别广引《诗经》成句，别具古雅风格。

卷四 辞赋、杂传

蔬第一亩，结屋数间。

车辙有长者之多，竹洞无俗客之至。

春韭小摘，浊醪细斟。

扫花径以坐宾亲，听松风以当鼓吹。

浯溪①赋

　　予自二妃祠②之下、故人亭③之旁，招招④渔舟，薄游三湘⑤。风与水兮俱顺，未一瞬而百里。欻⑥两岸之际天，俨离立而不倚。其一怪怪奇奇，萧然若仙客之鉴清漪也；其一蹇蹇谔谔⑦，毅然若忠臣之蹈鼎镬⑧也。怪而问焉，乃浯溪也。盖瘖亭峙其南，峿台峛其北，上则危石对立而欲落，下则清潭无底而正黑，飞鸟过之，不敢立迹。

　　余初勇于好奇，乃疾趋而登。挽寒藤而垂足，照衰容而下窥；忽焉心动，毛发森竖。乃迹故步，还至水浒，削苔读碑⑨，慷慨吊古。倦而坐于钓矶之上，喟然叹曰：惟彼中唐，国已膏肓，匹马北方，仅或不亡。观其一过不父⑩，日杀三庶⑪，其人纪有不斁⑫矣夫？曲江为篝中之羽⑬，雄狐为明堂之柱⑭，其邦经有不蠹矣夫？水、蝗税民之亩，融、坚⑮椎民之髓，其天人之心有不去矣夫？虽微禄⑯儿，唐独不坠厥绪哉？观马嵬之威垂，涣七萃⑰之欲离，殪⑱尤物以说焉，仅平达于巴西。吁！不危哉！

嗟乎！楚则失矣，齐亦未为得也。灵武之履九五[19]，何其亟也！宜忠臣之痛心，寄《春秋》之二三策也！虽然，天下之事不易于处而不难于议也。使夫谢奉策于高邑[20]，将禀命于西帝[21]。违人欲以图功，犯众怒以求济，天下之士，果肯欣然为明皇而致死哉？盖天厌不可以复祈，人溃不可以复支，何哥舒[22]之百万，不如李、郭[23]千百之师！推而论之，事可知矣。

且夫士大夫之捐躯，以从吾君之子者，亦欲附龙凤而攀日月，践台斗而盟带砺[24]；一复莅以耄荒[25]。则夫干庭万旟[26]，一呼如响者，又安知其不掉臂也耶？古语有之："投机之会，间不容穟。[27]"当是之时，退则七庙之忽诸[28]，进则百士之扬觯[29]。嗟肃宗之处此，其实难为之，九思而未得其计也。

已而，舟人告行，秋日已晏。太息登舟，水驶如箭。回瞻两峰，江苍然而不见。

【注释】

①浯溪：溪水名，位于湖南祁阳县西南。

②二妃祠：娥皇、女英的祠，位于湖南永州。相传舜之妻娥皇、女英死后成为湘水之神，后人因此修祠纪念。

③故人亭：在湖南永州，二妃祠附近。据说亭名源于南北朝诗人柳恽的《江南曲》"洞庭值归客，潇湘逢故人"。

④招招：招呼貌。《诗经·邶风·匏有苦叶》："招招舟子，人涉卬否。"

⑤薄游三湘：游览湘江。薄，发语词，无实义。湘水汇合沅湘、潇湘、资湘三条河流，故称三湘。

⑥欻（xū）：忽然。

⑦謇謇谔谔：忠直敢言貌。

⑧蹈鼎镬：跳进鼎镬接受刑罚。鼎、镬，古代烹煮炊器。

⑨碑：指由元结作、颜真卿书的《大唐中兴颂碑》。

⑩一过不父：指君父有过，失于父道。《左传·昭公二十年》："君一过多矣，何信于谗？"杜预注："一过，纳建妻。"意思是楚王纳太子建妻，过错很严重。此处指唐玄宗纳儿媳杨玉环为妃之事。

⑪日杀三庶：指唐玄宗听信谗言，废黜太子瑛、鄂王瑶、光王琚，随即赐死。

⑫斁（yì）：厌弃。

⑬曲江为篚中之羽：指宰相张九龄的故事。张九龄是韶州曲江人，时人因其贤良尊称为"曲江公"。唐玄宗要废太子李瑛，任用李林甫、牛仙客，赦免安禄山等，

张九龄都曾劝谏，后为李林甫所忌，被罢职。筐中之羽，比喻弃之无用的东西。《新唐书·张九龄传》："因帝赐白羽扇，乃献赋自况，其末曰：'苟效用之得所，虽杀身而何忌？'又曰：'纵秋气之移夺，终感恩于筐中。'"

⑭雄狐为明堂之柱：指杨国忠的故事。雄狐，指杨国忠。杨国忠据传曾与其堂妹杨玉环有私情。《诗经·齐风·南山》相传为讽刺齐襄公和他妹妹文姜通奸之作，中有"南山崔崔，雄狐绥绥"。明堂之柱，比喻朝廷的支柱。明堂是古代帝王宣明政教的地方。凡朝会、祭祀、庆赏、选士、养老、教学等大典，都在此举行。杨国忠在玄宗时曾权倾一时。

⑮融、坚：指宇文融和韦坚。宇文融建议检括逃亡户口和籍外占田。韦坚被派督江淮租运，岁增巨万，搜刮民间珍奇。都是有名的搜刮能手。

⑯微禄：没有安禄山。

⑰七萃：天子的禁卫军。

⑱殪（yì）：缢杀。

⑲灵武之履九五：指安史之乱后太子李亨在灵武登基称帝，庙号为唐肃宗。灵武，在今宁夏灵武西北。履九五，登上帝位。

⑳谢奉策于高邑：指唐肃宗在灵武被手下将领劝说称帝。东汉光武帝刘秀曾拒绝了手下将领称帝的劝说。

后来儒生强华自关中奉《赤伏符》要求刘秀称帝，群臣借机再次劝说，刘秀于是在高邑（今属河北）称帝。唐肃宗称帝的情况与刘秀有相似之处。

㉑西帝：唐肃宗称帝时唐玄宗远逃在西蜀避乱，故此处称玄宗为"西帝"。

㉒哥舒：哥舒翰。哥舒翰奉命带兵二十万镇守潼关阻止安禄山进攻长安，后被逼仓促出战，被安禄山打败，哥舒翰被俘，潼关失守。

㉓李、郭：指李光弼和郭子仪。两人为唐朝大将，平定"安史之乱"，立下赫赫战功。

㉔践台斗而盟带砺：成为朝廷重臣，爵禄世代相传。台，指三台星；斗，指北斗星。台斗合称比喻宰辅大臣。带砺，衣带和砺石，后指受皇家恩宠，爵禄世代传袭。

㉕耄（mào）荒：年老昏聩。

㉖干庭万旟（yú）：千千万万的百姓军队。

㉗投机之会，间不容稯（suì）：形容机会稍纵即逝，必须及时抓住。《新唐书·张公谨传赞》："投机之会，间不容稯，公谨所以抵龟而决也。"稯，同"穗"。

㉘七庙之忽诸：形容王朝的灭亡。《礼记·王制》："天子七庙，三昭三穆，与太祖之庙而七。"七庙指四亲庙（父、祖、曾祖、高祖）、二祧（远祖）和始祖庙，后泛指帝王供奉祖先的宗庙。忽诸，突然断绝。

㉙扬觯（zhì）：端起酒器，出自《礼记·射义》孔子射于矍相之圃，"使公罔之裘、序点扬觯而语"，后用为选贤之典。觯，古代饮酒的器具。

【赏读】

《浯溪赋》是杨万里辞赋的代表作，也是南宋辞赋的典范之作，与范成大的《馆娃宫赋》齐名。岳珂《桯史》曾将这两赋并举，点评曰："笔力到处，便觉夫差、肃宗无所逃罪。"作品创作时间大致为绍兴三十二年（1162）杨万里任零陵县丞时，当时他常与二三好友往来于浯溪山水间，晚年在《跋〈浯溪晓月钱塘晚潮〉一轴》中还流露出对浯溪的无限留恋。赋中有幽深雄奇的山水景物刻画，也有对历史的深沉反思，立意高远，韵味悠长。

浯溪位于湖南祁阳县湘江西岸，距零陵城不远。唐大历二年（767），诗人元结舟经祁阳时泊舟登岸，为一条无名小溪取名"浯溪"，并撰《浯溪铭》。《浯溪赋》以作者游览浯溪山水为主线，刻画出浯溪雄奇清峭的风光。浯溪山水一大特色就是两岸怪石林立，危峰耸峙，"其一怪怪奇奇，萧然若仙客之鉴清漪也；其一蹇蹇谔谔，毅然若忠臣之蹈鼎镬也"。元结当年将"浯溪东北二十余丈"的怪石命名"广吾台"，撰《广吾台铭》；在溪口"高六十余尺"的异石上筑一亭堂，命名"峿亭"，撰《峿亭铭》。在杨万里笔下，亭台南北对峙，潭水深不可测，"上则危石对立而欲落，下则清潭无底而正黑，飞鸟过之，不敢立迹"。这样的景物描写清幽处似柳宗元，雄奇处则过之。

元结寓居浯溪时，除了修建亭台外，还将《大唐中兴颂》旧稿补充定稿，请其好友著名书法家颜真卿书写，并石刻于摩崖上，因文奇、字奇、石奇，世称"浯溪三绝"。《大唐中兴颂》是元结文学革新的典范之作，以史为鉴，总结"安史之乱"的历史起因，教育后世引以为戒。杨万里"剥苔读碑，慷慨吊古"，用元结的《大唐中兴颂》碑为引子，借古讽今，对宋徽宗、高宗父子进行了批评。北宋末年金兵南下牧马，宋室被迫南迁，南宋一百多年间朝野上下都怀着"中兴"梦，诗词文无不如此。《诗经·大雅·荡》曰："殷鉴不远，在夏后之世。"唐距宋不远，最有借鉴意义。杨万里在《浯溪赋》中通过大段的议论，以唐代风云变幻的历史事件和惨痛的历史教训为参考，表达了对时事朝政的鲜明观点。

文末由议论回归写景，"已而，舟人告行，秋日已晏。太息登舟，水驶如箭。回瞻两峰，江苍然而不见"。意境幽远，声韵悠扬，余音无穷。人事有代谢，往来成古今，沉重的历史在苍茫江水中最后都化作了一声叹息。

刘埙《隐居通议》卷四中评价说："诚斋此赋，出意甚新。……结语乃步骤《后赤壁赋》'开户视之，不见其处'，亦本唐人《湘灵鼓瑟诗》'曲终人不见，江上数峰青'。"这段话对《浯溪赋》结尾点评，眼光相当独到。

月晕[①]赋

　　杨子与客暮立于南溪之上，玩崩云于秧畴，听古乐于蛙水，快哉所欣，意若未已。偶空谷之足音，予与客而亟避。退而坐于露草之径，衣上已见月矣。寒空莹其若澄，佳月澈其如冰。一埃不腾，一氛不生。

　　杨子喜而告客曰：“吾闻东坡先生之夫人曰：‘春月之可人，非如秋月之凄人也。[②]’吾亦曰：‘今之时则夏矣，月尚春也。’”言未既，微风飒然，轻阴拂然。惊五色之晃荡，恍白虹之贯天[③]。使人目乱而欲倒，如观江波之漩而身亦与之回旋。

　　杨子惧而呼客曰：“月华方明，奚骤眩焉？绀旻[④]方洁，奚忽变焉？”客曰：“适有薄云，莫知所来，非北非南，不东不西，起于极无之中，忽乎明月之依，轮囷[⑤]光怪，相薄相荡，而为此也，殆紫皇[⑥]为之地，而风伯为之媒欤？”杨子释然曰：“所谓月晕如霓者，不在斯乎？不在斯乎？”方详观而无厌，乃霍然而无见。盖月以有云而隐，复以无云而显也。云以一风而聚，还以一风而散也。杨子若有感焉，乃告客曰："天下之物，孰非月之晕耶？晕之生也，其可洗耶？晕之消也，其可止耶？而天下之士以晋、楚之富⑦为无竭，以赵孟之贵⑧为有恃，其去则持之而不忍，其来则居之而不耻。其痴黠何如也？"

客未对，童子请曰："人语既寂，子盍归息？"杨子与客，一笑而作曰："今夕何夕，见此奇特。"

【注释】

①月晕：一种自然光学现象，光透过高空卷层云时，受冰晶折射作用，使七色复合光被分散为内红外紫的光环或光弧，围绕在月亮周围产生光圈。

②春月之可人，非如秋月之凄人也：赵令畤《侯鲭录》："春月胜如秋月。秋月令人凄惨，春月令人和悦。"此处略有改写。

③白虹之贯天：如白色的长虹穿日而过。指日晕。

④旻：天，天空。

⑤轮囷（qūn）：盘曲硕大貌。

⑥紫皇：传说中最高的天神。

⑦晋、楚之富：比喻极其富有之人。《孟子·公孙丑下》："曾子曰：'晋、楚之富不可及也，彼以其富，我以吾仁；彼以其爵，我以吾义，吾何慊乎哉！'"

⑧赵孟之贵：比喻显贵之人。赵孟，即孟尝君，"战国四公子"之一。

【赏读】

自《诗经》"月出皎兮，佼人僚兮"（《诗经·陈风·月出》）开始，或圆或缺的月亮成为文学创作的灵感源泉，赋予无数文人以诗情哲思。《月赋》中南朝辞赋家谢庄通过假设曹植与王粲月夜吟游的故事，描写了月夜清丽的景色以及沐浴在月光中人的情思，情采飞扬，诗意盎然。从科学的角度来说，月亮之所以如此迷人不过是人们赋予它的魅力，抛开诗意的面纱，它只不过是一种光折射的自然现象，有圆有缺，有月食，有月晕。月晕是光透过高空卷层云时受冰晶折射作用，使七色复合光被分散为内红外紫的光环或光弧，围绕在月亮周围产生的光圈。古人很早就认识到了月晕的存在，并作为一种少见的奇异现象在文学中体现，庾信《奉报寄洛州》就有"星芒一丈焰，月晕七重轮"，后来欧阳修《洗儿歌》也写了"月晕五色如虹霓，深山猛虎夜生儿"。不过，在绝大多数诗文中，月晕不过是点缀，以月晕为主题的作品应该特别推荐杨万里的《月晕赋》。

杨万里作品学苏轼，《月晕赋》的风格写法明显取法于苏轼《前赤壁赋》。《前赤壁赋》开篇曰："苏子与客泛舟游于赤壁之下。清风徐来，水波不兴。"《月晕赋》开头灵动洒脱，有苏轼情味："杨子与客暮立于南溪之上。"二者非常相似。某个夏天的傍晚，杨万里与友人并立于故乡的南溪上，仰观天上变幻的云彩，听着田间的蛙声阵阵，无限惬意。此情此景后人很容易联想到辛弃疾的《西江月·夜行黄沙道中》中的田园意境："明月别枝惊鹊，清风半夜鸣蝉。稻花香里说丰年，听取蛙声一片。"作者与友人沉浸在自然美景中，不知不觉田间小道上的青草渐被露水打湿，月光也洒满了衣襟。一轮明月莹澈澄净，清透如冰，高悬于天空。苏轼曾与夫人王闰之一起赏景饮酒，堂前梅花盛开，月光皎洁，平素不谈诗的夫人突然有感而发说："春月胜如秋月。秋月令人凄惨，春月令人和悦。"苏轼大喜，认为此语实诗家语也。杨万里和友人想起了苏轼夫妇的雅事，也觉得"今之时则夏矣，月尚春也"。

突然，月夜的宁静被打破，发生了晃荡不已让人头晕目眩的月晕。"微风飒然，轻阴拂然。惊五色之晃荡，恍白虹之贯天。使人目乱而欲倒，如观江波之漩而身亦与之回旋。"以文学的笔法如此详细地描述月晕这一自然现象，将文学与自然科学完美地融合，《月晕赋》是杨万里留给后人的一笔独特的文学财富。

杨万里"平生爱月爱今夕，古人与我同此癖"，诗歌中以待月、追月等为题的有三十多首，涉及咏月的有百余首，塑造了晓月、落月、霜月、残月、月影、江月、垂月等各种月的形象，且常把诗情与哲思融合。文学与哲学的关系是文学研究的重大问题，优秀的文学家往往把文学创作与哲学体认结合在一起，以文学的形象打造富有哲理的精神世界。杨万里是个浪漫的诗人、辞赋家，也是个哲学家，夏月的浪漫、月晕的晃荡，这些本无情感色彩的自然现象，最后在杨万里的诗文里都落脚在对时弊深沉的反思中。在作者看来，天下万物都与月晕是同一道理。富贵也罢，权势也好，风云可以成之，也随时可能消散，不可能永驻。可是天下之人对此却全然不知，以为晋楚两国般的财富可以永世不竭，以为孟尝君这样的权势地位永远不会动摇。一旦得到不管是否正义就不以为耻地占有，一旦要失去就不愿放手，这是何等的愚蠢。《月晕赋》咏物的外表下蕴含着深刻的哲学反思。

木犀花①赋

秋气已末，秋日已夕。杨子觞客，客醉欲出。偶云物之净尽，吐霁月之半璧。杨子鼻观若有触焉：澹空山之何有，惊妙香之郁然。急谓客曰："是必有异，吾与子盍小观之？"行而求之，无物可即也；舍而不求，又不能自息也。

天风骤来，其香浩荡。杨子乃凝神而从之，忽欣然而独往。盖吾履未出于柴门之里，吾身已超于广寒之上矣。水国湛湛，不足以为其空明而深靓也；雪宫皑皑，不足以为其高寒而迥映也。玉阶之前，有团其阴，蔚乎璃琉②之叶，摵③乎瑟琴之音。天葩芬敷，匪玉匪金。细不逾粟，香满天地。盖向者之所闻，乃于兹其良是。摩挲玉蟾蜍而问焉，亦不知其名而字之曰"桂"。吾甚爱之，欲求其裔。将刘其枝以修月之玉斧，瀹其根于银河之秋水。移之以归，艺我庭砌。羿妃④頩然而不悦曰："予将白之于帝。"

杨子耸然而悟，月尚未午，客亦未去。顾而见木犀之始花，宛其若天上之所睹。笑而问客曰："吾之兹游，梦耶醉耶？"惘然不知其处。

【注释】

①木犀花：桂花。宋代张邦基《墨庄漫录》卷八："湖南呼九里香，江东曰岩桂，浙人曰木犀，以木纹理如犀也。"

②璃琉：琉璃。

③搣（mí）：击，打。

④羿妃：嫦娥，神话中传说其为后羿之妻。

【赏读】

木犀花，俗名桂花，是中国十大传统名花之一。一般为常绿小乔木或灌木，品种有金桂、银桂、丹桂、月桂等，开白色或暗黄色小花，有特殊的香气。桂花一般在中秋前后盛开。秋高气爽时，文人仰望一轮明月，把酒赏桂，清雅至极。自古代以来，桂花深受文人雅士的喜爱，成为文学作品的重要意象。早在先秦时期，如屈原《楚辞·九歌·湘君》中就有"桂棹兮兰枻，斫冰兮积雪"，将桂与兰对举，突出其高洁尊贵的品质。桂花多生于岩岭间，"其类自为林，间无杂树"（《南方草木状》），故而汉代淮南小山《招隐士》中将其视为隐士的符号象征，"桂树丛生兮山之幽，偃蹇连蜷兮枝相缭"，"猿狄群啸兮虎豹嗥，攀援桂枝兮聊淹留，王孙游兮不归，春草生兮萋萋"。南北朝时期，桂花不仅作为诗歌意象大量出现，还出现了专门的咏桂诗。唐朝文人眼中的桂花形象更加多样，它们幽香扑鼻，如宋之问的"桂子月中落，天香云外飘"（《灵隐寺》）；它们清幽坚贞，如"兰叶春葳蕤，桂华秋皎洁。……草木有本心，何求美人折"（张九龄《感遇》），如"独有南山桂花发，飞来飞去袭人裾"（卢照邻《长安古意》）；它们暗蕴相思，如"中庭地白树栖鸦，冷露无声湿桂花。今夜月明人尽望，不知秋思落谁家？"（王建《十五夜望月寄杜郎中》）此外，桂花还被赋予了更多的神话色彩。《酉阳杂俎》云："旧言月中有桂，有蟾蜍。故异书言月桂高五百丈，下有一人常斫之，树创随合。人姓吴名刚，西河人，学仙有过，谪令伐树。"故而除了蟾宫折桂这种常用典的使用外，咏桂诗词中往往仙气飘飘，月、嫦娥、仙人等意象常与桂树相伴随。

宋代咏桂文学作品繁多，不仅其蕴含的客观形象美得到了深入细致的挖掘和展现，其象征意义也进一步丰富。李清照的《鹧鸪天·桂花》云："暗淡轻黄体性柔，情疏迹远只香留。何须浅碧深红色，自是花中第一流。

梅定妒，菊应羞。画栏开处冠中秋。骚人可煞无情思，何事当年不见收？"她将桂花定为"自是花中第一流"，评价相当高。宋代咏桂花的辞赋中特别值得一提的是杨万里的《木犀花赋》。从文意判断，该赋当作于杨万里家居期间。文章轻灵洒脱，想象奇特，有诚斋体诗歌的特点，是一篇文学性较强的咏物小赋。

桂花是杨万里诗文中出现频率比较高的一种自然意象，经统计，与桂花相关的诗歌就有二十多首。他曾经和张镃就赏桂主题反复唱和应答，除《木犀初发呈张功父》外，又有和作六首，咏桂诗数量非常丰富。不过限于诗歌体例和篇幅，这些诗作对桂花的描述都较为精练。作为一篇散体小赋，《木犀花赋》洋洋洒洒地从特点品质、相关典故、神话传说等多方面对桂花进行铺叙形容。

"兰叶春葳蕤，桂华秋皎洁。"桂花在秋天盛放，秋夜是赏桂的最佳时节。"秋气已末，秋日已夕。"《木犀花赋》开篇就描绘了秋夜宁静怡人的赏桂场景。月色朦胧，周围景观都若隐若现，桂花的枝叶、花朵这些视觉可见的特征都已模糊，唯有浓郁扑鼻的桂花香气弥漫在庭院中，"澹空山之何有，惊妙香之郁然"，"天风骤来，其香浩荡"。桂花特有的芳香之味是历代诗文歌咏桂花时的一个重要品质，宋代文人尤其注重其在文学作品中的书写，如范成大《次韵马少伊木犀》"纤纤绿里排金粟，何处能容九里香？"杨万里也有多处吟咏桂花芳香，"东风染得千红紫，曾有西风半点香"，"吹残六出犹余四，匹似天花更着香"（《木犀二绝句》）；"不会溪堂老居士，更谈桂子是天香"（《木犀》）等。《木犀花赋》中对桂花香气描述更加详尽，代表着桂花状物艺术又提高到了一个新阶段。

在桂花香气中，作者神思有些恍惚，进入了梦境。《木犀花赋》咏物的独特之处就在将艺术构思与梦境进行了巧妙的结合，营造了一种亦虚亦幻的审美氛围。辞赋中梦境作为一种重要的文学表现手法，早在宋玉《高唐赋》《神女赋》中已经有了充分运用。唐宋辞赋中梦境一直以不同形式被呈现。杨万里在《糟蟹赋》《后蟹赋》等多篇赋作中也多有运用。况且，桂花在长期文学进程中已经与嫦娥、月宫、仙人等极富诗意和想象的意象紧紧联系在一起，以梦境的形式对桂花进一步描写抒情，显得非常自然。杨万里诗集中有一首《丞相周公招王寄以长句》，也是以梦境形式吟咏桂花的，两者颇有相似之处，全诗曰："素娥大作中秋节，一夜广寒桂花发。天风吹堕绿野堂，夜半瑶阶丈深雪。梅仙不知天尚秋，只惊香雪点搔头。笑随玉妃照粉水，洗妆同入月中游。晋公赏梅仍赏桂，独招子猷雪前醉。明朝有客诉天公，不唤香山病居士。"

糟蟹赋

江西赵漕子直[①]饷糟蟹，风味胜绝，作此赋以谢之。

杨子[②]畴昔之夜，梦有异物，入我茅屋。其背规而黝，其脐小而白。以为龟又无尾，以为蚌又有足。八趾而双形，端立而旁行。唾杂下而成珠，臂双弩而成兵。寐而惊焉曰：“是何祥也？”召巫咸[③]卦之，遇坤之解曰：“黄中通理，彼其韫者欤？雷雨作解，彼其名者欤？盖海若[④]之黔首[⑤]、冯夷[⑥]之黄丁者欤？今日之获，不羽不麟。奏刀而玉明，披腹而金生。使营糟丘，义不独醒。是能纳夫子于醉乡，脱夫子于愁城。夫子能亲释其堂阜[⑦]之缚，俎豆[⑧]于仪狄[⑨]之朋乎？”

言未既，有自豫章[⑩]来者，部署其徒，趋跄而至矣。请入视之，“郭”其姓，“索”其字也[⑪]。杨子迎劳之曰：“汝二浙之裔耶，抑九江之系耶？松江震泽之珍异，海门西湖之风味，汝故无恙耶？小之为彭越[⑫]之族，大之为子牟[⑬]之类，尚与汝相忘于江湖之上耶？”

于是延以上客，酌以大白曰："微吾天上之故人，谁遣汝慰吾之孤寂？"客复酌我，我复酌客，忽乎天高地下之不知，又焉知二豪之在侧？

【注释】

①赵漕子直：赵汝愚（1140～1196），字子直。孝宗乾道二年（1166），擢进士第一名。曾官至吏部尚书、知枢密院事。因赵汝愚时任江西转运判官，故称赵漕。

②杨子：杨万里自称。

③巫咸：古代巫师。《吕氏春秋·勿躬》："巫彭作医，巫咸作筮。"《楚辞》记有"巫咸将夕降兮"。王逸注为"巫咸，古神巫也"。

④海若：海神名。《楚辞·远游》："使湘灵鼓瑟兮，令海若舞冯夷。"

⑤黔首：指平民、百姓。

⑥冯夷：传说中的黄河之神，泛指水神。《庄子·大宗师》："冯夷得之，以游大川。"

⑦堂阜：春秋时为齐国重邑，管仲曾脱囚于此。

⑧俎豆：古代祭祀宴飨时盛食物用的礼器，后引申为祭祀和崇奉之意。

⑨仪狄：夏禹时善造酒者，相传是酿酒始祖。

⑩豫章：古县名，今江西南昌。

⑪"郭"其姓，"索"其字也：拟人化为螃蟹的别称。见《答葛寺丞书》"郭索"注。

⑫彭越：螃蟹。相传汉高祖诛杀彭越，并将他制成肉酱，赐诸侯，九江王英布不忍看，将肉酱投入江中，化为蟹，故称为"彭越"。

⑬子牟：魏公子牟，战国时人。因封于中山，也叫中山公子牟。曾说："身在江海之上，心居乎魏阙之下。"（《吕氏春秋》卷二十一）

【赏读】

每年快到中秋的时候，很多人习惯在餐桌上摆一满盘螃蟹，大快朵颐。谈到文学作品中的螃蟹，读过《红楼梦》的读者脑海中立刻会联想到第三十八回《林潇湘魁夺菊花诗　薛蘅芜讽和螃蟹咏》中的螃蟹宴，贾府众人在藕香榭吃蟹、饮酒、赏菊、赋诗，留下了多首咏螃蟹的诗歌，风雅无比。中国人食蟹的历史非常悠久，《逸周书·王会解》《周礼·天官·疱人》中均有记载。《周礼·天官·疱人》曰："共祭祀之好羞。"郑玄注释："谓四时所为膳食，若荆州之鲜鱼、青州之蟹胥，虽非常物，进之孝也。""青州之蟹胥"就是青州的蟹酱。以蟹酱为开端，后来爱好美食的中国人又发明了鹿尾蟹黄、糟蟹、糖蟹等各种以蟹为主料的菜式。文学作品中最初的螃蟹形象还有几分玄幻神秘色彩，《山海经·大荒东经》中有女巫名为女丑，她有一只大蟹，生长在北海，脊背有千里宽广，随时听候女丑的役使和差遣。此后文学作品中螃蟹身上的玄幻色彩消失，由神话转为写实，大致分为两种表达路径。一是通过拟人化的手法赋予人格，多根据其横行走路等特征敷衍为聚众横行、霸道贪婪等。如五代江文蔚《蟹赋》："外视多足，中无寸肠。口里雌黄，每失途于相沫；胸中戈甲，尝聚众以横行。"与道德化的比拟相反，与螃蟹相关的另一种书写是突出其美味的特质，甚至将其视为文人享乐雅趣的象征。如《世说新语·任诞篇》载毕卓"一手持蟹螯，一手持酒杯，拍浮酒池中，便足了一生！"苏轼甚至有以诗换螃蟹的雅事，"堪笑吴中馋太守，一诗换得两尖团"（《谢丁公默惠蟹》）；"不到庐山辜负目，不食螃蟹辜负腹"（《游庐山得蟹》）。

如《糟蟹赋》小序所言，杨万里接到江西漕运使赵汝愚馈赠的糟蟹，味道绝佳，专门作赋以答谢。可见，该赋是文人逞才的应酬之作，并无多少大义，其价值在把常见的螃蟹写得生动谐趣、不落凡俗，可读性很强。作者先虚构一个怪物进屋的梦境，借此对螃蟹外形进行形容，有咏物的性质："其背规而黝，其脐小而白。以为龟又无尾，以为蚌又有足。八趾而双形，端立而旁行。

唾杂下而成珠，臂双弩而成兵。"由梦境开始，作者写到请巫咸解梦，继续用大量典故对蟹进行铺叙描述。随后宛若神来之笔，仿效韩愈《毛颖传》，将螃蟹虚拟为一位名为郭索的文士，煞有介事地与作者过访。古代名士大多是生活精致的"老饕"，吃蟹时常有美酒相伴，故而《糟蟹赋》文中提到酿酒始祖仪狄的典故，文末一段又写作者与郭索饮酒，刻意制造真实的效果。结尾曰："客复酬我，我复酬客，忽乎天高地下之不知，又焉知二豪之在侧？"真真假假，似幻似真，游戏文章写出如此风采，不得不令人叹服。

杨万里诗文中与螃蟹相关的作品有不少，如《德远叔坐上赋肴核糟蟹》曰："横行湖海浪生花，糟粕招邀到酒家。酥片满螯凝作玉，金穰镕腹未成沙。"读者透过文字似乎都能感受到螃蟹白玉般的嫩肉。罗大经《鹤林玉露》专门记载了杨万里与尤袤之间关于螃蟹的"雅谑"故事："尤梁溪延之，博洽工文，与杨诚斋为金石交。淳熙中，诚斋为秘书监，延之为太常卿，又同为青宫寮采，无日不相从。……诚斋戏呼延之为螃蜞（青蟹），延之戏呼诚斋为羊。一日，食羊白肠，延之曰：'秘监锦心绣肠，亦为人所食乎？'诚斋笑吟曰：'有肠可食何须恨，犹胜无肠可食人。'盖螃蜞无肠也。一坐大笑。厥后闲居，书问往来，延之则曰：'羔儿无恙。'诚斋则曰：'彭越安在。'诚斋寄诗曰:'文戈却日玉无价,宝气蟠胸金欲流。'亦以蜻蜓戏之也。"这个故事既见出杨万里的深情与文才,也能见出其乐观幽默、睿智达观的性格。《糟蟹赋》亦可作如是观。

压波堂赋

陈晞颜[①]作堂洮湖[②]之上，榜以"压波"，命其友诚斋野客庐陵杨某赋之，其辞曰：

敦复先生，宅于洮湖。日与湖而居，犹以湖为疏。乃堂其涯，去湖丈余。盖城虎牢以逼郑、晋，退三舍而子玉不止者欤？一夕波歇，镜底生月。忽失洮湖之所在，但见万顷之平雪。先生欣然曰："吾又将载吾堂于扁舟，对越江妃之贝阙。我芰我裳，我葛我巾。笔床茶灶，瓦盆藤尊。左简斋[③]之诗，右退之之文。"舟人之棹一纵，而先生飘然若秋空之孤云矣。

先生方独酌浊酒，悲吟苦语，揽须根之霜，搜象外之句，管城子、楮先生环而攻之，麾之未去也。有风飒如，有澜烨如，舟人曰："浪将作矣，夫子其归乎？"先生未及答，而小波屋如，大波山如，龟鱼陆梁[④]，蛟龙睢盱[⑤]。冯夷击鼓而会战，川后[⑥]鞭车而疾驱。眇一苇之浮没，眩秋毫之有无。舟人大恐，相顾无色。先生投袂而起，仰天而叹曰："吾与洮湖定交久矣，而未尝识此奇观也。子产曰：'他日吾见蔑之面而已，今见其心。'⑦请改事湖，庶几岁晚之断金⑧。"

【注释】

①陈晞颜：陈从古（1122～1182），字晞颜，人称敦复先生，镇江金坛（今属江苏）人，南宋诗人。有《洮湖集》，已佚。

②洮湖：今长荡湖，位于常州金坛区东南部，跨金坛、溧阳两地。郦道元《水经注》称其为"五古湖"之一。

③简斋：陈与义（1090～1139），字去非，号简斋，宋代著名诗人、词人，江西诗派"三宗"之一，严羽《沧浪诗话》列有"陈简斋体"。著有《简斋集》。

④陆梁：跳跃貌。扬雄《甘泉赋》："飞蒙茸而走陆梁。"

⑤睢盱（huī xū）：喜悦貌。《周易》豫卦："盱豫悔，迟有悔。"孔颖达注："盱谓睢盱。睢盱者，喜悦之貌。"

⑥川后：古代中国传说中的河神。曹植《洛神赋》："于是屏翳收风，川后静波。"

⑦"子产曰"等句：以前只能看到蔑（郑国大夫融蔑）的外表，现在能看到他的内心了。出自《左传·襄

公二十五年》)。

⑧岁晚之断金：化自权德舆《崔四郎协律以诗见寄，兼惠蜀琴，因以酬赠》"岁晚何以报，与君期断金"。

【赏读】

和北宋辞赋相比，南宋时期辞赋创作较为消沉，缺乏像《秋声赋》《赤壁赋》这样家喻户晓的经典赋作，辞赋名家的数量也大大减少。但在文学史上，南宋辞赋也自有其价值。作品作家数量虽不及北宋，但总量也颇为可观。尤其南宋中期辞赋创作还进入一个小高潮，出现了杨万里等二十多位辞赋作者，赋作一百五十多篇。在创作题材、审美意识、文学表达等方面，南宋辞赋也都有一些新变化。随着社会思想的向内转向，南宋辞赋创作主题进一步多元化、生活化。正如李丹博在《南宋辞赋研究》中所言："南宋赋与历代赋相比，最显著的一个特点就是涌现出大量的以书斋、楼台、亭阁为歌颂对象的赋。这类赋的大量产生，反映了士大夫雍容、娴雅、平和的心态，以及对淡雅、清幽生活格调的追求和学识的重视。"《压波堂赋》正是在这样的文学背景下产生的。

《压波堂赋》乃杨万里为友人陈从古建造的压波堂而特意作的一篇小赋。杨万里与陈从古为诗友、文友，还为其写过《陈晞颜和简斋诗集序》《陈晞颜诗集序》。从赋名来看,《压波堂赋》首先有堂。堂之特殊不在建筑之精美,而在位置,"敦复先生,宅于洮湖,日与湖而居,犹以湖为疏。乃堂其涯,去湖丈余"。堂因人起,《压波堂赋》中还有人,一位在湖光山色中优游不迫地享受娴雅生活的士大夫。"吾又将载吾堂于扁舟,对越江妃之贝阙。我芰我裳,我葛我巾。笔床茶灶,瓦盆藤尊。左简斋之诗,右退之之文。"陈从古雅致洒脱的生活令作者和后人艳羡不已。

此外,《压波堂赋》还有独特的山水描写。杨万里以其非凡的想象力刻画了洮湖波浪滔天时惊心动魄的壮观景色。"而小波屋如,大波山如,龟鱼陆梁,蛟龙睢盱。冯夷击鼓而会战,川后鞭车而疾驱。眇一苇之浮没,眩秋毫之有无。"文字间洋溢着豪放浪漫色彩。

魏晋时期,山水小赋兴起,写景抒情,精致唯美,备受文人喜爱。南宋时期文人游山玩水之风更加流行,以陆游、范成大为代表的作者创作了大量的山水游记。辞赋中虽似薛季宣《雁荡山赋》这般纯粹的山水赋数量不多,不过以《压波堂赋》为例来看,山水丽色从来不曾在南宋辞赋里黯淡退场,反而在融合其他题材后有别样的内涵和魅力。

放促织①赋

杨子朝食既彻，步而圃嬉。遥见一二稚子，集乎远华之堂，环焉其若围，俯焉其若窥，蹴焉其若追也。杨子趋而往视之，盖促织之始生而尚微，随地而未能飞者也。嘉遁而不仕，故高步而不卑；辟谷②而不饪③，故癯貌而不肥。既蚱蜢其修髯，亦翡翠其薄衣。彼其臂短而胫甚长，是故将进而趔趄，翘立而孤危也。

杨子笑谓稚子曰："汝岂识之乎？是固夫霜凄露感而恤纬④征人之裳者欤？身勤心苦而提耳女红之荒者欤？昼阒⑤宵嘈⑥，自基而徂堂者欤？多言强聒⑦，身隐而声彰者欤？若悲若怨，若愤若叹，而吟啸秋夕之清长者欤？奚失据于幽茂而陷身⑧于蹦藉若是，其幼且孱也？"

乃命稚子，藉以羽扇，迁之丛间。见密叶其跃如，曝冬日其欣然。稚子反命，曰："是虫也，若子产之鱼，圉圉焉，洋洋焉矣。"杨子使稚子反视之，至，则行矣。

【注释】

　　①促织：蟋蟀。

　　②辟谷：道家养生中"不食五谷"的养生方法。

　　③饪：烹饪，做饭。

　　④恤纬：指忧虑国事。《左传·昭公二十四年》："嫠不恤其纬，而忧宗周之陨。"意指寡妇不忧其织事，而忧国家之危亡。

　　⑤阒：形容寂静。

　　⑥嚄（huò）：叫。

　　⑦强聒（guō）：唠叨不休。

　　⑧阽身（diàn shēn）：身处危境。

【赏读】

　　谈及古代文学中的蟋蟀形象，公众比较熟悉的当属蒲松龄《聊斋志异》中幻化为蟋蟀的成氏子。倘若追溯蟋蟀进入文学的历程，早在《诗经》中即有不少关于蟋蟀的描写，如《诗经·豳风·七月》的"十月蟋蟀，入我床下"。《国风》中甚至还有一首专门以蟋蟀为题的作品，以蟋蟀为主角，从"蟋蟀在堂，岁聿其莫""蟋蟀在堂，岁聿其逝"到"蟋蟀在堂，役车其休"，慨叹岁月流逝，感悟伤时。蟋蟀多在深秋鸣叫，"自古逢秋悲寂寥"

（刘禹锡《秋词》），当秋意渐浓时，人常有一种伤感的悲秋情绪。故而蟋蟀作为一种文学意象在古典文学中往往承载了丰富的情感内涵，如悲秋之情、故国之忧、思乡之愁、生命之叹等。蟋蟀在诗词中屡屡出现，辞赋中也不乏以蟋蟀为名的作品，如晋代卢谌的《蟋蟀赋》、唐代张随的《蟋蟀鸣西堂赋》等。又由于古人觉得蟋蟀多在深秋鸣叫，声音同织机的声音相似，故而把蟋蟀跟促人纺织准备冬衣或怀念征人等联系起来，直接唤其为"促织"。三国陆玑的《毛诗草木鸟兽虫鱼疏》就有"趋织鸣，懒妇惊"之类的话。《放促织赋》是杨万里创作的一篇以蟋蟀为题的散体小赋，内容新颖独特，写法灵动自由，饶有意趣。

题材的生活化是宋代辞赋的一个重要特点，涌现出大量内容丰富、各具特色的散体小赋。《放促织赋》行笔如闲庭信步，悠然自在，以见促织、评促织、放促织为线，从容闲适中自见风度。杨万里看到的蟋蟀是一只刚刚出生的蟋蟀，所谓"促织之始生而尚微，随地而未能飞者也"。作者描写十分生动，"嘉遁而不仕，故高步而不卑；辟谷而不饪，故癯貌而不肥。既蚱蜢其修髯，亦翡翠其薄衣。彼其臂短而胫甚长，是故将进而趑趄，翘立而孤危也"。此前文学描写中多突出成年蟋蟀悲吟，这种幼年蟋蟀形象很少出现，可谓别出心裁。

　　宋代不少文人爱玩蟋蟀，苏轼、黄庭坚都是行家，黄庭坚还将其比拟为君子，总结出"五德"：鸣不失时，信也；遇敌必斗，勇也；伤重不降，忠也；败则不鸣，知耻也；寒则归宁，识时务也。杨万里赋中蟋蟀的人文内涵回归传统，强调蟋蟀的悲秋哀怨特质，将其归纳为五点，分别为："霜凄露感而恤纬征人之裳"，"身勤心苦而提耳女红之荒"，"昼闻宵嘻，自基而徂堂"，"多言强聒，身隐而声彰"，"若悲若怨，若愤若叹，而吟啸秋夕之清长"。这段话大量使用排比、对偶、用典等修辞手法，精致雕琢。文末的放促织一段洋洋洒洒，随意自如，又有几分学庄子的意味。

　　文中出现的主角除作者本人外，还有多次出现的"稚子"。"杨子朝食既彻，步而圃嬉。遥见一二稚子，集乎远华之堂""杨子笑谓稚子曰"，"乃命稚子，藉以羽扇，迁之丛间"，"稚子反命"，"杨子使稚子反视之"。如此密集的稚子形象在杨万里辞赋作品中是唯一的，在辞赋史上也是少有的。这与"诚斋体"诗歌的童趣一脉相承。作为一位终身葆有童心的作者，杨万里在诗歌中塑造了大量天真可爱、狡黠灵动的儿童形象，如"儿童急走追黄蝶，飞入菜花无处寻"（《宿新市徐公店》），"稚子金盆脱晓冰，采丝穿取当银钲。敲成玉磬穿林响，忽作玻黎碎地声"（《稚子弄冰》），"童子柳阴眠正着，一牛吃过柳阴西"(《桑茶坑道中》),"日长睡起无情思,闲看儿童捉柳花"(《闲居初夏午睡起》)……这些孩子或在遍地金黄的油菜花中傻傻飞奔寻找一只黄色的蝴蝶,或因彩线穿过的冰锣突然破碎由欢乐转为失望,或在柳阴下的草地里睡梦正酣,连放牧的老牛走远都不知道,或跑着跳着玩"捉柳花",所有画面都是如此鲜活、充满生机,旁边观者则是一位闲适的睿智长者。《放促织赋》中与长于论说的智者杨子相对立,作者特意塑造了贯穿全文的一二稚子形象,他们灵动活泼,生动有趣,有了稚子,说理变得不再枯涩,有了稚子,放促织的主题变得真实自然。

雪巢赋

　　天台林君景思①之庐，字以"雪巢"，尤延之②为作记，庐陵杨某复为赋之，其辞曰：

　　赤城兮霞外，天台兮云表。有美兮先生，相③宅兮木杪④。厌人寰兮喧卑，薄市门兮嚣湫⑤。窭谷奥渫⑥，蜗庐褊小。陟彼悬崖，天绅之涯。奇峰日拂，怪松霄排。飞上万仞之颠，旁无一寸之阶。我营我巢，维条伊枚⑦。命黄鹄而衔枝，驱玄鹳而曳柴。斧辛夷以为柱，刘山桂以为栋。兰橑椒其芬芳，荷盖岌其不动。将旁招樵夫，朋盍⑧溪友以落之，且有士其善颂矣。

　　夜半风作，顿撼林薄。天骇地愕，山跳海跃。已而寂然，四无人声。黯天黑而月落，忽入窗之夜明。恍身堕于冰谷，羌刮骨其寒生。穷猿啸噑，饥鸟独鸣。先生夙兴而视之，但见千里一缟，群山失碧。翔玉妃以万舞，飘天葩之六出⑨。皓皓的的，缤缤籍籍。盖朔雪十丈，干没吾巢而无人迹矣。

　　先生举酒酬曰："巢成雪至，雪与巢会。式瑶我室，式珠我廨⑩。空无一埃，点⑪我胜概⑫。继自今匪仙客其勿近，匪诗人其勿对。"乃捣水浆与雪汁，饮兔须⑬于墨浍⑭。大书其楣曰"雪巢"，摽俗子出诸大门之外⑮。

【注释】

①林君景思：林景思，宋代诗人，有《雪巢小集》。与杨万里、尤袤、范成大等都有交游。诗有唐风，陈振孙《直斋书录解题》评其诗清澹，学陶谢。

②尤延之：尤袤（1127~1194），字延之，号遂初居士，常州无锡（今江苏无锡）人。南宋著名诗人。绍兴十八年（1148）登进士第。官至礼部尚书。

③相：占卦观视。

④木杪：树枝末端的细梢。

⑤嚣湫：喧嚣而聚集的样子。

⑥奥渫（ào xiè）：幽暗污浊。王褒《圣主得贤臣颂》："去卑辱奥渫而升本朝。"

⑦维条伊枚：砍伐树枝。条，树枝。枚，树干。

⑧朋盍：合群，邀一群人。盍，同"合"。

⑨六出：六瓣，指雪花。

⑩廨：官舍，此借指房舍。

⑪点：污。

⑫胜概：美丽的景色，佳境。

⑬兔须：毛笔。

⑭墨沧：砚台。

⑮摽（biāo）俗子出诸大门之外：把世俗之人拒于大门外。《孟子·万章》："摽使者出诸大门之外。"摽，挥之使去。

【赏读】

《孟子·万章下》曰："颂其诗，读其书，不知其人，可乎？是以论其世也。"知人论世，从作者经历、思想入手深入，理解其文学作品是文学史研究的重要方法。了解古代文人的生存状况有助于我们更好地走近作品，走近作者。文人大多怀有达则兼济天下的理想，实际上往往只能穷则独善其身，理想的高远与现实的困境形成的反差，或隐或现地在作品中体现出来。杨万里诗文中刻画过不少落魄文人形象，立意各有不同。《跋刘彦纯〈送曾克俊作室序〉》中"克俊之幽境能悦人，未若克俊之破屋能逐人也"，偏于对残酷现实的真实描述。在《雪巢赋》中塑造林景思形象时则纯粹从精神高洁入手，强调精神对物质的超越。

作诗是一件雅事，但仅靠诗歌是很难谋生的。孟郊曾自叹："倚诗为活计，从古多无肥。"根据友人尤袤的描述，作为诗人的林景思仕途不顺，生活很困窘，"寓居天台城西之萧寺，破屋数椽，不庇风雨"（《雪巢记》），经常不得不靠友人的周济度日。不过物质的贫乏并没有影响林景思的精神世界，他选择以陶渊明为榜样，不仅诗歌有陶风，人生态度上也效仿陶渊明，远离喧嚣，保持精神上的独立高远。不同的是，陶渊明"结庐在人境"，认为"心远地自偏"，林景思更加避世，在偏僻险远的森林高处建屋定居，"壑谷奥湀，蜗庐褊小。陟彼悬崖，天绅之涯。奇峰日拂，怪松霄排。飞上万仞之颠，旁无一寸之阶"。原本不过是一座普通的山间小茅屋，在杨万里的笔下充满了诗意和想象，"命黄鹄而衔枝，驱玄鹳而曳柴"，仿佛成了仙人所住的山居。"衔"与"曳""斧""刈"等动词强调建造时的艰难不易。辛夷、山桂、兰、荷等材料突出了房子的高洁不俗。房屋建造完工时，突然天气大变，下了一场纷纷扬扬的大雪，清晨起来一看，"千里一缟，群山失碧。翔玉妃以万舞，飘天葩之六出"。作者在赋末点题，"巢成雪至，雪与巢会"，山居命名为雪巢，既因雪与巢的难得机缘，也因雪和主人之间高洁品质的契合。

杨万里以为雪巢得名乃雪与巢的特殊机缘，林景思本人、与林景思交往密切的其他南宋文人是如何理解呢？楼钥在《林景思雪巢》一诗中写道："四时不皆雪，陆居本非巢。高人兴寄远，表此一把茅。吾非二祖可，夜立寒齐腰。吾非鸟窠师，结庐真树梢。"他以为雪巢更多的是一种精神符号，主人在自然中构筑了精神"巢穴"，以此来安放自我。尤袤的《雪巢记》里谈到了林景思本人自述的命名缘由："客有问君所以名巢之意。君曰：'天下四时之佳景，宜莫如雪，而幻化变灭之速亦无甚于雪者。'"清人孔尚任的《桃花扇》中老艺人苏昆生曾放声悲歌："俺曾见，金陵玉树莺声晓，秦淮水榭花开早，谁知道容易冰消！眼看他起朱楼，眼看他宴宾客，眼看他楼塌了。"林景思认为，荣华富贵正如雪一般璀璨虚幻。"自吾来居天台时，王公贵人比里而相望，朱门甲第击钟而鼎食，童颜稚齿群聚而嬉戏。今未二十年，其昔之贵者则已死，向之富者则已贫，而往之少者悉已耄。回视二十年直俄顷尔，其幻化双灭之速不犹愈于雪乎？"虽身处贫穷，却已看透了物质社会的空幻虚无。林景思在以雪巢命名时，有着特别的寓意："今吾以是名吾巢，且将视其虚以存吾心，视其白以见吾性，视其清以励吾节，视其幻以观吾生，则知少壮之不足恃、富贵之不足慕、贫与贱者不足以为戚，非特以此自警，而且以警夫世之人。"一记一赋，角度或有不同，两文参看，我们会对林景思和雪巢有更深的认识。

梅花赋

绍熙四祀①，维仲之冬。朝暖焉兮似春，夕凄其兮以风。杨子平生喜寒而畏热，亦复重裘而厚襆②。呼浊醪而拍浮③，嗔麟定之未红。已而月漏微明，雪飞满空。

杨子欣然而叹曰："举世皆浊，滕六④独清；举世皆暗，望舒⑤独明。滕也挟其清而不涝⑥，终岁遁乎太阴⑦之庭；舒也倚其明而不垢，当昼阒⑧其广寒之扃⑨。盖工于相避，而疑于不相平也。今夕何夕，惠然偕来？皎连璧之迴映，寨⑩欲逝兮裴回⑪。吾独附冷火而拨死灰，顾不诒二子之哈⑫乎？"爰策枯藤，爰蹑破屐，登万花川谷⑬之顶，飘然若绝弱水⑭而诣蓬莱。适群仙，拉月姊，约玉妃，宴酣乎中天⑮之台。

杨子揖姊与妃，而指群仙以问焉，曰："彼缟裙⑯而侍练帨⑰而立者为谁？"曰："玉皇之长姬也。""彼翩若惊鸿矫若游龙者为谁？"曰："女仙之飞琼⑱也。""彼肤如凝脂，体如束素者为谁？"曰："泣珠之鲛人⑲

也。”“彼肌肤若冰雪，绰约若处子者为谁?”曰：“藐姑射之山之神人^⑳也。”其余万妃，皓皓的的，光夺人目，香袭人魄。问不可遍，同馨一色。忽一妃起舞而歌曰：“家大庾^㉑兮荒凉，系子真^㉒兮南昌。逢驿使兮寄远^㉓，耿不归兮故乡。”歌罢，因忽不见。且而视之，乃吾新植之小梅，逢雪月而夜开。

【注释】

①绍熙四祀：南宋孝宗绍熙四年（1193）。

②幪：古代帐幕之类覆盖在上的东西。

③拍浮：浮游，游泳。

④滕六：古代神话传说中的雪神。

⑤望舒：神话传说中为月驾车之神，借指月亮。

⑥洿（wū）：同“污”，污秽，不洁。

⑦太阴：月亮的别称。

⑧閟（bì）：闭。

⑨扃（jiōng）：门户。

⑩蹇：行动迟缓。

⑪裴回：同“徘徊”。

⑫咍（hāi）：笑。左思《吴都赋》：“东吴王孙囅然而咍。”

⑬万花川谷：离杨万里住所“诚斋”不远的一个花

圃的名字，在吉水之东，居宅之上方。

⑭弱水：古代神话传说中称险恶难渡的河海。《山海经·大荒西经》："其（昆仑之丘）下有弱水之渊环之。"

⑮中天：天空，天顶。

⑯缟裙：白色衣裙。

⑰练帨（shuì）：白色佩巾。

⑱飞琼：神话传说中西王母的侍女。

⑲泣珠之鲛人：神话传说中流泪成珠的人鱼。

⑳藐姑射之山之神人：中国古代传说中的神话人物，出自《庄子·逍遥游》，后被誉为掌雪之神。

㉑大庾：大庾岭，南岭中的"五岭"之一，位于江西、广东交界处。

㉒子真：梅福，字子真，故称"梅真"。曾为郡文学，补南昌尉，后归里，一日弃妻子去，传其已成仙。

㉓逢驿使兮寄远：出自北魏陆凯《赠范晔》，全诗为："折梅逢驿使，寄与陇头人。江南无所有，聊寄一枝春。"

【赏读】

范成大在《梅谱》中说："梅以韵胜，以格高。"自六朝以来，梅花以其独特的风姿和品格成为古代咏物文学的重要题材。宋代是咏梅文学发展的高峰，诗、词、文都不乏咏梅的经典之作，"冰雪林中著此身，不同桃李混芳尘"（王冕《白梅》），"疏影横斜水清浅，暗香浮动月黄昏"（林逋《山园小梅》）等，还涌现出以林逋为代表的众多咏梅名家。杨万里也是一位咏梅大家。他酷爱梅花，《诚斋集》中与梅花相关的诗歌有一百四十多首，数量和比例在宋人中都是相当高的。清人潘定桂《读杨诚斋诗集九首》评曰："公最爱梅，集中采梅诗最多。"除诗歌外，他还继承梁简文帝萧纲、唐宋璟《梅花赋》传统，作有《梅花赋》一篇。这篇咏物小赋情采俱美，精致浪漫，在宋代咏梅辞赋中属上乘之作。

宋代卢梅坡《雪梅》（其二）云："有梅无雪不精神，有雪无诗俗了人。日暮诗成天又雪，与梅并作十分春。"杨万里诗中的梅花姿态多样，有水边月下、孤逸横斜、雪中清影等，《梅花赋》着力描写的就是月下雪中之梅。该赋作于杨万里隐居故里之时，刚从官场称病自免的他"如病鹤出笼，如脱兔投林"，人生状态相当闲适风雅。虽冰雪严寒，又"平生喜寒而畏热"，仍颇有兴致地"爱策枯藤，爱蹑破屐"，踏雪寻梅。

在刻画梅花形象时，作者以天才的想象力虚构了一个访群仙的诗意梦境，塑造了一群仙姿飘飘的梅花仙子形象。随着文人审美意识的发展，文学中的梅花由单纯的物态逐渐被赋予拟人化形象。因清雅的气质、沁人的芳香等特征，唐代时文人开始将梅花想象成美人。随着咏梅文学的发达，宋人笔下的梅花形象更加丰富立体，有的似高人隐士，有的似冷艳美人。如北宋中期在王安石笔下，梅花是飞燕、玉环似的绝色佳人，"如额黄映日明飞燕，肌粉含风冷太真"（王安石《次韵徐仲元咏梅》）。南北宋之交，梅花更多地实现了由美人到仙人的进化，红尘烟火气全无，成为超越世俗、洗净铅华、冰肌玉肤的梅花仙子。周邦彦《丑奴儿·梅花》就赞美梅花"肌肤绰约真仙子，来伴冰霜。洗尽铅黄。素面初无一点妆"。朱熹《梅》也说"姑射仙人冰雪容，尘心已共彩云空"。这种梅仙的形象在杨万里作品中也多次出现，如"梅仙踏雪步生尘，储后梅诗雪共新"（《和皇太子梅诗二首》其二），"梅仙晓沐银浦水，冰肤别放瑶林春"（《雪后寻梅》）。《梅花赋》的不同寻常之处在于根据各株梅花特点塑造了一群冰肌玉肤的仙人形象。作者采用排比和对话的手法，一一询问"彼缟裙而侍练悦而立者谁？""彼翩若惊鸿矫若游龙者为谁？""彼肤如凝脂，体如束素者为谁？""彼肌肤若冰雪，绰约若处子者为谁？"画面生动热闹，活泼灵动，突破了传统梅花仙人高高坐于神坛的刻板印象，与杨万里诗歌的活法一脉相通。

《西游记》第六十四回《荆棘岭悟能努力　木仙庵三

藏谈诗》中荆棘岭上唐僧被掳到古庙中，与十八公、孤直公、杏仙等人作诗唱和，天明之后发现是岭上李树、竹子、杏树等成精幻化为人，最后被八戒一通钉耙乱挖，带有一定的戏谑成分。杨万里《梅花赋》则风雅得多，月夜一众仙子宴饮聚会，其乐融融，梦醒之后，作者"旦而视之，乃吾新植之小梅，逢雪月而夜开"。韵味悠长，诗意盎然，有余音绕梁之效。

海鳅^①赋

辛巳之秋，牙斯^②寇边，既饮马于大江^③，欲断流而投鞭^④。自江以北，号百万以震扰；自江以南，无一人而寂然。牙斯抵掌而笑曰："吾固知南风之不竞^⑤，今其幕有乌^⑥而信焉。"指天而言："吾其利涉大川^⑦乎！"方将杖三尺以麾犬羊^⑧，下一行以令腥膻^⑨。掠木绵估客之艓，登长年三老之船。并进半济，其气已无江壖^⑩矣。南望牛渚之矶^⑪，屹峙七宝之山^⑫。一帜特立于彼山颠，牙斯大喜曰："此降幡也。"贼众呼万岁，而贺曰："我得天^⑬乎？"

言未既，蒙冲^⑭两艘，夹山之东西，突出于中流矣。其始也自行自流，乍纵乍收。下载大屋，上横城楼。缟于雪山，轻于云球。翕忽往来，顷刻万周。有双矗之舞波，无一人之操舟。贼众指而笑曰："此南人之喜幻，不木不竹，其诳我以楮先生之俦^⑦乎？不然，神为之楫，鬼与之游乎？"笑未既，海鳅万艘，相继突出而争雄矣。其迅如风，其飞如龙。俄有流星^⑮，如万石钟⑯。陨自苍穹，坠于波中。复跃而起，直上半空。震为迅雷之鳞隐⑰，散为重雾之冥蒙。人物咫尺而不相辨，贼众大骇而莫知其所从。于是海鳅交驰，搅西蹂东。江水皆沸，天色改容。冲飙为之扬沙，秋日为之退红。贼之舟楫，皆蹒藉于海鳅之腹底。吾之戈艇矢石，乱发如雨而横纵。马不必射，人不必攻。隐显出没，争入于阳侯⑱之珠宫。牙斯匹马而宵遁，未几自毙⑲于瓜步之棘丛。

予尝行部⑳而过其地，闻之渔叟与樵童。欲求牙斯败衄㉑之处，杳不见其遗踪。但见倚天之绝壁，下临月外之千峰。草露为霜，荻花脱茸。纷棹讴之悲壮，杂之以新鬼旧鬼之哀恫。

因观蒙冲、海鳅于山趾之河汭㉒，再拜劳苦其战功；惜其未封以下濑㉓之壮侯，册以伏波㉔之武公。抑闻之曰：在德不在险㉕，善始必善终。吾国其勿恃此险，而以仁政为甲兵，以人材为河山，以民心为垣墉也乎！

【注释】

　①海鳅：小型战船。

　②牙斯：此处用牙斯代指金国完颜亮。

　③饮马于大江：在长江边给战马喝水，指渡江南下

进行征伐。《南史·檀道济传》："自是频岁南伐，有饮马长江之志。"

④断流而投鞭：把所有的马鞭投到江里，就能截断水流，形容兵士众多，军力强大。《晋书·符坚载记》中符坚说："以吾之众旅，投鞭于江，足断其流。"

⑤南风之不竞：比喻力量衰弱，士气不振。《左传·襄公十八年》："晋人闻有楚师，师旷曰：'不害，吾骤歌北风，又歌南风，南风不竞，多死声，楚必无功。'"

⑥幕有乌：帐幕之上有栖息的乌鸦，古人认为是兵败之兆。《左传·庄公二十八年》："诸侯救郑，楚师夜遁。郑人将奔桐丘，谍告曰：'楚幕有乌。'乃止。"

⑦利涉大川：顺利渡过长江。

⑧杖三尺以麾犬羊：握着剑指挥士兵进攻。杖，握，持。三尺，指剑。犬羊，此处是对金兵的轻蔑称呼。

⑨下一行以令腥膻：下一道军令命令金兵进攻。

⑩壖（ruán）：空地。

⑪牛渚之矶：位于安徽马鞍山采石镇，因传说此地有金牛而得名，又名采石矶。此地江面狭窄，形势险要，自古为长江南北重要津渡。

⑫七宝之山：指采石矶以北的宝积山。

⑬得天：得到天助。《左传·僖公二十八年》："子犯曰：'吉。我得天，楚伏其罪，吾且柔之矣。'"

⑭蒙冲：即艨艟，古代战船。

⑮流星：指霹雳炮像流星一样落下。

⑯石（dàn）钟：石、钟都是古代容量单位。

⑰辚隐：象声词，形容雷声。

⑱阳侯：古代传说中的波涛之神。

⑲自毙：完颜亮采石矶战败后企图强驱部下渡江，群情激愤，最终被部下杀死。此处用自毙是故意贬损敌方。

⑳行部：谓巡行所属部域，考核政绩。

㉑衄（nǜ）：挫败。

㉒河汭（ruì）：水湾，河流会合或弯曲的地方。

㉓下濑：下濑船，即一种行于浅水急流中的平底快船。此处指汉代将军名号。

㉔伏波：汉代将军名号。

㉕在德不在险：（要想江山稳固）重要的是看君王道德。

【赏读】

战争是文学的一个永恒主题。有了人类，有了国家，有了利益，也就有了战争，有了文学中的战争书写。专家曾经把中国历史上对战争的看法总结为三种：偃兵废武论、穷兵黩武论、义兵慎战论。表现在文学中，或者宣扬战争的正义性，歌颂爱国热情；或者描写战争带给人们的灾难悲伤，反对穷兵黩武。以屈原《国殇》为先导，战争类辞赋成为文学作品中的一个重要内容。南宋初期、中期，外敌随时入侵一直是悬于朝野上下的一道利剑，战与和、守与攻的激烈论辩多次发生。在相当长的时间内，金强宋弱、金攻宋守的现实令无数志在恢复大宋的朝廷官员怀着很强的屈辱感和焦虑感。岳飞"靖康耻，犹未雪。臣子恨，何时灭"，道出了多少宋人的心声。绍兴三十一年（1161），金主完颜亮率兵南下，宋军在虞允文的带领下，以1.8万人大败17万金军，这就是著名的采石矶大战。随后金军内讧，金主完颜亮被部下杀死，侵宋战争彻底失败。这场战争改变了宋金的战略关系，也成为南宋文学创作的重要主题。《海鳅赋》以海鳅这种古代战船为题，艺术地再现了宋军在采石矶大败完颜亮的场面，明确表达了杨万里关于战争问题的态度，是宋代辞赋中一篇不可多得的优秀作品。

在今人看来，宋金战争只是民族融合过程中的民族战争，而在杨万里及南宋人看来，这是关系到国家存亡的生死问题。南宋朝廷面对入侵，以战止战，以杀止杀，这是唯一的选择。《海鳅赋》开篇欲扬先抑，极力渲染金兵的嚣张狂妄，傲慢自负。"既饮马于大江，欲断流而投鞭。自江以北，号百万以震扰；自江以南，无一人而寂然。""南望牛渚之矶，屹峙七宝之山。一帜特立于彼山颠，牙斯大喜曰：'此降幡也。'贼众呼万岁，而贺曰：'我得天乎？'"史书记载，完颜亮野心勃勃，企图一举吞并南宋，甚至写下了"万里车书尽混同，江南岂有别疆封。提兵百万西湖上，立马吴山第一峰"。正当金兵嚣张不可一世之时，遭到了宋军水兵的猛烈攻击。"海鳅万艘，相继突出而争雄矣。其迅如风，其飞如龙。俄有流星，如万石钟。陨自苍穹，坠于波中。复跃而起，直上半空。"金兵大败，慌忙逃窜，"贼之舟楫，皆蹢藉于海鳅之腹底"，完颜亮"匹马而宵遁，未几自毙于瓜步之棘丛"。作者寻访战场遗迹，为当年宋军的胜利骄傲，也感慨于战争带来的创伤，"纷棹讴之悲壮，杂之以新鬼旧鬼之哀恸"。由战争话题触发，他本着儒家的仁政思想，开出了仁政、人才、民心这三个保障国家强盛的药方："在德不在险，善始必善终。吾国其勿恃此险，而以仁政为甲兵，以人材为河山，以民心为垣墉也乎！"

南宋自立朝以来，与外交战中多处于被动挨打的状态。故而杨万里描写采石矶大战这场难得的胜战时情绪格外激昂，酣畅淋漓，场面的激烈和鲜活很有电影大片的感觉。全文气势雄浑，洋溢着满腔爱国热忱。政治家的情怀和文学家的写作完美地融合在一起。鲁迅先生在谈论古代文人及其作品的多面性时曾以陶渊明为例，有过一段相当精彩的点评："就是诗，除论客所佩服的'悠然见南山'之外，也还有'精卫衔微木，将以填沧海。刑天舞干戚，猛志固常在'之类的'金刚怒目'式，在证明着他并非整天整夜的飘飘然。这'猛志固常在'和'悠然见南山'的是一个人，倘有取舍，即非全人，再加抑扬，更离真实。"这段话挪来形容杨万里，也非常贴切。公众视野中的杨万里作品大多飘扬洒脱，充满灵趣妙想，实际上和陶渊明一样，他并非"整天整夜的飘飘然"，也有"金刚怒目"的一面。以战争为题材的《海鳅赋》就是一个最好的例证。

范女哀辞

　　石湖先生参政范公[①]，有爱女名某，字某，嬺[②]德淑茂。年十有七，绍熙壬子五月，从公泛舟之官当涂，至公舍，得疾，旬日而逝。公哀痛不自制。八月，命其同年生诚斋野客杨某作辞以哀之曰：

　　有齐石湖之季女兮，肇蓂茂[③]而青葱。兰茁芽以芬播兮，玉在璞而光融。茹采蘋以为粮兮，筑内则为之宫。乐彤管以俶载[④]兮，逝将眇青竹而论功。制菡萏以为裙兮，裼[⑤]之以秋江之芙蓉。纷蕙纕而菊佩兮，岂江篱揭车之与缝？掇衮丈之朔雪以澡德兮，袭万壑之清冰而在躬。耿吾独传中郎之素业[⑥]兮，岂曰矜萧然林下之风[⑦]！沛吾乘乎桂舟兮，无小无大焉从。

　　吾公何若而人之不淑兮，奄一痎[⑧]而长终。忍舍兰陔[⑨]之孝养兮，莽玉女虙妃[⑩]之与从。父曰嗟予膳之孰视兮，母曰嗟予命之畴同。盡[⑪]两亲之哀潸兮，遗九宗之长恫。蹇石湖之恸而莫之释兮，小极而隐几乎书之丛。梦漂漂而行远兮，求吾儿乎四方上下之青穹。

杳碧海之际天兮，峛三山之倚空。蓬莱方丈之攸宅兮，浮金宫银阙之崇崇。若有人乎山之阿兮，飞腾往来而不可逢。羌可逢而不可执兮，若迥映乎复曈昽。摘玉李而弄金波兮，邀嬉乎倒景有无之蒙鸿。忽临睨乎旧乡兮，望见石湖之仙翁。泫初咷而后哂兮，唶吾翁乎奚戚容？系天地万物之逆旅^⑫兮，儿与翁父子适相值于逆旅之中。汨倏合而忽分兮，邈千变万化而何穷！淬割愁之剑而不满一笑兮，非我翁春日览镜大篇^⑬之春容^⑭。翁顾笑而惊寤兮，皦寒日其生于东。

【注释】

①石湖先生参政范公：范成大（1126～1193），字致能，号石湖居士，苏州吴县（今江苏苏州）人。南宋名臣、文学家、诗人。高宗绍兴二十四年（1154）进士。淳熙五年（1178）曾拜参知政事。

②懿（yì）：柔顺，和善。

③葰茂：形容茂盛的样子。

④俶载：始事，开始从事某种工作。

⑤裼（xī）：裼衣，古代加在裘上面的无袖衣。

⑥中郎之素业：东汉中郎将蔡邕无子，只有女蔡文姬。韩愈《游西林寺题萧二兄郎中旧堂》诗："中郎有女能传业，伯道无儿可保家。"

⑦萧然林下之风：形容女性娴雅飘逸的风采。苏东坡《题王逸少帖》诗云："谢家夫人淡丰容，萧然自有林下风。"

⑧疢（chèn）：热病，泛指疾病。

⑨兰陔（gāi）：孝养父母之典。《诗·小雅·南陔序》："《南陔》，孝子相戒以养也。"晋代束皙据此旨而作《补亡》，中有"循彼南陔，言采其兰"。

⑩虙（fú）妃：中国先秦神话中黄河之神河伯的配偶，司掌洛河的地方水神。也写作"宓妃"。唐代始传为伏羲氏之女，溺死洛水，遂为洛水之神。也有说为曹丕之妻甄氏。

⑪衋（xì）：伤痛。

⑫天地万物之逆旅：化自唐代李白《春夜宴从弟桃花园序》"夫天地者，万物之逆旅也"。

⑬我翁春日览镜大篇：范成大有《春日览镜有感》长诗，感慨岁月流逝，愁绪满怀后又释然，诗中有"但淬割愁剑，何须挥日戈"之句。

⑭春容：从容娴雅。

【赏读】

古人云："生死亦大矣。"古代文人会为新生命的诞生惊喜，却很少用文学性的语言记录下来。相反，和死亡相关的专门文体有很多，如墓志铭、神道碑、行状、哀辞、祭文、吊文、诔文、挽歌、悼亡诗等。人们相信文字可以记录不朽，希望用文字留下生命存在过的痕迹。刘勰《文心雕龙·哀吊》总结这类文体的特点是"情主于伤痛，而辞穷乎爱惜"。

哀辞是哀吊文中产生较早的一种文体。晋代挚虞《文章流别论》谈到，早期哀辞"率以施于童殇夭折、不以寿终者"。比较著名的如曹植的《金瓠哀辞》《行女哀辞》都是悼念夭折的女儿，文字间充满了哀痛伤悼之情。陆机也写过《吴大司马陆公少女哀辞》。曹植和陆机都是大诗人，哀辞写得文辞华美，情感恻怛。金庸武侠名著《射雕英雄传》中，当黄药师听到谣言，以为他唯一的女儿黄蓉葬身大海，"脸上忽而雪白，忽而绯红"，唱了一曲曹植因丧女而作的《行女哀辞》，"啪"的一声将玉箫折断，乘小舟黯然离去。虽为小说家言，也可见曹植哀辞的文学魅力之大。

唐宋时期哀辞描写的对象范围早已不仅仅是年轻女孩，哀辞指向对象包括同僚、亲友、弟子等。杨万里作有《黄世永哀辞》《曾叔谦哀辞》《范女哀辞》《悼双珍辞》《有宋死孝毛子仁哀辞》等多篇哀辞，其中《范女哀辞》是其中有代表性的一篇。

文章沿袭曹植《行女哀辞》的传统，写给好友范成大十七岁夭亡的女儿。如同一朵含苞待放的花朵突然凋谢，年轻生命的突然消逝总是格外令人伤怀。作者行文带有浓郁的楚辞味道，用华丽的辞藻，充满夸张想象的语言极力铺陈逝者容颜之美、才华之高、情致之雅、逝去之可惜。儒家思想庄重严肃，很少谈人死亡后的事情。杨万里是个儒家学者，但《范女哀辞》更多体现的是道家和老庄思想。人死亡之后，去往的那个世界也许是有着碧海青山、华美宫殿的仙境，人们可以在那儿自由遨游。李白《春夜宴从弟桃花园序》云："夫天地者，万物之逆旅也。"苏轼说："人生如逆旅，我亦是行人。"杨万里在《范女哀辞》中安慰范成大，"系天地万物之逆旅兮，儿与翁父子适相值于逆旅之中"，不要为生命的存在和消逝过于感怀。最后范成大霍然大悟，"翁顾笑而惊寤兮，皦寒日其生于东"。这种看待死亡的观点在哀辞文中独立一格。

南溪上梁文

儿郎伟[1]：伯起三鳝[2]之堂，所传清白；子云[3]一区之宅，焉用高明。猿鹤欢迎，溪山造请。可缓皈欤[4]之计，攸宁[5]老矣之身。南溪老人，少出里中而倦游，晚缘儿辈之漫仕。江湖千里，萍梗半生。虽乐土[6]之岂无，眷故乡而亦爱。悠悠皈梦，久飞堕于枌榆[7]；了了眼中，今真还于衡泌[8]。蓺第一亩，结屋数间。车辙有长者之多，竹洞无俗客之至。春韭小摘[9]，浊醪[10]细斟。扫花径[11]以坐宾亲，听松风以当鼓吹。田父泥饮，从月出以见留[12]；童子应门，或日高而未起。小隐[13]之乐，勿传于人。甫练日以抛梁，聊占词而伸颂：

儿郎伟，抛梁东，玉笋千峰到坐中，胸次更无一丘岳，其如明月与清风！

儿郎伟，抛梁西，坐待天边挂玉篦，群稚还生桂枝想，读书已拟上云梯。

儿郎伟，抛梁南，触眼青罗绕碧篸，夹巷也无奇草木，陶家五柳柳家柑。

儿郎伟，抛梁北，夜寒斗柄垂檐侧，底须百屋堆孔兄[14]，只遣五车迎子墨[15]。

儿郎伟，抛梁上，老夫老矣心犹壮，仰看天河泻碧空，便欲挽将洗氛瘴[16]。

儿郎伟，抛梁下，今年幸有如云稼[17]，浣花春社定何如，我与邻翁作秋社。

伏愿上梁之后，胡星早落，汉月独明。地辟天开，河清海晏，要令平世家及国以举安，不独吾庐子又孙而宁处。

【注释】

①儿郎伟：古代上梁文中的套语。有学者以为是儿郎辈的意思。

②伯起三鳣（zhān）：伯起，杨震的字。三鳣，登公卿高位的吉兆。《后汉书·杨震传》记载杨震明经博览，屡召不应，有鹳雀衔三鳣鱼飞集讲堂前，人谓蛇鳣为卿大夫服之象；数三，为三台之兆。后果官至太尉。杨万里以杨震后裔自居，故用此典。

③子云：扬雄（前53～18），字子云，西汉文学家、学者。西汉蜀郡成都（今四川成都）人。其《甘泉赋》《河东赋》风靡一时，又著《太玄经》等。

④皈欤：同"归与"。《论语·公冶长》："子在陈，

曰：'归与！归与！'"

⑤攸宁：住得非常安宁。《诗经·小雅·斯干》："哕哕其冥，君子攸宁。"

⑥乐土：《诗经·魏风·硕鼠》："逝将去女，适彼乐土。"

⑦枌榆：汉高祖故乡的里社名，后泛指故乡。

⑧衡泌：隐居之地。语本《诗经·陈风·衡门》："衡门之下，可以栖迟。泌之洋洋，可以乐饥。"

⑨春韭小摘：化自唐代杜甫的《赠卫八处士》："夜雨剪春韭，新炊间黄粱。"

⑩浊醪：浊酒。

⑪扫花径：杜甫《客至》："花径不曾缘客扫，蓬门今始为君开。"

⑫田父泥饮，从月出以见留：杜甫《遭田父泥饮美严中丞》："田翁逼社日，邀我尝春酒。……月出遮我留，仍嗔问升斗。"

⑬小隐：特指隐居山林。东晋王康琚《反招隐诗》："小隐隐陵薮，大隐隐朝市。"

⑭孔兄：孔方兄，钱的代称。

⑮子墨：汉扬雄作品中虚构的人名。《汉书·扬雄传》："故藉翰林以为主人，子墨为客卿以风。"后以"翰林子墨""子墨客卿"泛指辞人墨客。

⑯仰看天河泻碧空，便欲挽将洗氛瘴：化自杜甫《洗兵马》："安得壮士挽天河，尽洗甲兵长不用。"

⑰如云稼：形容庄稼丰收。白居易《太和戊申岁大有年诏赐百寮出城观稼谨书盛事以俟采诗》："莫道如云稼，今秋云不如。"

【赏读】

杨万里所在的江西杨家世居南溪之畔，与南溪有着不解之缘。杨万里的父亲杨芾晚年隐居吉水之南溪，号南溪居士。杨万里自己更是经常在诗文中自述"我生本南溪，我长寓南谷"，"万里生于南溪，长于南山"，"吾庐在南溪，溪北北山半"，"老夫卧病南溪旁，芙蓉红尽菊半黄"，"老夫却把水晶环，熔作南溪一溪水"，等等。他一生创作了大量以南溪为题材的诗文，据不完全统计，其诗文中题目或内容涉及南溪的作品共有一百余首（篇）。出于对南溪的热爱，杨万里多次在附近筑庐卜居。三十余岁自赣州司户参军任满之时，"乃归南溪，卜筑达斋之西。自是日还往相唱酬。非之官，无日不还往、不唱酬也"。绍熙四年（1193）六十七岁时已经退隐田园的杨万里又开辟东园，作九径，种花九种，名之为"三三径"，建造了一栋房屋，日日吟诗作文，悠然自得。《南溪上梁文》就是他晚年而作，文采飞扬，感慨深沉，是一篇精美的骈文。

　　《文体明辨序说》"上梁文者，工师上梁之致语也"，原为建筑房屋上梁所作祝颂之词，最早见于南北朝。中国古代早有上梁传统，儒家将上梁看作是天地和人之间的沟通方式。上梁活动是上梁文产生的物质载体，上梁文是上梁活动的文学表现，其中体现着作者的文学理想和人文情怀。宋代是上梁文发展的重要阶段，作品数量剧增，南宋尤其如此。更重要的是，由北宋到南宋，文人学士在上梁文写作中逐渐体现出越来越鲜明的个性化追求和美文色彩，山水描写成分大量增加。私宅上梁文尤其如此。家居房屋本来就集中体现了人们追求安居稳定的传统意识，文人们常在远离喧嚣的乡间山林建造书斋别第，借以寻求现实家园和精神家园的安宁平静。

　　上梁文的体式各有不同。北魏温子昇《阊阖门上梁祝文》是现存最早的上梁作品，由十四句押韵的四言句式组成，与后来盛行的上梁文形式有很大区别。敦煌文献中有不少上梁文，大约有两种体式：一、纯粹六言韵文。二、夹杂着四六言的骈体文。元代《文筌》介绍上梁文的体式为一破题，二颂德，三入事，四陈抛，梁东、西、南、北、上、下诗各三句。这是宋代上梁文基本定型的写作格式。《南溪上梁文》正是按照这样的文章结构进行创作的，戴着镣铐跳舞，在上梁文这种实用性极强的文体中写出了作者的人生感悟、审美理想和文人情怀。

《南溪上梁文》文体为上梁文，继承的实际上却是陶渊明《归去来辞》的精神传统。在文中杨万里详细叙述了他归隐田园在南溪边上建造房子的感悟，语言多用对仗工整的四六句式，文字精致优美。"伯起三鳣之堂，所传清白；子云一区之宅，焉用高明。"引用杨震和扬雄与住宅相关的典故，既切合他自称"杨震后裔"的身份，又体现出对二人道德、思想、文采的钦慕，精当巧妙。"猿鹤欢迎，溪山造请。可缓畎亩之计，攸宁老矣之身。"渲染归隐田园、建庐卜居的氛围，点明题意。作者二十余岁出仕，宦游四方，湖海漂泊，六十多岁才回归故乡，个中滋味感慨难言。"南溪老人，少出里中而倦游，晚缘儿辈之漫仕。江湖千里，萍梗半生。虽乐土之岂无，眷故乡而亦爱。悠悠畎梦，久飞堕于枌榆；了了眼中，今真还于衡泌。"平白朴实，真实地反映了无数封建官员共同的经历，深沉的人世沧桑之感透过文字弥漫出来。

东晋王康琚《反招隐诗》曰："小隐隐陵薮，大隐隐朝市。"杨万里隐居南溪就是典型的小隐，他觉得"小隐之乐，勿传于人"，其中包含了景色之美、往来之雅、生活之闲适等等。"蓺第一亩，结屋数间。车辙有长者之多，竹洞无俗客之至。春韭小摘，浊醪细斟。扫花径以坐宾亲，听松风以当鼓吹。田父泥饮，从月出以见留；

童子应门，或日高而未起。"这段文字天真活泼，富有性灵，尽显脱离官场后精神上的放松满足与自由自在。虽用典密集，但多用富有诗意的形象化诗句，故没有晦涩艰深之感，依然风格清新自然。这种上梁文虽仍然带有民间日用目的，但在作者笔下已经退去了纯粹祈福祝祷的原始用意，更多地成为忘记现实、调整心态的工具。在与村夫农叟、稚子雅士的相处中，杨万里把田园理想化为一种桃花源式的审美天地。

从骈文转为诗句，杨万里写抛梁六方，使用诗句表达朴素的民间信仰，祈祷入住以后的平安。作者祝语中既有对自身平安的祝愿，对闲适生活的满足，对子孙后代家业昌盛的祈祷，还有如"老夫老矣心犹壮，仰看天河泻碧空，便欲挽将洗氛瘴"这种很少在上梁文看到的内容。对隐逸生活的热爱难以掩盖他对家国兴亡大事的殷切关注，这和"伏愿上梁之后，胡星早落，汉月独明。地辟天开，河清海晏，要令平世家及国以举安，不独吾庐子又孙而宁处"表达的思想是完全一致的。金兵南下，战火侵袭，流离失所的人们渴望摆脱干戈，这种刚健的爱国情绪与对安宁生活的渴望交织在一起，有种特别的意味。

豆卢子柔传

豆卢①子柔者，名鮒，子柔其字也。世居外黄②，祖仲叔。秦末大旱兵起，仲叔从楚怀王为治粟都尉，楚师不饥，仲叔之功。父劫，自少已俎豆于汉廷诸公间。

武帝时，西域浮图③达摩④者来，鮒闻之，往师事焉。达摩曰："子能澡神虑，脱肤学⑤，以从我乎？"鮒退而三沐⑥易衣，刮露牙角，剖析诚心，而后再见达摩。达摩欲试其所蕴之新故，于是与之周旋，议论千变万转，而鮒纯素⑦自将，写之不滞，承之有统，凝而谨焉，粹然玉如也。达摩大悦曰："吾师所谓醍醐⑧酥酪⑨，子近之矣。"因荐之上曰："臣窃见外黄布衣豆卢鮒，洁白粹美，澹然于世，味有古大羹玄酒⑩之风，陛下盍尝试之。诗不云乎：'不素食兮⑪。'鮒有焉。"时上方急边功曰："焉用腐儒！"

元鼎中，鮒上书，请以白衣从煮枣侯⑫、博望侯⑬出塞。上戏鮒曰："卿从煮耶？将博耶？"鮒曰："臣愚，虽不足以充近侍执事，然熟游于煮、博二子间，未尝焚煎阿匼[14]。愿得出入将部，片言条白，未必语言无味也。"上曰："前言戏之耳。然卿白面书生，诸将岂肯置卿齿牙间哉？"遂拜太官令。

时上笃信祠祀，诏鲋与名儒公羊高[15]、鱼豢[16]同宝鸡之祠。鲋雅不喜羊、鱼二子，曰："二子肉食者鄙[17]，殆将污我。"不得已同盘而食，深耻之。顷之，祠甘泉斋，居竹宫，屏荤酒，独召鲋。鲋奏曰："臣粗才，不足以辱金口之嘉纳，臣友人汝南牛氏子谷，柔而美，愿举以自代。"上曰："牛氏子美则美矣，而其言孔甘，朕不嗜也。"是夕，鲋有所献，上纳之，意甚开爽。夜半，上思鲋所献，觉肝脾间严冷。召鲋问曰："卿所言尝多与姜子牙辈熟议耶？"鲋曰："臣适呼子牙未至。"上曰："卿几误朕腹心。"乃罢鲋，召鲋子二人，夜拜其长为温卫侯，次为平卫侯。自是绝不召鲋。

鲋深自悲酸，发于词气，而公羊高等得志，恶鲋异己，因谗于上，曰："豆卢鲋，所谓人焉廋哉[18]者也。"鲋遂抱瓮隐于滁山，莫知其所终。

太史公曰：豆卢氏，在汉未显也。至后魏，始有闻。而唐之名士有曰钦望[19]者，岂其苗裔耶？鲋以白衣遭遇武皇帝，亦奇矣。然因浮图以进，君子不齿也。

【赏读】

①豆卢：复姓。

②外黄：地名。此处有暗指黄豆之意。

③浮图：对佛教或佛教徒的称呼。

④达摩：菩提达摩，天竺高僧，是佛教传入中国的重要人物，禅宗创始人。

⑤肤学：学识浅薄。

⑥三沐：再三沐浴，表虔敬。

⑦纯素：纯粹而不杂。

⑧醍醐：从酥酪中提制出的油。

⑨酥酪：以牛羊乳精制成的食品。

⑩大羹玄酒：祭祀中采用的酒水菜肴。大羹，不和五味的肉汁。玄酒，古代祭礼中当酒用的清水。《礼记·乐记》："大飨之礼，尚玄酒而俎腥鱼，大羹不和，有遗味者。"

⑪不素食兮：素餐，不劳而食。《诗经·魏风·伐檀》："彼君子兮，不素食兮。"

⑫煮枣侯：汉高祖初年封革朱为煮枣侯，领地在山东菏泽境内。

⑬博望侯：张骞，因其出使西域，抗击匈奴，功勋卓著，汉武帝刘彻封张骞为博望侯，取"博广瞻望"

之意。

⑭阿匼（ē ǎn）：无所可否，曲意迎合。《新唐书·杨再思传》："居宰相十余年，阿匼取容，无所荐达。"

⑮公羊高：旧题《春秋公羊传》的作者。战国时齐国人。相传是子夏（卜商）的弟子。

⑯鱼豢：三国时史学家，著《魏略》。

⑰肉食者鄙：身居高位、俸禄丰厚的人眼光短浅。《左传·庄公十年》："肉食者鄙，未能远谋。"

⑱人焉廋（sōu）哉：仔细观察一个人的作为后，他的企图便无所隐藏。《论语·为政篇》："子曰：视其所以，观其所由，察其所安。人焉廋哉？人焉廋哉？"廋，藏匿、隐藏。

⑲唐之名士有曰钦望：豆卢钦望（629～709），唐朝宰相。京兆万年（今陕西西安）人。曾任秋官尚书、文昌右相等。

【赏读】

说到豆腐，大家都不会陌生，可谓中国最家常的食材。20世纪70年代美国人威廉·夏利夫出版了《豆腐之书》，在日本以豆腐为主题的图书出现得更早。1782年曾谷学川写了《豆腐百珍》，将豆腐分为绝品、妙品、奇品等六类，收录了一百种做豆腐的方法。此书一经推出，风靡一时。随后又出版了《豆腐百珍续编》《豆腐百珍余录》等。《豆腐百珍续编》文中附录有四篇古代豆腐的诗文，其中第一篇《宋杨诚斋先生豆腐传》就是杨万里的《豆卢子柔传》。

《豆卢子柔传》体例与作者的《敬侏儒传》相同，也是一篇寓言式的假传。不过《敬侏儒传》的传主灯具仍属文人日常生活用具，带了几分雅致情调，而豆腐为食物，世俗气息更浓。纵观古代诗文，这种以豆腐为传主的散文绝对是独一无二的。

《豆卢子柔传》非常完整地叙述了豆卢鲋由一介白衣经由达摩推荐得以面见汉武帝，仕途得志，后不得帝心失意归隐的人生经历。文章严格沿用《史记》列传体例，用比较大的篇幅全面介绍豆腐的籍贯、家世、出身、事业功绩。文末沿用《史记》"太史公曰"，体例严谨。结合豆卢鲋一生经历，"鲋以白衣遭遇武皇帝，亦奇矣。然因浮图以进，君子不齿也"，虽是游戏文字，也蕴含着作者对社会和人生的思索。

作者以鲜卑豆卢为豆腐之姓，以"腐"谐音"鲋"字为豆腐之名，因用黄豆做成，故称其"世居外黄"，文中达摩明指佛教高僧，实暗喻做豆腐所用的石磨，想象新颖有趣。"鲋退而三沐易衣，刮露牙角，剖析诚心，而后再见达摩"正是豆腐磨制过程的形象描述。所谓"外黄布衣豆卢鲋，洁白粹美，澹然于世，味有古大羹玄酒之风"，对豆腐形状、味道的刻画也是十分传神。尤其文中叙述鲋子二人"夜拜其长为温卫侯，次为平卫侯"，实则指豆腐有温胃、养胃的功效，可谓妙不可言。

《豆卢子柔传》表面以汉代为历史背景，如提到汉武帝、元鼎中等具体时间段，这可能与豆腐为汉代刘安发明的传说有关。不过细读全文，传记中提到的很多人物并不是同一历史场景中的，东周的公羊高、汉代的张骞、三国的鱼豢等。这些人物同时出现在一个传主的人生中，令人恍然有一种荒诞的时空穿越之感。刻意让读者行走于入戏与出戏之间，杨万里有着自己的审美追求和艺术表现方式。

敬侏儒传

　　敬侏儒者，名子木，字承登，以字行，徂徕人也。

　　祖伯松，长身碧髯，肤甲如龙，时人许其有栋梁之用。伯松不乐也，遁①于徂徕山。樵郡人有采药至山者，见伯松悦之。久之，樵郡人谓伯松曰："闻君长子元明者未娶，吾有邻女善夜绩②者，愿为执柯③，可乎？"伯松拒之，不得免焉。未几，伯松得软脚疾，中风卒。子元明竟随樵郡人云。

　　次子叔材，即承登之父也。叔材因从公输子奉使僬侥④国，乐而家焉。娶胡妇，生承登，长二尺。叔材怒曰："吾儿亦僬侥耶？"其妻笑曰："所谓甥多似舅。"后携承登归徂徕市。

　　时汉元光二年，里人见承登，莫不大笑。承登曰："吾虽身短而心甚长。"因登愤力学，终夜不寝。虽凿壁囊萤之勤，不过也。数年，大明经籍，言之炯然如明星焉。武帝方求贤良，徂徕推上承登。上暮召，见其侏儒，心轻之。乃亲策于庭，问三登太平之治，何修臻此。承登对，其略曰："臣之学，所谓一灯明灭者，何足以奉大对？虽然，萤爝⑤尚足裨日月。"帝点窜而异焉。因与语，问汉家火德终始。承登奏曰："臣本木强，然尝闻火在木上。"云云。上喜，不觉夜半前席⑥，遂登科甲。迁登州太守。

辞公孙丞相⑦。丞相夜见之东阁，承登故人茅大心、麻子游、陶缸皆在坐。承登遂顶戴三子，而白丞相曰："鄙人浅短，主上以侏儒倡优畜之，误蒙相君烛其寸长。然鄙人之学，所谓借明于三子者。"丞相遂留四人于东阁。后一夕，丞相召问攘匈奴之策，承登献三足计曰足兵足食⑧足士。丞相大悦，因嘲承登曰："吾闻日乌三足，君亦三足耶？"上内兴祠祀，外事四夷，国家多事。丞相终日在中书治事，不暇与承登游。夜归，读《春秋》。府吏散，独留四人者同一书几。承登尤爱幸。丞相每曰："微承登，则茅氏、麻氏、陶氏三子者，能未坠于地乎？"三子亦曰唯唯。

后丞相稍倦于学，而将作大匠⑨者，嫉承登之宠，因讽丞相曰："昨见东方生⑩言于上云：'公孙某暗于知人而以敬侏儒为上客。臣朔饥欲死，侏儒饱欲死⑪。'丞相其戒之。"丞相默然。将作大匠因荐承登同姓敬子长。丞相自是亲子长，而稍疏承登矣。子长身八尺，蜡言⑫甚佞，又善照，知丞相娱乐之意而曲从之，且有内援。

丞相久不见承登，一日因子长在后堂，为长夜之饮。偶念承登寂寥，召之。既至，承登精采昏惨，面目垢污，又冠一小圜帽，状如仰杯。丞相侍姬皆掩口笑不已。承登因发怒，骂丞相曰："人言齐人多诈⑬，果然。以今夕之荒淫，知前日时秋雨霁，相亲而卷舒简编者皆伪也。"丞相大怒，命老卒曳出墙角。

太史公曰：公孙丞相开东阁以延贤俊，天下之士辐辏，而敬承登为上客。每至，则一坐皆起，可谓能不以貌取人矣。卒以子长而疏弃之，相业之不终，有以也夫。虽然，承登之贤难于遇，而子长之佞易于合。不惟易于合也，合则不可去也，所从来古矣。士君子之学而仕，未始不与承登游者。然吾见其初而已，至一惑于子长，则往而不返者，万水一波也，亦何以议公孙为哉？

【注释】

①遁：隐。

②绩：织。

③执柯：手持斧头去采伐，后指给人做媒。《诗经·豳风·伐柯》："伐柯如何？匪斧不克。取妻如何？匪媒不得。"

④僬侥（jiāo yáo）：古代传说中的矮人。

⑤萤爝：微弱的光，多为能力薄弱的谦辞。

⑥夜半前席：典出汉文帝和贾谊的故事，有求贤甚切之意。李商隐《贾生》："可怜夜半虚前席，不问苍生问鬼神。"

⑦公孙丞相：公孙弘（前200～前121），名弘，字季，齐地菑川（今山东寿光南）人，西汉名臣。

⑧足兵足食：国家富强，军事强大。《论语·颜渊》："足食足兵，民信之矣。"

⑨将作大匠：古代官名，掌管宫室修建之官。

⑩东方生：东方朔（前154～前93），字曼倩，平原厌次（今山东惠民）人。西汉文学家。曾任太中大夫等职。性诙谐滑稽，言辞敏捷，虽有政治志向，但皇帝始终把他以俳优蓄之。

⑪臣朔饥欲死，侏儒饱欲死：形容贤良之士被弃之不用，而小人却春风得意。《汉书·东方朔传》东方朔对皇帝自述："朱儒饱欲死，臣朔饥欲死。"

⑫蜡言：伪饰的言辞。

⑬齐人多诈：《史记·平津侯主父列传》中汲黯曾当面指责公孙弘出尔反尔，"齐人多诈而无情实"。

【赏读】

　　杨万里诗歌转益多师自成一派，散文同样如此。可惜学者关注较少，且大多偏于片面而缺少统观式的视野。实际上杨万里散文风格具有多样性，除了于北山先生提到的学柳宗元清幽峭深外，另一位唐代散文大家，被誉为"文起八代之衰，道济天下之溺"的韩愈对他的散文创作影响也很大。客观而言，单从个人性格和文学观念而言，杨万里其人其文气质更接近韩愈。尤其在破体为文的创新意识和游戏文章的观念方面，他与韩愈极为相似。最明显的标本就是《敬侏儒传》。它为我们提供了观察杨万里文体继承创新的一个窗口，是杨万里散文中很有典型意义的俳谐文。

　　表面上《敬侏儒传》似乎是一篇以敬侏儒子木为主角的传记，实际上是为一枝短檠灯立传的游戏文字。文章在介绍敬承登家世籍贯仕途经历时，貌似一本正经，实则处处紧扣短檠灯本身的特点功用。如文中提到敬承登的三位故人茅大心、麻子游、陶缸，"然鄙人之学，所谓借明于三子者"，用谐音的手法非常幽默地点出了灯芯、灯油、陶缸和灯之间的密切关系。早年"因登愤力学，终夜不寝。虽凿壁囊萤之勤，不过也"，"数年，大明经籍，言之炯然如明星焉"，这既反映了多少儒生的求学经历，又切合了灯本身的特点。敬承登与汉武帝、公孙弘会面的场景都发生在夜晚，"上暮召"，"丞相夜见之东阁"，"夜归，读《春秋》"，"一日因子长在后堂，为长夜之饮"等。这正是人们日常用灯的普遍时间。

从文体上看，《敬侏儒传》以传为名，实则糅合了列传、寓言两种迥然不同的文体，俳谐幽默，继承了韩愈《毛颖传》"以史为戏"的文学传统。古代历史记事的传统由来已久，但以人物为始终的列传体例奠定当归首功于司马迁。明代徐师曾《文体明辨序说》评价说："自汉司马迁作《史记》，创为列传以纪一人之始终，而后世史家卒莫能易。"司马迁及其史家继承者秉承的主要是实录的传统，所谓"然纪传为式，编年缀事，文非泛论，按实而书"（刘勰《文心雕龙》）。列传的实录传统到唐代出现了一个小插曲，以韩愈《毛颖传》、柳宗元《蝜蝂传》等为代表，寓言式的假传成为一种新鲜的文学现象。尤其是《毛颖传》用拟人的手法为毛笔作传，通过毛颖仕途遭际讽刺当朝者的刻薄寡恩，想象奇特，寓意深远。后人赞美其"以史为戏，巧夺天工"（储欣《唐宋八大家类选》）。假传以传记体例为器物而作，综合使用拟人、夸张、想象、比喻等多种手法，给无生命的物体赋予作者强烈的主观感情，寄托作者的创作观念或对社会人生的反思。虽为游戏文字，自有深意。

根据林芳在《明前假传研究》一文的统计，宋代假传有《叶嘉传》《乌先生传》《竹夫人传》等 46 篇。这些文章继承了韩愈《毛颖传》在文章布局方面的格式，又有所发展。如把传主的范围从传统"文房四宝"向更多日常生活器物，如茶、竹夫人等延展，体现出宋代文学题材世俗化、生活化的倾向。《敬傃儒传》作为一篇典型的假传文章，突出体现了杨万里散文艺术的突破创新与文学的世俗化倾向，破体为文，风格幽默诙谐，很有新意。

除文体仿效外，《敬傃儒传》的创作主旨也与韩愈有着直接关系，是对韩愈《短灯檠歌》的演绎和深化。诗曰："长檠八尺空自长，短檠二尺便且光。……一朝富贵还自恣，长檠高张照珠翠。吁嗟世事无不然，墙角君看短檠弃。"以短灯檠和长灯檠两者命运对比，暗讽官场倾轧、贤良被弃的世态人情。杨万里将百余字的诗歌演绎赋陈为近千字的传记文章，情节更为丰富，人物形象更加饱满，批判讽刺的力度也更强。荒诞不经的戏谑与尖锐严肃的讽刺天衣无缝地糅合，艺术成就不凡。诗文交融并立，两种文体，两种不同表现方式，《短灯檠歌》《敬傃儒传》给读者呈现出了不一样的审美风格。

图书在版编目（CIP）数据

杨万里小品／（宋）杨万里著；曹丽萍注评. —郑州：中州古籍出版社，2020.12

（唐宋小品丛书／欧明俊主编）

ISBN 978-7-5348-9533-3

Ⅰ. ①杨… Ⅱ. ①杨… ②曹… Ⅲ. ①小品文-作品集-中国-宋代 Ⅳ. ①I264.4

中国版本图书馆 CIP 数据核字（2020）第 239617 号

杨万里小品

选题策划　　梁瑞霞

责任编辑　　张　雯

责任校对　　周　靖

装帧设计　　书籍/设计/工坊 刘运来工作室

出　版　中州古籍出版社

　　　　地址：郑州市郑东新区祥盛街 27 号 6 层

　　　　邮编：450016

　　　　电话：0371-65788693

印　刷　河南新华印刷集团有限公司

版　次　2020 年 12 月第 1 版

印　次　2020 年 12 月第 1 次印刷

开　本　787 毫米×1092 毫米　1/32

印　张　10.25 印张

字　数　200 千字

定　价　49.00 元

ISBN 978-7-107